[Tempo Medido]

ANTONIO CHAVES COSTA

?

(20)

Réveillon de 2000. 29/12/99
Orlando Silva. 27/10/04
Oscar Wilde 29/11/00
Pacotes econômicos 4/11/98

(21) Padre Marcelo Rossi. 16/12/98
Padre Quevedo. 9/2/00
Palhaços 8/1/03

(22) Paranoia pós-Guerra Fria 17/10/01
Paulo Coelho 20/3/02
? Periferia / Paris 9/11/06
Placas. 2/7/03

(23) Plástica 7/4/99
Plutão 16/8/06 - 23/08/06
Comunistas 20/12/00
Publicidade 18/9/02

(24) Reality shows 3/4/02
Retrato de um torturador 9/12/98
Russos 26/2/02
? Santos Dumont 18/2/98
Santos do Brasil 24/12/03

(25) Sasha 5/8/98
São Silvestre 31/12/03
Simpatia do Poder 9/11/05
Dr. Smith 13/11/05
19/11/05

(26) Referendo armas 21/4/04
Invasões e Evasões 8/11/03
Trandl Surge 19/11/03
Assassinato

Marcelo Coelho

[*Tempo Medido*]

101 CRÔNICAS

PUBLIFOLHA

Editor ARTHUR NESTROVSKI
Assistência editorial RODRIGO VILLELA
Capa, projeto gráfico RAUL LOUREIRO
Foto da quarta capa MARLENE BERGAMO
Produção gráfica SORAIA PAULI SCARPA
Assistente de produção gráfica PRISCYLLA CABRAL
Revisão LUICY CAETANO DE OLIVEIRA
Editoração eletrônica PÓLEN EDITORIAL

Dados Internacionais de Catalogação na Publicação (CIP)
(Câmara Brasileira do Livro, SP, Brasil)

Coelho, Marcelo
Tempo medido / Marcelo Coelho – São Paulo : Publifolha, 2007. – (101 crônicas)

ISBN 978-85-7402-789-0

1. Crônicas brasileiras I. Título II. Série.

07-1942 CDD-869.93

Índices para catálogo sistemático:
1. Crônicas jornalísticas : Literatura brasileira 869.93

PUBLIFOLHA
Divisão de Publicações do Grupo Folha

Al. Barão de Limeira, 401, 6º andar, CEP 01202-900, São Paulo, SP
TEL.: (11) 3224-2186/2187/2197 – www.publifolha.com.br

SUMÁRIO

Esta é a terceira coletânea dos artigos que, desde 1990, tenho escrito para o caderno "Ilustrada", da *Folha de S.Paulo.* Em 1994, publiquei *Gosto se Discute*[1] e, três anos depois, *Trivial Variado.*[2]

Costumava resistir a chamar de "crônicas" aquilo que escrevo para o jornal. Por certo, há nesses textos um tom subjetivo, descompromissado com a informação jornalística mais "dura", e certa liberdade na associação de idéias, que a rigor não correspondem às exigências mais estritas do trabalho de crítica ou de reportagem. Mas a crônica pura, a meu ver, não é um gênero argumentativo, que suscite do leitor discordância ou concordância intelectual. Costumo discutir idéias nesses textos; ainda que, com o passar dos anos, eu tenha passado a evitar o puro impulso da provocação polêmica, um fundo de opiniões constantes, e mesmo teimosas, sustenta a maior parte dos artigos.

Relendo-os em poucos dias, durante a organização deste volume, surpreendeu-me até o que possam ter de repetitivo: a consciência das imensas distorções sociais do Brasil, a irritação com o abandono, muitas vezes realista, outras vezes conveniente

1 São Paulo: Ática, 1994.

2 Rio de Janeiro: Revan, 1997.

e cínico, dos ideais de esquerda no ambiente político nacional e internacional; a antipatia diante de tudo o que signifique superstição, irracionalismo, conservadorismo religioso, violência estatal e alienação consumista. Mas eu próprio me vejo enunciando esses temas como uma espécie de mantra, que reduzido a uns poucos "ismos" não traz novidade ao leitor.

Talvez eu tenha me empenhado em tomar fatos do cotidiano, pequenas observações sobre comportamento, algumas manifestações culturais, como sintoma – e pretexto – para conclusões críticas mais amplas, de tom sociologizante ou, que seja, moralizante. Do confronto entre o aspecto particular de determinado evento e a generalidade dos diagnósticos que pretendi fazer – sobre o país, a sociedade, a classe média-alta – creio que foi possível extrair menos a confirmação rotineira de uma tese pronta do que alguns graus de surpresa e paradoxo.

Não deixa de me incomodar, entretanto, a ênfase de algumas formulações minhas sobre a política – e os políticos – brasileiros; o tom militante de certas frases que escrevi contra o governo Fernando Henrique, e, agora, contra o governo Lula, parece-me datado, preso às emoções do momento.

Justamente os artigos mais leves – sobre xampus, xaropes ou brinquedos – parecem-me capazes de resistir um pouco mais ao tempo. É um engano, quem sabe, considerar a crônica como uma forma literária condenada à impermanência, ao consumo rápido nas páginas de um jornal. Creio que, justamente, a crônica oferece um contraponto ao noticiário do dia quando se volta para o insignificante e o cotidiano: brinca um pouco, mesmo na urgência de sua escrita, com temas atemporais – o tédio, o amor, a diversão, a paisagem, a infância – e, dentro dos seus limites, está sempre a apostar secretamente na sua própria sobrevivência dentro das páginas de um livro.

Crônicas, portanto; que seja assim. Inicialmente escolhi, para este volume, os textos que me pareceram mais agradáveis de ler, e eram, sem dúvida, os que tratavam dos assuntos menos "importantes". Acrescentei a esse grupo os artigos que correspondiam a algumas "tomadas de posição" minhas diante dos debates que se travaram ao longo dos últimos anos. Achei necessário incluir, por exemplo, textos avaliando o governo FHC, o governo Lula, a crise do mensalão, as privatizações, a propaganda eleitoral...

Outros fatos, contudo, que marcaram a atualidade – em especial os atentados de 11 de Setembro – não tiveram destaque nesta seleção. Muitas vezes, o que eu tinha a comentar não se afastava muito da banalidade, e perdeu o caráter de "intervenção" pessoal que possa ter tido no momento.

Apesar de cobrir um intervalo de tempo relativamente amplo – nove anos, se faço bem a conta –, este livro não corresponde, assim, ao que de mais importante aconteceu do ponto de vista político e cultural de 1998 para cá. Achei necessário incluir, de qualquer modo, alguns textos que representassem os fenômenos culturais, no sentido estrito, em curso no país. Certos filmes da "retomada", o teatro de Zé Celso e da Companhia do Latão, este ou outro romancista, deram origem a textos de crítica que cabia, a meu ver, preservar em livro.

Novamente, não tratei de destacar o que mais definiu, do ponto de vista artístico, esses anos todos, mas sim o que mais *me* definiu: minhas reservas com relação a determinado autor, ou o que de interessante eu vi em filmes de que até possa não ter gostado muito, dizem mais a meu respeito do que sobre o ambiente à minha volta. O compromisso jornalístico com a objetividade fica de fora, portanto, desta coletânea; procurei, contudo, ser verdadeiro no que escrevi.

A CASA DO BRASIL [18.2.1998]

Muita gente ficou triste com o incêndio do Santos Dumont[3] e eu também, é claro. Mas "tristeza" é um termo vago demais. O que senti, na verdade, foi pena. Pena do velho e pequeno aeroporto, que na beira da baía, na beira do ar, funcionava modestamente, não incomodava ninguém, parecendo só uma ilha breve de embarque e desembarque, cercada de prédios e de mar, na flutuação precária das partidas, do passado para o presente, do presente ao futuro.

O tempo verbal daquele aeroporto (talvez de todos) não se conjuga no indicativo; é o subjuntivo, o modo dos "se..." e dos "quando..." que rege esse espaço transitório e – ai de nós! – aparentemente sempre igual. Assim, concordo com a idéia de que o Santos Dumont foi símbolo de um Brasil que agora querem destruir. Símbolo da Era Vargas? Talvez. Mas o valor do Santos Dumont não é bem simbólico, é mais afetivo.

3 Um incêndio destruiu parte do aeroporto carioca em 13 de fevereiro de 1998; reformado, o Santos Dumont reabriu em 15 de agosto do mesmo ano.

Ainda que o aeroporto tenha sido inaugurado em 1938, plena ditadura varguista, não simboliza, a meu ver, aquela época: faltava-lhe o sentido épico, autoritário, estatal, que podemos ver, por exemplo, na Central do Brasil, nos prédios ministeriais da esplanada do Castelo. E nem se compara aos verdadeiros monumentos do estatismo geiseliano, o famoso "triângulo das Bermudas" no largo da Carioca, com aqueles monstros que são o prédio do Banco do Brasil ou o da Petrobrás, além daquela horrenda igreja asteca que se instalou ali perto.

O Santos Dumont também não era um "símbolo" como o Pão de Açúcar, o Corcovado, os arcos da Lapa. A função de "símbolo" só pode ser atribuída ao aeroporto agora, depois do incêndio. O fogo cauteriza a memória, e damos à cicatriz que resultou o nome de "símbolo".

É possível lamentar a destruição de um símbolo; mas a tristeza ou a pena provocadas pela morte do aeroporto se assemelha a uma perda pessoal, não ideológica. O Santos Dumont não tinha nada de mais: é por isso – percebo agora – que eu gostava dele.

Tento definir esse valor sentimental.

Era um aeroporto destinado aos "vôos domésticos", como se diz. E nada mais "doméstico" do que aquela entrada no Rio. Um amigo disse tudo: "você entrava no Rio por uma porta". E não por um tubo de Boeing; não era daquelas chegadas em que você anda quilômetros de corredores até chegar ao ponto de táxi e, na saída, percebe que terá de pegar uma estrada de oito pistas e vai demorar 45 minutos até o hotel.

A simplicidade do Santos Dumont comovia e alegrava. Você descia do avião a pé, sem aqueles ônibus infames. Já sentia o cheiro do mar, a umidade do Rio, o tempo que estava fazendo. Alguns passos, e grandes vasos de buxo ou de tuia, não sei que planta era, formavam discretos uma fileira oficial, amistosa e indiferente, de diplomatas recebendo o viajante. Era uma espécie de natureza civilizada; vegetais que não ligavam, nem você ligava para eles, mas algo de amistoso já se pressentia no ar.

Cada vez que eu chegava no Rio, era como se já estivesse sentindo o barulho do mar; a pele sentia, antes do ouvido.

Era entrar por uma porta de vidro, seguir em frente alguns metros, e a cidade já estava ali. Dava para sair a pé e pegar um ônibus comum. Ou se hospedar no hotel Aeroporto, que não é um desses Holiday Inns que providenciam camas para turistas descontentes, mas um daqueles pequenos hotéis do Rio que sobrevivem ao turismo de massa.

O melhor, entretanto, era pegar um táxi e mandar partir para Copacabana, para a Urca, para o próprio Flamengo que é ali pertinho. De noite, os jardins da Glória e o Aterro ganham, sobre o verde natural das plantas, o azul e o alaranjado do mercúrio: tudo é naturalíssimo e irreal.

São essas as impressões de um provinciano paulista ao desembarcar no Rio. Pois bem, o valor afetivo do Santos Dumont ou a alegria de ficar hospedado no Flamengo, por exemplo, residem precisamente nisto. É que aquele aeroporto era agradavelmente provinciano também. Era, como disse, "doméstico".

Um dos prazeres do Santos Dumont estava em encontrar pessoas famosas pegando a ponte aérea. Imagino que no Galeão isto seja bem mais difícil. Sentado na sala de embarque, olhar fixo, mascando um chiclete inesgotável, vi Telê Santana. Monique Evans alongou enormes botas pretas à minha frente, discutindo no celular. Elba Ramalho distribuía-se na fila de embarque. José Serra cruzava o saguão, espantado com alguma coisa, vivendo, como sempre, certa espécie de emergência fria.

Aquilo não era um aeroporto, era a casa do Brasil. Simboliza, talvez, não tanto a Era Vargas e sim um momento em que tudo estava nas dimensões do homem comum. Mesmo um aeroporto tinha um tamanho razoável. Mesmo um aeroporto podia ficar perto do centro da cidade.

Atualmente, o que vigora é a distância, as marginais, o mundo das oito pistas. Em São Paulo, escritórios importantes não mais se localizam no centro ou na avenida Paulista: fogem para a Berrini, para a avenida das Nações Unidas; fugirão para Alphaville e Tamboré. Como fizeram os aeroportos em geral. O triste no incêndio do Santos Dumont é a morte do urbano, da urbanidade; do próximo, do à mão, do simples.

Não há nada mais lindo (acho eu) do que chegar num aeroporto que tenha, em letras azuis, no teto, o nome da cidade em que se está: MACEIÓ. JUIZ DE FORA. CUIABÁ. Sabemos que ali existe um aeroporto amigável, dizendo apenas o que há a ser dito, uma legenda a traduzir a frase "você chegou".

O Santos Dumont não tinha isso. Faltava-lhe, ademais, o charme do nome incompreensível, do substantivo plural, que cai bem nos aeroportos: Congonhas, Viracopos, Guarulhos, Barajas, Confins... aeroporto que se preze tem de ser plural. Mas, da janela do hotel Novo Mundo, no Flamengo, eu via aviões subindo e descendo, nos ângulos mais diversos, entre o Pão de Açúcar e o Santos Dumont. Eram o plural que eu queria. Enquanto isso, no mar, veleiros e barcos sem importância cruzavam, na horizontal, o trajeto inclinado dos aviões. O mar continuava imóvel; à direita, o bondinho do Pão de Açúcar levava mais gente para o alto.

Essa mistura de ascensão e imobilismo talvez seja uma forma idílica de ver o Brasil. Aí termino concordando: mais do que a Era Vargas, o Santos Dumont simbolizava o Brasil. Apesar dos seus muitos males, será triste perdê-lo. A gente só se exaspera com o que não "sobe" bem, as taxas de crescimento etc. Mas aquilo que há de "horizontal" – num aeroporto, numa fímbria de mar, naquilo que na arquitetura de Brasília visava a ser igualdade e não privilégio – isso desaparece, infelizmente.

BOTERO

[25.3.1998]

Está aberta a temporada de exposições de artes plásticas em São Paulo. Bourdelle, Botero, De Chirico, mestres holandeses, todos parecem competir pelo público, que é sacudido de casa e se vê disposto a enfrentar uma fila moderada.

Virou uma espécie de mania. O paulistano comprova duas convicções muito suas, a de que São Paulo é uma metrópole e a de que todo cidadão gosta de fila. Não há tantas filas assim na Pinacoteca, onde se dá a exposição Bourdelle. As filas para ver Botero são pequenas, se comparadas às da mostra Monet, e estas são ainda menores quando nos lembramos do inferno Rodin.

Mede-se, não sem razão, o sucesso de cada mostra pelo grau de sacrifício que impôs ao público. Aquilo que era característico das vanguardas – o desconforto que impunham à mentalidade do espectador – se transfere para tudo o que precede a exposição. Filas, estacionamento, trânsito, guardadores de carro, tudo se enfrenta até surgir uma aceitação conformada e uma admiração de *shopping center*.

Felizmente isso não tem acontecido o tempo todo. No ano passado, a exposição Max Ernst, no MuBE, estava tranqüilíssima, por exemplo. Mas daí surge uma espécie de fracasso. O que faltou? Como é que não tem fila?

Intervém aí a publicidade. Não tenho nada contra o recurso a agências de publicidade para divulgar eventos culturais. Mas acho que o bombardeio de anúncios tende a ser contraproducente. Foi assim na exposição Monet: parecia que o mundo ia acabar se você não visse aqueles quadros.

O caso Botero é francamente imbecilizador. Os anúncios brincam com uma obviedade: ele pinta gente gorda. Vá ver a Mona Lisa gorda. Vá ver a mulher gorda, vá ver o homem gordo.

Ora, por que raios eu tenho de ver essa obesidade toda? Faz bem o José Simão, que diz que está fora desse programa.

Mesmo assim, fui ver a exposição "Botero". O maior risco desse pintor é exatamente o da caricatura. Como tudo indica que ele faz caricatura com suas personagens gordíssimas, tendemos a caricaturizar o próprio pintor: "Ah, o das personagens gordíssimas!". E a propaganda contribui para isso.

De modo que as coisas se resumem ao plano da constatação, da verificação: de fato, quanta gordura! A publicidade enfatiza o aspecto humorístico de Botero.

Sem dúvida, esse aspecto existe. Sem dúvida, Botero se repete infinitamente. Mas não é um pequeno prazer o de acompanhar o quanto ele pode introduzir de variações nessa fórmula meio óbvia, a da gordura. Vendo a exposição, cada quadro aparece como uma nova solução dentro dos rígidos limites impostos pelo pintor. Como fazer uma natureza-morta "gorda"? Como pintar flores "gordas"? Ele consegue.

Mas estamos ainda no campo da apreciação banal. Não pretendo provar que Botero é um grande artista, mas tento seguir um raciocínio.

À primeira vista, é claro o intuito crítico, de esquerda, nas obras de Botero. Quando ele retrata uma burguesia obesa, um presidente e sua primeira-dama redondos e vazios, tudo se resume a uma fórmula ideológica: eis o retrato da opressão latino-americana, eis a banalidade satisfeita da classe dominante.

Só que não é bem assim. Botero pinta guerrilheiros, pinta Jesus Cristo, pinta gente do povo, pinta a Mona Lisa, pinta seu auto-retrato, seguindo a mesma estratégia de engordamento. O que isso quer dizer?

Ele faz referência a mitos e figuras consagradas da arte ocidental. Leonardo Da Vinci, os mestres holandeses, Velázquez, Cézanne, Picasso, tudo se transforma em gado, em boi gordo. O normal seria retratar apenas os "inimigos" – os militares, os padres, os burgueses – como bois, preservando alguma nobreza, alguma elegância, algum empeno épico aos adversários do sistema.

Botero não salva ninguém nem a si mesmo: seus quadros o retratam como mais um gordo dentro da comédia. Por que?

É como se ele dissesse que toda arte burguesa é inflada e pomposa, que tanto Velázquez quanto o presidente da República podem ser objetos de uma mesma crítica. A inautenticidade dessas figuras vazias, com olhar idiota, não é mais apresentada como tipicamente latino-americana. Ao contrário, de uma perspectiva latino-americana, tudo, mesmo a arte européia, assume um papel pomposo e idiota. A atitude oposicionista de Botero não se resume à crítica dos burgueses colombianos; universaliza-se, volta-se contra a Espanha e a tradição européia.

É como se um camponês muito magro, um desempregado urbano, um desvalido imaginasse o prestígio social e cultural de acordo com o critério da gordura – que unifica ditadores e presidentes civis, padres e grandes obras-primas.

Mas aí estaríamos diante de uma crítica bastante grosseira, e de uma pintura afinal medíocre. O pensamento de Botero, se posso dizer assim, é mais complexo.

Ainda que caricaturais, as pinturas de Botero não são humorísticas como faz crer a publicidade em torno da exposição. Botero pinta seus bonecos ridículos de forma solene, oficial. Imita o ponto de vista da arte popular. O que há de exato, de moroso, de fatual, de fotográfico na arte popular se reitera aqui, numa ironia sem obliqüidade, sem "esperteza".

O que espanta nos quadros de Botero não é sua graça, mas sim o que têm de "literal". A imobilidade da pose, a uniformidade das cores, a ausência de vibração, de luz, de expressão, de movimento, tudo dá a idéia de uma pintura "documental", tão crua e nua como uma foto tirada em aparelho automático.

Essas fotos não são "críticas", a distorção e a gordura não são procedimentos expressivos. Botero simula uma espécie de falsa inconsciência. Sua denúncia social aparece em cores limpas, como que num tom ao mesmo tempo respeitoso e debochado. A ironia de Botero não é mais oblíqua, e sim frontal, quase ingênua no caprichoso e no realista do traço.

Seus personagens ocupam a tela como latifundiários. Expulsaram os posseiros, expulsaram os índios, expulsaram toda inquietação da tela: imobilizam-se. "Fotografados" por Botero, esse lambe-lambe, não se mexem mais. Nessa relação hierática, dura, plana com o espaço ilustram a realidade latino-americana. A de um vazio inchado, a de um território vago e entretanto com dono; um espaço ocupado pela fatuidade, numa espécie de bócio mental. Se é que há algum tipo de mente. Nos quadros de Botero, assim como na América Latina, é como se a inconsciência ocupasse lugar.

NELSON GONÇALVES [1.4.1998]

Vale a pena ler a entrevista do cantor Nelson Gonçalves na *Playboy* deste mês. Lamentei bastante a morte de Tim Maia, esse louco brasileiríssimo, capaz de enormidades memoráveis. É coisa rara, em nosso tempo, uma personalidade pública se dando ao luxo da irresponsabilidade, do erro, da besteira pantagruélica.

Já Nelson Gonçalves é uma personalidade de outro tempo. Acha óculos escuros "coisa de veado". Aos 78 anos, gaba-se do próprio vigor sexual e das dimensões do órgão que possui. O curioso é que, ao explicitar as medidas do seu pênis, ele se encabula. A filha de Nelson estava assistindo à entrevista. Retira-se para deixar o pai mais à vontade.

As proezas de Nelson Gonçalves não se limitam, claro, ao plano priápico. Vendeu 78 milhões de discos. Foi pugilista e cafetão. Dependente de drogas, foi preso como traficante. Na Casa de Detenção, sua primeira atitude foi a de dar uma surra no líder dos presos. O homem foi parar no hospital. Assim o cantor ganhou respeito na cadeia.

"Respeito" parece ser uma palavra importante no vocabulário de Nelson Gonçalves. Talvez seja isto precisamente o que Tim Maia nunca se preocupou em obter.

Estamos diante de dois tipos opostos de cafonice. Se em ambos há vulgaridade, sendo Agnaldo Timóteo a terceira personagem a invocar, Tim Maia instituiu o deboche, enquanto Nelson Gonçalves se afirma como um caráter mais rodrigueano, adepto da brilhantina, da compostura e da gravata. É o cafajeste íntegro, perpendicular, frontal, indubitável.

Uso "cafajeste" no sentido antigo da palavra. Não como sinônimo de pulha, de desonesto, mas sim de sujeito abusado, de sedutor tangueiro e infalível. Espécie em extinção, na qual caberiam, quem sabe, algumas figuras do mundo jurídico, como Bernardo Cabral ou Saulo Ramos. Capítulos de uma novela ultrapassada, que tem por nome "Os Machos Também Choram".

O que chama a atenção em Nelson Gonçalves é o quanto ele é "latino"; fico pensando se a nossa "latinidade" já não desapareceu. Tim Maia provavelmente representou a substituição da latinidade por uma breguice mais aberta, mais afro-brasileira. As peças de Nelson Rodrigues são tragédias "latinas" também; e certamente cresceram do ponto de vista estético à medida que retratam uma psicologia que vai se distanciando de nós.

A "latinidade" de Nelson Gonçalves corresponde a um tipo de comportamento que poderíamos descrever como ao mesmo tempo disciplinado e transgressivo, formal e violento, cavalheiro e cavalar. O machismo se faz sentimental e derramado. Será que algum dia fomos tão argentinos? Ou espanhóis? Ou portugueses?

Não é irrelevante que, na eterna procura de nosso "caráter nacional", modelos tão estritos, estereótipos tão fortes, tenham sido abandonados. Tim Maia não se envergonhava, creio, de uma ou outra cena de impotência sexual. Caetano Veloso avançou no rumo do bissexualismo; aliás que palavra feia, esta.

Nas músicas de Nelson Gonçalves, o machismo triunfa, ainda que chore. Veja-se seu maior sucesso, "A Volta do Boêmio": canta-se uma vitória do marido sobre a mulher, a qual reconhece seu papel secundário na estrutura libidinal do narrador: ela aceita o fato de que "depois da boêmia, é de mim que você gosta mais".

Em "Negue", uma música breguíssima na minha opinião, há mais gabolice masculina ainda: "negue o seu amor e o seu carinho [...] que eu mostro a boca molhada e ainda marcada pelo beijo seu".

O exemplo vem a calhar por outro motivo também. É o da grande correção gramatical nas canções de Nelson Gonçalves. Ao falar em "beijo seu", o cantor respeita a regra de que se está usando a terceira pessoa do singular ("você") no corpo da canção. Mas é claro que literariamente, e não gramaticalmente, o certo seria dizer "beijo teu".

Essa compostura gramatical se nota em outras músicas. Mesmo em "A Volta do Boêmio", Nelson Gonçalves parece saber que o certo não é "boemia", com acento no "i", e sim "boêmia", com acento no "e". Sua interpretação determina, assim, uma pausa: "bô/ê/miaaa", aqui me tens de regresso etc., destacando o "e" da gramática contra a prosódia brasileira.

Esse esforço de correção, convivendo com o incorretíssimo das letras, é bem típico de um modelo parlamentar, de uma estrutura política brasileiríssima, onde o deputado corrupto ou o demagogo mais frenético são os mais estritos e legalistas seguidores do vernáculo. É um mundo de brilhantina e dós de peito. Mas a arte de Nelson Gonçalves está em outro aspecto. Está na suavidade com que ele emite as consoantes, e na sonoridade de suas vogais.

Ele nunca pronuncia o "t", o "d" ou o "r" ao modo brasileiro comum, isto é, fazendo um "tch", ou um "dj", ou um agá aspirado. O seu "r" rola na língua, o seu "t" é italianado, o seu "d" é o do caipira; generalizando, estas suas consoantes são mesmo "línguo-dentais", como, ao que me lembre, prescreve a gramática. Raramente há guturais. O gutural ele deixa para os as, os es, os ós, que parecem sempre ter agás antes e depois da emissão: hah, heh, hoh etc.

Esta análise está ficando meio preciosista, e talvez aponte apenas o que de "antigo" prevalece no jeito de Nelson Gonçalves cantar. Mas esta antigüidade não é casual, não é inocente. Representa a breguice em estado de gramática. Do mesmo modo, o machismo transgressor se açucara em masoquismo: "pise machucando com jeitinho", pede o cantor numa música, enquanto em outra afirma, confiante, "fica comigo esta noite e não te arrependerás".

A roda de amigos, o violão, o abandono da mulher, a boêmia, enfim, têm conotações suspeitas. Não é preciso ser psicanalista para perceber, em "Meu Dilema", um fundo masturbatório no amor do poeta pelo próprio violão. Ele declara, deprimido, ao instrumento: "já chorei tanto tanto/ que não tenho mais pranto/ para chorar por meu amor".

O mundo de Nelson Gonçalves é menos lúcido, menos psicanalizado, menos inteligente do que o de Tim Maia. Há uma poesia nessa cegueira; algo de trágico, de jactancioso, de retórico, de solene. Há uma dose enorme de sofrimento na vida desse homem. De certo modo, ele "deu a volta por cima" nesse sofrimento – leia a entrevista de *Playboy* – ao se valorizar burramente e, ao mesmo tempo, ao se valorizar inteligentemente.

Ele age um pouco como o Brasil. Celebramos nossas falhas como se fossem virtudes. Nelson Gonçalves é singularmente acrítico diante dessa estratégia. Tim Maia era lúcido para percebê-la. Mas, entre o deboche de um e o empolado de outro, entre a unção magra de Nelson Gonçalves e o sacolejo demente de Tim Maia, está a nosso cargo descobrir o modo mais reto de ser brasileiro.

[8.4.1998] CENTRAL DO BRASIL, ARTHUR OMAR

Não vou fazer aqui o papel de crítico chato, apontando as falhas (vi algumas, mas posso estar errado) de *Central do Brasil*. O filme de Walter Salles Jr. deixou de ser um simples filme, é um fenômeno social. Multidões aplaudem e choram, choram copiosamente, a cada sessão. O *Titanic* é um naufrágio em copo d'água perto das inundações emocionais de *Central do Brasil*.

Chora-se pelo menino, chora-se por Fernanda Montenegro, chora-se pelo pai, pela mãe, pelo irmão do menino, chora-se pelo povo, chora-se pelo sertão, chora-se pelo Brasil, chora-se pelo urso de Berlim, choramos todos por todos nós.

É um choro feliz. *Central do Brasil* investe numa descoberta horizontal, a de um país que, pelo próprio abandono, encontra forças em si mesmo, no próprio coração. Há um quê de acrítico em tudo isso; o filme é feito para emocionar apenas e o faz soberbamente, com imagens que parecem rasgar a tela, riscos de luz, traços de manhã, sulcos de chão, ferrovias, estradas, livre curso de lágrimas. A tensão dramática do filme não reproduz a tensão social brasileira, tal como a entendemos de um ponto de vista clássico. Ou seja, não há ricos contra pobres; não há um eixo "vertical" orientando a história. O foco da narrativa está na possibilidade – ou não – de pessoas da classe baixa se reconhecerem enquanto iguais. A utopia do filme se projeta não mais de acordo com idéias como "revolução" e "justiça", mas sim segundo um evangelho da brasilidade e da comoção.

Tanto que a única cena de real conflito do filme – quando Fernanda Montenegro resgata o menino de uma quadrilha de exportadores de crianças – soa artificial, inverossímil. Mas aqui está o crítico a se mostrar implicante e ranheta. Viremos a página.

Antes disso, uma última observação. Conversando com uma antropóloga, que realizava pesquisas na periferia de São Paulo, fui informado do seguinte: as organizações locais, as sociedades de amigos de bairro etc., estavam deixando de tomar o Estado como referência e alvo de suas reivindicações, preferindo organizar-se por si mesmas.

Não é esse o sentido básico de *Central do Brasil*? A meu ver, consiste no fato de que, em tempos de Fernando Henrique, o exato simétrico do *enrichissez-vous* de Luís Felipe, em plena ascensão capitalista na França de 1830, é o "virem-se" que a classe dominante tucana dedica a seus eleitores comovidos. Esse "virem-se" ganha condições de epopéia no filme de Walter Salles Jr. É como se fosse aceita a irresponsabilidade absoluta do governo na salvação do país. Choramos pelo desvalimento dos pobres, pela capacidade desses mesmos pobres de se virarem por si mesmos, criando suas pequenas marcenarias, suas modestas redes de auxílio mútuo, suas religiões comunitárias.

O choro nos irmana, então, graças a recursos ficcionais meio capengas. O filme nos faz esquecer do Estado. Por um lado, isso é uma qualidade – autogoverno, pós-populismo etc. – e, por outro lado, é defeito: acriticismo, conformismo diante do "trololó" democrático de FHC, que confia no abandono dos desvalidos como se fosse um apoio à criatividade da sociedade civil. Mas, ao contrário do prometido, estou sendo um crítico ranheta. Passemos a outro assunto. Em que momento chorei no filme?

Chorei quando aparecem os rostos das pessoas pobres, em três por quatro, declinando o endereço do remetente para as cartas que Fernanda Montenegro punha (ou não punha) no correio. Há um orgulho imenso, uma veracidade, uma força afirmativa, uma realidade ingênua e – com perdão da palavra – racial naqueles rostos. Há um sorriso de dentes tortos, uma confiança brutalizada, uma frontalidade de documento lambe-lambe, um... enfim, há um tal Brasil naquilo tudo, que é tão raro, tão precioso, tão ameaçado, tão próximo e tão distante, que... bem, tudo foi muito "tão", foi "tanta coisa", que não resisti.

Mas ao mesmo tempo eu tinha comprado o livro *Antropologia da Face Gloriosa*, de Arthur Omar.[4] São umas 200 páginas de fotos tiradas durante o Carnaval, focalizando rostos de gente do povo.

Esse livro é uma obra de arte densa, misteriosa, abissal. Vemos aí o "povo brasileiro" a partir de uma ótica extrema, apavorante e demoníaca. Não é mais o povo de *Central do Brasil*, capaz de bons momentos, de solidariedade espontânea e construtiva.

A deformidade, o travestismo, a sedução canalha, a maquiagem carregada, o monstruoso: tudo aparece num registro incompreensível para nós, ameaçador, completo e radical. O "povo",

4 São Paulo: Cosac Naify, 1997.

aqui, é aquilo que é realmente: não o compreendemos, não somos iguais a ele, tem em si tanto de ameaça quanto de pacificação.

No excelente ensaio que acompanha o livro, Ivana Bentes fala da força mitológica, obscura, desses rostos. A "face gloriosa" de Arthur Omar corresponde à teoria católica do "corpo glorioso": aqueles cadáveres que, no paraíso, esperam o dia do Juízo Final para ressuscitarem plenamente. Captando "faces gloriosas" no êxtase demoníaco do Carnaval, Arthur Omar fixou misticamente os rostos predestinados à salvação.

A utopia, aqui, é uma coisa estranha, feia, à qual os freqüentadores do Espaço Unibanco e os que choram no filme de Walter Salles Jr. não têm acesso. As fotos de *Antropologia da Face Gloriosa* são o negativo de *Central do Brasil*. Projetam uma revolução; algo de negro, de turvo, de irracional, de xamânico e de justo, de incompreensível e aterrorizante para nós.

Arthur Omar imerge num território sem lágrimas, só de suor, esgar, estranheza, frenesi sem correspondência com nosso coração doméstico. São duas versões, afinal, do "povo" brasileiro. A de *Central do Brasil* é conciliadora e emotiva; a outra é áspera, feia, transida de futuro, de misticismo, de um sangue que se coagula em fotos que nos fazem recuar.

Todo crítico terá algo de primeira-dama histérica se preferir, por princípio, o "mais radical", o "mais avançado", o que houver de "mais vanguarda", em detrimento da humanidade simpaticíssima de Walter Salles Jr. Politicamente, até, me inclino mais em favor de *Central do Brasil*; simpatizo com a choradeira que provoca e da qual participei. Mas a *Antropologia da Face Gloriosa* é outra coisa. Aqui temos algo de genial; de tão desagradável, que nos livra de chorar e nos perturba; de tão bonito, que nem ficamos contentes de ver; de tão estranho, que dói em alguma parte do corpo que não conhecíamos. Aqui, não há descoberta do Brasil: há o mistério do Brasil, o estranho do Brasil. Como arte, é melhor.

O VIAGRA [13.5.1998]

Como qualquer outra novidade tecnológica, o Viagra – pílula contra a impotência sexual – suscita exercícios radicais de futurologia. A internet, o telefone celular, o Prozac, o computador, tudo é prato cheio para comentaristas, sociólogos, psicanalistas, antropólogos.

As especulações – os anúncios de uma "nova era" – se sucedem. Antes de comentar os comentários, gostaria de levantar uma questão de método, uma indagação teórica.

Convivemos com a televisão há cerca de 50 anos. O telefone existe há mais de um século, acho. Será que sabemos qual o impacto verdadeiro desses inventos sobre as relações humanas, sobre a psicologia de cada indivíduo? Discute-se incansavelmente a influência de programas violentos e dos *videogames* na mentalidade das crianças, sem que se tenha chegado a nenhuma conclusão definitiva.

Isso se deve ao fato de que nenhuma inovação desse gênero pode ser isolada de outros acontecimentos simultâneos à sua aparição. Assim, podemos relacionar o aumento de televisores com o crescimento da criminalidade, mas o aumento de televisores foi concomitante também ao crescimento da urbanização e da miséria, por exemplo...

Claro que esse é um exemplo tosco. É possível separar experimentalmente ou estatisticamente diversas causas possíveis da criminalidade. Mas aí estamos raciocinando em torno do efeito – a criminalidade – para deduzir uma entre várias causas possíveis e relacionadas entre si.

Mas quando partimos das causas – o Viagra, por exemplo –, a dedução de seus possíveis efeitos psicológicos e sociais é, a meu ver, virtualmente impossível. Pois cada novidade se submete à presença de outros fatores que, por sua vez, já se modificam com a chegada dessa novidade.

A posteriori, podemos ver que a pílula anticoncepcional foi determinante na revolução sexual dos anos 60. Mas se a pílula tivesse sido descoberta na era vitoriana, seus efeitos seriam tão liberadores assim?

"Ora...", dirá o leitor, "a pílula nunca poderia ser inventada no século 19, pois a própria sociedade vitoriana impediria o interesse por pesquisas desse tipo!".

Sim, mas é precisamente esse o argumento que estou desenvolvendo. Se a pílula foi inventada nos anos 60 e com isso "ocasionou" a revolução sexual – termo meio tolo, aliás –, é que de certo modo um ambiente sócio-sexual liberalizante "causou" a pílula, em vez de ter sido efeito dela...

Ou seja: na sociedade, as relações de causa e efeito sem dúvida existem, mas é fato empírico que toda "causa" e todo "efeito" são, por sua vez, efeitos de interpretações, de preconceitos, de valores, de desejos, de "mentalidades", como se gosta de dizer. É indiscutível, na minha opinião, que tais "mentalidades" têm origem objetiva, causas materiais que desconhecemos em grande parte e que resistimos em conhecer. Alterações demográficas, alimentares, profissionais determinam esses "valores" e essas "mentalidades" que, por puro romantismo, virou moda considerar "obra" de uma entidade coletiva, a "sociedade", ou a "época".

Eis uma espécie de fascismo "democratista" – onde a irracionalidade abdica de um líder para se revelar fruto de um "coletivo", de uma corrente anônima que "atribui valores" tão arbitrariamente quanto o líder que falta. Esse é o ponto, diga-se de passagem, em que a tradição sociológica francesa de Durkheim se conciliou, via Weber, com Nietzsche, gerando Foucault.

Passemos ao Viagra. A pílula azul garante bom desempenho sexual. E daí? Num modo tipicamente jornalístico, surgem as especulações a respeito de uma "nova era". Vejamos.

O psicólogo Angelo Monesi afirma que o remédio não substitui o desejo sexual. "Viagra não cura mulher feia", disse à *Folha*. Mas José Alberto Reinato, especialista em impotência, teme que o remédio prolongue casamentos falidos. Ou seja, que disfarçando a falta de desejo, mantenha uma mentira.

Os dois diagnósticos são falsos, a meu ver. Se o sujeito toma Viagra para transar com uma mulher, ainda que feia, é porque valoriza uma relação sexual que vá além dos padrões de beleza. E se toma Viagra para manter um casamento que caso contrário estaria "falido", é porque o casamento não estava falido coisa nenhuma...

O que o Viagra, o Prozac e a nova droga contra o câncer representam, na verdade, é uma dissociação bem-vinda entre o mundo da natureza e o mundo moral. É, aliás, a proeza de toda tecnologia. É ridículo achar que o desejo sexual se confunde com a ereção. Às vezes, quem deseja demais enfrenta, por isso mesmo, uma crise de impotência. É provável que Brigitte Bardot tenha conhecido mais broxadas que Fafá de Belém.

Talvez as mulheres confundam uma coisa com outra. Talvez pensem que a ereção seja sinônimo de desejo. Mas isso é de um primitivismo constrangedor. É a romantização de um fato mecânico, glandular, vascular. Assim, como toda tecnologia corporal, o Viagra tende a espiritualizar o sexo.

Torna (se for verdade a promessa) a ereção, mais do que nunca, um fato espiritual e afetivo, não um fato biológico, cego, impiedoso e anarquista.

Há cerca de 30 anos as mulheres assumiram o monopólio da espiritualidade, da ética, da retidão moral, graças à pílula. O Viagra moraliza o homem: destitui o sexo masculino dessa animalidade imaginária, dessa ilusão em torno do "autêntico", do "desejo", da "verdade", da "essência", em torno da qual giram as violências do machismo, os impulsos do adultério, as cafajestadas do desprezo, as submissões da mulher amada.

É ridículo moralizar esse remédio. Toda vitória contra a natureza é uma vitória da moral. E o amor, mais do que uma questão de desejo, é uma questão moral. O ódio contra o Viagra, assim como o ódio contra o Prozac e congêneres, é moralista à medida que atribui a uma "verdade da natureza" o poder de bem e de mal sobre nossas volições. Vive-se hoje uma ideologia segundo a qual tudo o que se "quer" é autêntico e verdadeiro. Há um culto dessa "autenticidade" que, se pensarmos bem, é administrada pela propaganda.

O Viagra torna o desejo uma coisa mediada, menos "espontânea" e portanto menos administrada pela mídia, que vive administrando o espontâneo. Torna as coisas mais individuais, mais dependentes de uma decisão – tomar ou não? Nesse sentido, desautoriza uma ideologia muito em voga, que é a da defesa da espontaneidade e da verdade subjetiva.

Não há verdade subjetiva. Não há "desejo". Não há fisiologia. O que há é a liberdade de cada sujeito. Se ele toma Viagra ou não, tanto faz. Que as mulheres respondam: faz diferença?

FOFOCAS

[12.8.1998]

Sinto certa culpa por me desinteressar dos grandes temas de debate público – dos temas sérios – a que a imprensa dá tanto espaço atualmente. "Como assim, tanto espaço?", perguntará o leitor. "Ao contrário, o criticável é o enorme destaque que se dá a temas idiotas como o nascimento de Sasha, a filha da Xuxa."

Não estou sendo irônico. Os temas sérios, a meu ver, também estão sendo noticiados em profusão, pelo menos no jornalismo escrito. Tome-se a privatização da Telebrás, por exemplo. Houve cadernos especiais, páginas cheias de gráficos e ilustrações, notas sobre como aquilo há de afetar nossa vida cotidiana; vários pontos de vista foram postos em discussão; o assunto mexia com interesses poderosos; jornais e revistas fizeram tudo para tornar digerível a maçaroca de informações... Mas não consegui, nem queria, ter uma opinião a respeito.

Terá sido justamente o excesso de reportagens? A tecnicalidade do assunto? Será que, apesar dos esforços de diagramação, não deu para traduzir tudo numa linguagem mais acessível? Tenho outra explicação para esse desinteresse, que imagino não ser só meu.

Quando vivíamos sob o regime militar, os erros e as decisões técnicas do governo eram mais "interessantes", a meu ver, porque a perspectiva histórica lhes dava um sentido claro. Ou seja, tínhamos a impressão de que cedo ou tarde seriam corrigidos; de que um dia, "quando caísse a ditadura", caberia fazer mais ou menos o contrário do que estava sendo feito.

Essa perspectiva – a de que, para usar uma fórmula piegas, "amanhã será tudo diferente" – simplesmente desapareceu. Mais do que isso, a idéia de que dispomos de autonomia nacional para decidir A ou B parece mais ilusória do que nunca. Os próprios manifestantes que tentam barrar as privatizações agem apenas por *noblesse oblige*.

Pode parecer exagero, mas acredito que estamos mesmo sob a chantagem de outra ditadura – a do mercado financeiro global – que, nesses assuntos sérios, como Proer, reforma da Previdência, privatizações, taxa de juros, não permite o menor desvio de conduta, sob pena da famosa fuga de capitais.

Conformismo? Não é bem isso. Claro que muita coisa alternativa pode ser feita em oposição ao projeto de FHC. E bastou que Lula avançasse um pouco nas pesquisas para que diversos gestos de "carinho" na área social viessem a ser cogitados pelo Planalto. Não duvido que a reforma agrária andaria mais lentamente não fosse o MST.

Ocorre que, enquanto o governo argumenta na base do fato consumado – a globalização etc. –, fica difícil propor alternativas nesse âmbito mais alto, mais sério, da política econômica e das reformas. É como se, para lembrar um velho mote do PT no campo da organização política, também a mudança econômica e os modelos alternativos de desenvolvimento tivessem de vir "de baixo para cima".

Na cúpula – isto é, nas taxas de juros, na banda cambial, nas estratégias junto à OMC ou seja lá o que for – não consigo ver margem de manobra.

Não haveria, então, algo de autenticamente desinteressante em tantas discussões sérias que nos ocupam? Não sei se é culpa da imprensa ou do público que as fofocas em torno de Clinton, da família real britânica ou de alguma atriz da Globo tenham tanto apelo. Acho esse gênero de assuntos uma chatice total. Mas existe uma explicação.

A vida privada, a fofoca, o caso sensacional de crime ou de amor são interessantes não por alguma razão "natural", mas porque parecem ser os únicos assuntos em que se refugiou a dimensão da responsabilidade humana; podemos imaginar de que maneira agiríamos, discutimos onde está o certo e o errado.

A condução da política econômica – que mata milhões de pessoas no planeta – tornou-se tão visivelmente impessoal, anônima, cega, e o desenvolvimento da história perdeu tanto de seu conteúdo épico, perdeu tanto de vista as encruzilhadas decisivas, que sua "moralidade" se esvaiu. Não é de espantar que as pessoas prefiram ver novela. O máximo de interesse pela vida privada e a máxima impessoalização da vida econômica andam juntos.

O que pode fazer uma pessoa quando não pode fazer nada? Esse talvez seja o tema do filme de Costa-Gavras, *O Quarto Poder*, que fala das manipulações da mídia, da "novelização" do debate público e da ética no meio jornalístico.

John Travolta invade um museu de história natural, com um fuzil e uma bolsa cheia de explosivos. Tinha sido demitido do lugar. Quer seu posto de volta. Toma um grupo de crianças e a diretora do museu como reféns. Torna-se, ele próprio, refém de um jornalista (Dustin Hoffman), que por acaso estava ali e transforma seu protesto num grande caso nacional.

O filme foi comparado ao clássico *A Montanha dos Sete Abutres*, de Billy Wilder, com Kirk Douglas no papel de jornalista inescrupuloso. A tendência das pessoas é considerar o filme dos anos 50 melhor do que este. Não tenho certeza. Kirk era um canalha indiscutível. Aqui, o personagem de Dustin Hoffman é muito mais ambíguo. A rede de manipulações e contramanipulações é bem mais complexa.

É fácil dizer, vendo o filme de Billy Wilder, que agiríamos de forma diferente. No de Costa-Gavras, a linha entre pura eficiência profissional e falta de ética não é tão clara. Um jornalista rival acaba com a sentimentalização do caso promovida por Dustin Hoffman. Em vez de insistir no drama do desempregado, toma partido dos reféns. As possibilidades de manipular a imagem de Travolta são inúmeras. A violência dos microfones, das perguntas, das câmeras, é chocante.

Culpa da mídia? Culpa do público? Culpa de Dustin Hoffman? Culpa de Travolta? Talvez seja exatamente a impossibilidade de identificarmos culpas e alternativas reais no mundo em que vivemos o que nos leve a procurar tão febrilmente bandidos e mocinhos, fofocas e escândalos, sangue e bobagens no noticiário. A frieza e a impessoalidade burocrática da vida econômica sentimentaliza tudo o que encontra, e ao fazê-lo, cria novas mercadorias. Isto é que é uma verdadeira novela global.

MODESTO CARONE [19.8.1998]

Aos cinco anos de idade, Ana ficou órfã e foi morar na casa de uma senhora protestante em Sorocaba. Estamos em 1892. O autor continua:

"Aos seis anos de idade, já cuidava de trabalhos domésticos significativos: levantava-se de madrugada, acendia o fogão a lenha, preparava a mesa do café, varria o quintal, enxaguava a roupa numa tina de água, passava e engomava com ferro a carvão; para lavar a louça, punha-se de pé sobre um caixote de madeira porque não tinha ainda altura suficiente para alcançar a pia."

Assim começa a história de Ana Baldochi, nascida Godoy de Almeida, avó materna do escritor Modesto Carone, que acaba de publicar *Resumo de Ana*.[5]

Trabalho, pobreza, trabalho, doença, trabalho, falência, alcoolismo, filhos, trabalho: é dessa matéria que se compõem os

5 São Paulo: Companhia das Letras, 1998.

dois relatos do livro. Um sobre Ana (1887-1933) e outro sobre seu filho Ciro, que nasceu em 1925 e morreu em 1990, vindo a ser tio do autor.

Eis como a história termina: "A família decidiu sepultar Ciro no bairro de Árvore Grande [...] Pelas grades de ferro é possível distinguir uma fileira de túmulos baixos, pintados na base com uma tinta azul-celeste que acentua a cor viva da cal. Quando o caixão é finalmente transportado para o interior do cemitério, agarro uma das alças e constato que o revés não abandonou Ciro até o fim, pois é numa tumba sem lápide que ele some sob a terra e só no dia seguinte chega a notícia de que o corpo foi enterrado na cova errada".

Talvez seja indelicado elogiar a "qualidade literária" deste livro. Notar proezas de estilo, astúcias de escritor, refinamentos de linguagem seria mostrar-se insensível a tudo o que a realidade impõe, dura, comum e opaca, sobre Ana e Ciro Baldochi. Estamos diante de duas pessoas quaisquer, lutando desde cedo pela vida. Começam de baixo, conhecem algumas ilusões de prosperidade e ascensão, gastam-se e terminam, décadas depois, no mesmo lugar.

Não há como chamar Ana e Ciro de "personagens". Modesto Carone não assume a figura distanciada e irônica de um "narrador" literário. Quando lemos, no livro, a palavra "eu", sabemos que esse "eu" não é fruto da imaginação do autor – é o autor mesmo, e Ana é sua avó de verdade.

O livro comove muito, mas não comove "literariamente". As histórias são tristíssimas, mas o autor não se aproveita disso. Esqueça-se o choro, o melodrama. Vejam-se alguns exemplos do tom adotado no livro: "Sem dúvida", raciocina Carone, "as frustrações do casamento alimentavam as fantasias de sedução". Uma página depois, acrescenta: "apesar de um ou outro esforço de regeneração, a única coisa que sustentava o casamento era a inércia capaz de acentuar a falta de alternativa". Quando Ciro é despedido de seu emprego na estrada de ferro, Carone escreve: "a indenização foi magra o suficiente para que ele saísse à procura de outro emprego, pressionado pela penúria familiar".

A ironia é quase imperceptível ao longo dos dois relatos, mas é tinhosa. Há frases que começam assim: "é fútil desconhecer que...", "tudo indica que...", "tem interesse lembrar que...".O "burocratês" é intencional. Temos, de um lado, a influência de Kafka, de quem Modesto Carone é tradutor. De outro lado, está em jogo a prosa sociológica e universitária. De outro lado ainda, a prosa do poder. Deixou de ser burguesa, "bacharelizante", para ser um pouco assim como Modesto Carone a reproduz: cuidadosa, abstrata, mas sem arroubos e eufonias.

Prosa do poder? De certo modo, sim. É como se o neto de Ana, assumindo a voz da realidade e escrevendo na primeira pessoa, chegasse a essa primeira pessoa por meio de um distanciamento duplo. O primeiro distanciamento seria o de escrever na terceira pessoa, como bom realista do século 19. O segundo, inventado por Carone, seria o de ser uma espécie de terceira pessoa da terceira pessoa. O que ele conta, de tão objetivo, aproxima-se da realidade como se o espelho de um espelho fosse o real.

O tom burocrático e sem emoção distancia a narrativa, fazendo-se reflexo plano de um romance possível e não de um romance real. No velho romance, o que se acentuava eram a psicologia dos personagens e a impessoalidade justiceira do destino. Para dar conta de um destino injusto, o autor praticamente suprime a psicologia; não interpreta, não conta, apenas relata.

Ana começou a beber. Eis um fato. As causas (naturalismo) e os motivos (realismo) não interessam muito ao autor. Tudo é acontecimento. Melhor seria dizer: tudo, nesses relatos, é contingência e determinação – ao passo que no romance tradicional tudo é moralidade e destino. A contingência se torna mais visível ao leitor à medida que as histórias de Ana e Ciro poderiam, perfeitamente, ser outras, não fosse o país, o mundo em que vivemos.

A determinação aparece quando vemos esses personagens de livro destituídos até de seu caráter subjetivo de personagens: Carone os revela como vítimas anônimas, sem psicologia, do capital. Neste ponto, há dois efeitos literários que o autor manipula magistralmente.

O primeiro, eu chamaria de "queda" na realidade. Vez por outra, emergem nomes conhecidos para o leitor. Assim, a filha de Ana termina indo trabalhar numa fábrica, costurando sacos de café: "era a fábrica Santa Maria, propriedade industrial da família de Paulo Emílio Sales Gomes, que, àquela altura, ensaiava em São Paulo os primeiros passos de sua carreira de escritor e militante de esquerda".

"Puxa, era a fábrica do Paulo Emílio!": seria a reação do leitor culto, ao qual o livro se dirige, com certa soberba proletária. No fim do outro relato, ouvem-se as sirenes da Votorantim. Caímos "na real".

O segundo efeito está em dar conta brutalmente dos destinos de personagens secundários – que acabam num hospício por terem matado o pai a facadas ou num porão depois da falência do marido rico. A brutalidade surge de passagem, num fim de frase, sem necrológio, sem dó.

Vemos uma situação proletária ainda não ameaçada pelo tráfico de drogas, pela bala perdida, pela violência extrema – realidade que Paulo Lins, em *Cidade de Deus*, empenhou-se em retratar, a meu ver, confusamente. Modesto Carone fala de outro proletariado, o seu, com um domínio maior, que lhe foi garantido pela morte das pessoas que retrata. Por isso, assume a voz impessoal do poder, que é quem escreve a história comovente dessas vidas.

Este livrinho incômodo, mofino, espetento como pedra no sapato, junta 25 textos (alguns curtíssimos) ao conto de 24 páginas que lhe dá o título.[6]

Cortejo em Abril: trata-se do enterro de Tancredo Neves, tal como visto por um paulistano pobre, morador da Vila Uberabinha, entre Moema e a Vila Nova Conceição. Esse personagem conserta eletrodomésticos, máquinas de escrever, o que vier pela frente. A autora lhe dá o nome de Consertador de Tudo.

O cortejo passa perto do parque Ibirapuera, ali no bairro, e ele vai assistir, junto com a multidão. "O Consertador de Tudo lembrou-se de quando uma vez tinha ido passear no Simba Safari no jipe de um feirante amigo e tinha sido assim. Eles dois haviam se fechado no jipe que se deslocava muito devagar e a todo momento tinham a impressão de que os leões sentados

6 Zulmira Ribeiro Tavares, *Cortejo em Abril*. São Paulo: Companhia das Letras, 1998.

preguiçosamente na relva, soltando longos bocejos, iriam se levantar e dar taponas nos vidros. Esperavam por isso. Mas havia leões que até dormiam e outros que lhes davam o traseiro abanando-lhes a cauda com desinteresse."

Passa o enterro, o Consertador de Tudo vai cuidar da vida. Uma velhota de cabelo azul puxa conversa. "O senhor viu esse nosso povo que educação, como respeitou a passagem do cortejo? É, concordou o Consertador, só choravam."

Não conto o que aconteceu com o Consertador de Tudo depois desta cena, mesmo porque não é grande coisa. Mas já estamos dentro do mundo de Zulmira Ribeiro Tavares. A leitura de *Cortejo em Abril* é irresistível; foi irresistível, ao menos, para mim. Encontrei-me num mundo de uma trivialidade completa, de um cotidiano que seria errado qualificar como "opaco" ou "fosco", palavras um tanto eruditas. É um cotidiano encardido. Encardidinho, como a autora talvez dissesse.

O gosto pelos diminutivos, e pela forma curta, poderia aproximar Zulmira Tavares de Dalton Trevisan. Mas não é disto que se trata. O realismo de Dalton Trevisan busca uma espécie de concentração súbita, de baque surdo no desfecho, de gesto eloqüente interrompido pelo meio. Já o realismo de Zulmira Tavares é feito de implicâncias, não de obsessões; de cismas, não de taras. Ela cuida mais do sem-sentido do que do absurdo; abomina a obliqüidade do cafajestismo e do circunlóquio, preferindo a cadeira de espaldar reto, o encosto de palhinha, o decoro paulistano em que fervem, a seco, contrariedades comezinhas.

Zulmira Tavares obteve muito sucesso de crítica (e prêmios) com seus livros anteriores: *Termos de Comparação* (1974), *O Nome do Bispo* (1985), *O Mandril* (1988), *Jóias de Família* (1990) e *Café Pequeno* (1995). Mas esta senhora de quase 70 anos, que nos olha sorridente na foto da orelha do livro, pequena e magrinha, composta, maquinadora como ela só, merece maior reconhecimento do que o já obtido.

É uma escritora infernal. Esse seu realismo "diminuído", esse mundo "Vila Uberabinha", essa malvadeza quatrocentona na narração, esse "odiento" que ela tem situam Zulmira Tavares num nível raras vezes alcançado pela prosa modernista brasileira.

Lamento dizer, entretanto, que esse nível é raras vezes alcançado pela própria autora, ao menos neste livro. Em alguns contos ("O Guardador de Sol", "À Pedra Calcinada", "Um Assassino", "Zombaria") é como se ela entregasse demais o jogo, explicitando a metáfora que organizava o texto. Deixa cair, na última frase, a explicação do título: tudo se torna óbvio demais. Do mesmo modo, às vezes se entrega a um lirismo puramente verbal, que não tem nada a ver com a sua dureza de atitude, com sua pureza literária: "O amor é paisagem marinha que se recorda" (p. 66); "Já o que deslembro não me derruba. É breu." (p. 38); "O avô cabeceia na poltrona e procura a sua infância com dedos sonolentos arranhando a manta xadrez" (p. 55).

Sentimentalidades que não condizem com a inteligência da autora. Voltemos ao primeiro conto, o *Cortejo em Abril*. A arte de Zulmira Tavares pode ser percebida, nos trechos que citei no começo deste artigo, por meio de pequenos deslocamentos, de torções diminutas no texto. Chamou-me a atenção a ausência de vírgulas: "O senhor viu esse nosso povo que educação, como respeitou a passagem do cortejo?". É o que pergunta a senhora de cabelos azuis ao Consertador de Tudo. A omissão da vírgula entre "nosso povo" e "que educação" obedece a um intuito de coloquialidade.

Mas não é só coloquialidade. É automatismo, é violência. Quando a autora faz essas reproduções da fala cotidiana, sua atitude não é a de um mero registro. Investe numa estupidez flaubertiana, que rompe as regras da gramática. Do mesmo modo, em outro trecho citado acima, ela escreve: "O Consertador de Tudo lembrou-se de uma vez quando...".

Uma vez quando? A coloquialidade é mais do que reprodução do real, mais do que gramática ruinzinha: é esforço de memória do personagem, inabilidade vernacular que a autora reproduz perversamente.

Pois *Cortejo em Abril* busca fixar o memorável, o cívico, o político, o histórico, o "uma vez quando" na mente de um personagem para quem tudo termina diminuído, respeitosamente, no âmbito de uma opressão cotidiana sem perspectiva de mudança. Assim como Tancredo acenava com "mudanças", o conto acena com algumas - não posso contá-las - que se revelam pura mistificação, puro engodo.

Assim, a sintaxe de Zulmira Tavares imita um tom "popularizante" que o enredo, o texto, a psicologia pobre do personagem denegam criticamente. A falta de vírgulas é uma imitação da fala real. Mas o real se apresenta sempre, nestes contos, como frustração, esvaziamento. Mais um motivo para que a autora se aferre a ele. Daí seu tom de implicância, de pedra no sapato.

Mas é como se em cada pedra no sapato houvesse um diamante bem pequeno. Zulmira Tavares cede poucas vezes à tentação de lapidá-lo. Prefere, em geral, o feio, o duro, a jaça ruim que tenha. E quando revela essa ruindade é uma escritora fora do comum. O mesmo comum que ela persegue... ela é muito esperta.

Marilene Felinto, talvez. Clarice Lispector, quem sabe, seja páreo. Lygia Fagundes Telles, num ou noutro conto. São todas mulheres que transformaram a feminilidade em maldade, umas bruxas. Mas Zulmira Tavares é menos a bruxa mística, e mais a bruxa material, implicante, sem psicologia, delas todas. Seus textos detestam a psicologia: esta bruxa tem cabelos brancos.

[4.11.1998] PACOTES ECONÔMICOS E SUAS CONTRADIÇÕES

Os ajustes não foram feitos. Vivíamos numa situação irreal. Agora, é preciso encarar a necessidade de medidas duras. O governo tem de cortar na própria carne. E fazer reformas estruturais. Caso contrário, teremos o caos. O pacote é péssimo. Tudo vai piorar sem ele. Aumentar impostos é insuportável. Aumentar impostos é indispensável. Os juros altos são a causa do déficit. O déficit é a causa dos juros altos.

Ouço as mesmas frases há 15 anos pelo menos. Todos esses raciocínios me parecem desgastados, perderam seu poder de persuasão. Nem sequer parecem raciocínios, assemelham-se a fórmulas litúrgicas, a rezas que se repetem a cada auto-de-fé. Não digo que sejam inverídicos. É provável que tudo o que se diz a favor e contra o novo pacote econômico seja correto; em economia, ao que parece, alternativas contraditórias não se excluem. Assim, tanto os juros altos podem causar o déficit quanto o inver^so; depende da posição que se queira tomar no debate, do ângulo com que se encara um círculo vicioso.

De qualquer modo, sou inepto para julgar o conteúdo das medidas econômicas adotadas e o conteúdo das medidas que não foram adotadas. Registro apenas o efeito dessas discussões eternas. Ainda que possa haver um lado mais certo do que o outro, e ainda que possa haver um ou outro analista econômico que sempre acerta em suas previsões e diagnósticos, é inevitável que o observador leigo reaja com ceticismo a tudo o que se diz, se promete e se critica.

Admito que não é um ceticismo "positivo", fundamentado, bem-informado: é mais o ceticismo do tédio, do desgaste, da poluição auditiva, o que tento expressar aqui. Exploro um ou dois aspectos de toda a falação.

Nada mais comum do que prometer cortes nos gastos do governo. Nada mais comum do que constatar, de pacote em pacote, que esses cortes não foram feitos. Nada mais comum do que ver líderes empresariais dizendo que o governo "não fez a sua parte". Nada mais comum do que reclamar contra os desperdícios do setor público.

Perfeitamente. Não tenho nenhuma dúvida de que o governo gasta mal, que há desperdícios, empreguismos e mordomias inacreditáveis. Parece-me claro, também, que há distorções na Previdência e que essas distorções precisam ser corrigidas (já não tinham sido, aliás?) antes que as contas estourem de vez (se é que já não estouraram).

Faço, entretanto, o papel de advogado do diabo. Espanta-me, em primeiro lugar, o desperdício do setor privado também. Toda vez que vejo um hotel de luxo, um *resort*, com seu centro de convenções, penso em quantos eventos inúteis se realizaram ali. *Workshops*. Palestras. *House organs*. Assessorias de imprensa. Brindes de final de ano. Salários de executivos. *Fringe benefits*. Consultorias a preço de ouro.

Ninharias? Não tenho tanta certeza. Há uma verdadeira indústria em torno dos chamados "eventos". E quanto dinheiro não se gasta no marketing e no desenvolvimento de um "novo produto" que apresenta apenas modificações cosméticas em relação ao anterior? Claro, tudo isso é ditado pela concorrência, tudo isso significa mais dinamismo e crescimento econômico... Mas não é um crescimento em falso, uma inutilidade, num país como o Brasil?

Vejo os prédios da avenida Berrini, verdadeiros palácios de alumínio com catracas eletrônicas, átrios de mármore com seguranças ganhando pouco, *fashion malls*, *show-rooms* de *design*, *food stores* e não sei mais o quê.

Outro dia li que uma lanchonete em São Paulo faz sanduíches com pão importado do Chile. Em qualquer supermercado encontro água mineral italiana. O país se encanta com a banheirinha de hidromassagem de Sasha, a filha da Xuxa.

Pegue a revista *Caras*. Depois de ver três páginas daqueles personagens mostrando seu *fitness center* particular, seu guarda-roupa feito em Milão, seu personal trainer, não é ridículo, não é louco ouvir críticas aos desperdícios... do governo? E muitos dos que aparecem em *Caras* mostrando sua casa de campo são os primeiros a declarar que um aumento de impostos é insuportável. E que o governo tem de cortar na própria carne.

Não falo apenas dos muito ricos, protegidos por um governo que não cria impostos sobre as grandes fortunas, sobre herança, nem arrecada para valer o famoso imposto territorial rural.

Penso também na classe média, não só na classe média alta, mas na média média e até na média baixa.

A mesma pessoa que não poderia – eis um ponto pacífico – "suportar" um aumento no imposto de renda não se importa de gastar fortunas no bufê infantil com o aniversário da menininha de 1 ou 2 anos de idade, que mal sabe o que está acontecendo, mas está lá o animador da festinha, a luz negra, a roupinha, o vídeo. E dali a algum tempo, a Disney. Depois, a Disney de novo.

Enquanto isso, "sacrifícios se impõem" no campo da merenda escolar, dos programas contra a dengue, nas obras contra a seca. Estarei sendo demagógico? Tento sofisticar o raciocínio.

A falência do setor público não é de hoje. Seus efeitos não foram apenas o rombo orçamentário, os juros, a inflação etc. Há outros efeitos, onipresentes no cotidiano. A classe média passou a pagar planos de saúde privados. Passou a gastar mais com segurança: grades, vigias, interfones. O pai de família paga a escola particular do filho. O curso de inglês. O estacionamento. O segundo, o terceiro carro da casa.

O que são todas estas despesas senão um imposto disfarçado? Tudo isto é o preço que pagamos pela falência da escola pública, pela insegurança que deriva da má distribuição de renda, pela inexistência de hospitais públicos confiáveis, de uma rede de transporte coletivo decente.

Cria-se então um círculo vicioso. Quanto mais falido o Estado, menos condições parece haver de cobrar impostos e de oferecer serviços razoáveis para a classe média. E a classe média pagará não só o plano de saúde privado como também a propaganda do plano de saúde na televisão, o *telemarketing* do plano de saúde rival, as ofertas do outro plano para novos clientes etc... E viva a livre concorrência.

Numa sociedade desorganizada, só o "mercado", e não a pressão política, responde pela qualidade dos serviços prestados ao público. Numa sociedade desigual, o Estado se transforma no

Grande Mendigo quando se volta para os miseráveis, e no Grande Nababo quando se volta para os investidores do mercado financeiro, para os altos escalões administrativos, para as empreiteiras.

Não. Definitivamente, não entendo nada de pacotes econômicos. Só sei que não costumam dar certo. Mas o que não está dando certo, no fundo, é a sociedade que temos.

AS FICÇÕES DE NIETZSCHE

[6.12.1998]

Tendo morrido completamente louco no ano de 1900, o filósofo alemão Friedrich Nietzsche livrou-se de ter alguma obra sua incluída nas listas dos "livros mais importantes deste século". Mas há sempre espíritos ousados o suficiente para imaginar uma "lista do milênio", e nesta é possível que *Genealogia da Moral* encontre um lugar de destaque.[7]

"Até hoje", diz Nietzsche no prólogo desse livro escrito em 1887, "não houve dúvida ou hesitação em atribuir ao 'bom' valor mais elevado que ao 'mau', mais elevado no sentido da promoção, utilidade, influência fecunda para o homem (não esquecendo o futuro do homem). E se o contrário fosse a verdade? E se no 'bom' houvesse um sintoma regressivo, como um perigo, uma sedução, um veneno, um narcótico [...]?".

7 Tradução de Paulo César de Souza. São Paulo: Companhia das Letras, 1998.

Assim se explicita o propósito do livro. Seguem-se três "dissertações". A primeira combate as idéias cristãs de bondade, compaixão, amor ao próximo. Nietzsche identifica-as à "moral do rebanho", à moral dos escravos, aos "valores judeus" (p. 27), que são fruto "da mais entranhada sede de vingança sacerdotal" contra a estirpe nobre dos conquistadores, dos senhores, dos dominantes.

A segunda dissertação trata das origens da "culpa" e da "má consciência". Todos os instintos "que não se descarregam para fora", diz Nietzsche, "voltam-se para dentro: [...] é assim que no homem cresce o que depois se denomina sua 'alma' [...]. A hostilidade, a crueldade, o prazer na perseguição, no assalto, na destruição [...] – tudo isso se voltando contra os possuidores de tais instintos: esta é a origem da má consciência".

Por fim, Nietzsche trata do ideal ascético e da psicologia dos homens contemplativos: "Criaturas descontentes, arrogantes e repulsivas, que jamais se livram de um profundo desgosto de si, da terra, de toda a vida".

Citar trechos deste livro é um exercício perigoso, uma vez que sempre se pode ser acusado de estar distorcendo o "verdadeiro" pensamento do autor. Empreendeu-se um enorme esforço de reabilitação da imagem de Nietzsche, acusado de ser a principal fonte inspiradora dos nazistas. Predomina atualmente uma leitura "de esquerda": o Nietzsche desmistificador e libertário, que inspirou Foucault, Deleuze, Freud. Mas é forçoso lembrar a famosa passagem sobre a "besta loura", que consta da primeira dissertação.

"Na raiz de todas as raças nobres é difícil não reconhecer o animal de rapina, a magnífica besta loura que vagueia ávida de espólios e vitórias." Os nobres, "que se mostram tão pródigos em consideração, autocontrole, delicadeza, lealdade, orgulho e amizade nas relações entre si, para fora, ali onde começa o que é estranho, o estrangeiro [...], retornam à inocente inconsciência dos animais de rapina, como jubilosos monstros que deixam atrás de si, com ânimo elevado e equilíbrio interior, uma sucessão horrenda de assassínios, incêndios, violações e torturas, como se tudo não passasse de brincadeira de estudantes".

Segundo Nietzsche, foi para vingar-se dessa nobre e alegre opressão que os escravos inventaram os conceitos de "maldade" e de "bondade". A moral cristã é fruto do ressentimento dos oprimidos, determinando a vitória do "homem manso", "o incuravelmente medíocre e insosso", sobre as "estirpes nobres e seus ideais". Idéias como socialismo e democracia seriam, talvez, conseqüência de um atavismo racial dos dominados de pele escura. E por aí vai.

Não adianta. "Nunca consegui falar de Nietzsche com calma", confessa o filósofo André Comte-Sponville no livro *Por Que Não Somos Nietzschianos*,[8] e este resenhista se encontra na mesma situação. Talvez possamos deslocar um pouco o problema, desistindo de contrapor o Nietzsche "mau" ao Nietzsche "bonzinho", "mestre da modernidade".

Estamos tão impregnados de preconceitos morais que é difícil não ler Nietzsche "moralmente" – isto é, pensando a todo momento: "Mas então o que é que ele quer que a gente faça? Será que devo?" – e esta palavra complica tudo –, "devo ser então mais espontâneo, alegre, menos cristão?". O próprio tom de Nietzsche mistura a prédica à provocação; quando vai denunciar algum dever, parece estar exortando o leitor a outro.

E aqui faço uma pergunta simplória. O código de conduta dos "nobres" nietzschianos seria essencialmente diverso do código de um "escravo", como afirma a *Genealogia da Moral*? Ou é simplesmente mais restrito o âmbito de sua aplicação? Será que a moral do rebanho não exige, apenas, que se universalizem

8 *Pourquoi Nou Ne Sommes Pas Nietzschéens*. Paris: Livre de Poche, 2002.

aquelas virtudes da "lealdade, delicadeza e amizade" que Nietzsche atribui à sua querida "besta loura"?

Esqueçamos isto e adotemos uma hipótese diversa. Nietzsche não está agindo como defensor de um ideal, e sim como psicólogo, cientista, descrevendo fatos, desvelando a verdade. Mas é o próprio Nietzsche quem afirma que o cientista é apenas uma nova versão do ideal ascético, superestimando o "valor da verdade"; a ciência empobrece a vida.

É contra a diminuição da vitalidade européia, e contra a sua própria neurastenia, que Nietzsche erige a vasta fantasia compensatória da "besta loura" alemã. Não importa que seja uma fantasia de mau gosto, pois estaria a serviço da "vida".

Acontece que esse conceito atinge em Nietzsche alturas puramente metafísicas. Bondade, culpa, ascetismo são características dos "doentios", que negam a "vida". "Os doentios são o grande perigo do homem: não os maus, os animais de rapina. Aqueles já de início desgraçados, vencidos, destroçados – são eles, os mais fracos, os que mais corroem a vida entre os homens, os que mais perigosamente envenenam e questionam nossa confiança na vida, no homem, em nós."

Acima de qualquer prurido ou escândalo moral que tivermos, seria simplesmente o caso de perguntar se essa tese se comprova empiricamente. Massacres podem "exaltar", sem dúvida, a sensação de vitalidade pessoal de quem os comete; mas por que seriam mais úteis à "vida" do que a infeliz, ascética e desvitalizada neurose do biólogo europeu que passa os dias procurando uma nova vacina? Vejo que vou ficando simplório de novo.

Mas é como se Nietzsche quisesse "naturalizar" e "objetificar" no conceito de "vida" o que é apenas uma sensação subjetiva. Esta ficção permite-lhe ao mesmo tempo fazer o elogio da mentira e o elogio da veracidade, uma defesa do desvelamento psicológico e uma igual defesa da mistificação, a ponto de sempre se poder dizer que aquilo que ele escreveu não é bem aquilo que ele escreveu.

E o que seria uma jovial, nobre e pagã condenação da religião e da moral acaba assumindo um tom furibundo, histérico, em seus escritos. O famoso estilo de Nietzsche, ainda que agudíssimo e fascinante (a tradução de Paulo César Souza é, como sempre, excepcional), parece-me, no fundo, de um plebeísmo atroz. Esse defensor dos supostos ideais "nobres" cospe muito quando fala.

Infelizmente, é um autor indispensável. Só que precisa ser lido com paciência, e o presente resenhista não é tão abúlico, ascético e exangue quanto seria necessário.

RETRATO DE UM TORTURADOR [9.12.1998]

A revista *Veja* desta semana publica uma entrevista com o corretor de seguros Marcelo Paixão de Araújo, que torturou cerca de 30 pessoas durante o regime militar. Não se arrepende do que fez. Aliás, parece que neste país ninguém se arrepende de nada.

Araújo conta com grande naturalidade e bom humor sua participação nas atividades do 12º Regimento de Infantaria do Exército, de 1968 a 1971. Perguntado se quem tortura age como um monstro, reagiu indignado: "Não. Essas práticas eram normais entre nós. Quem eu achava que era monstro eram os sádicos. Eu mesmo afastei dois sargentos. Não queria sádicos trabalhando comigo".

Sem ser sádico, portanto, Araújo diz que "gostava muito de aplicar a palmatória" e de dar choques elétricos nos dedos dos presos. Uma de suas vítimas conta: "Marcelo apagava o cigarro no meu corpo, mas a pior coisa que fez foi me deitar no chão, colocar um cabo de vassoura no meu pescoço e subir em cima". Mas sádico ele diz que não era.

Caetano Veloso celebrizou a idéia de que "de perto, ninguém é normal". Tendo a achar que o inverso também é verdadeiro. De perto, qualquer monstro é normal. Não duvido que, se encontrasse Hitler pessoalmente, poderia ficar com a impressão de que se tratava de um cavalheiro de trato afável e conversação interessante. O maníaco do parque nos incomoda por estar plenamente lúcido e equilibrado durante a maior parte do tempo.

Não quero discutir aqui se Araújo é um monstro ou não; o conteúdo de suas declarações, do ponto de vista psicológico, é bastante opaco. O mais espantoso, justamente, não é a monstruosidade de seu comportamento, e sim sua "normalidade". Ou seja, não só o crime de tortura pode muito bem ser cometido por pessoas normais, como também ser considerado normal antes, durante e depois das circunstâncias que supostamente o justificaram.

Passamos, assim, do campo da especulação psicológica ou psiquiátrica para o do comentário político e social. Tenho medo, na verdade, de que essa entrevista da *Veja* termine provocando o efeito paradoxal de diminuir, e não de acentuar, a repulsa da opinião pública diante dos atos mais odiosos do regime autoritário.

Há dois aspectos envolvidos na questão. O primeiro é o da impunidade. Não questiono aqui o acordo político que determinou a Lei da Anistia, peça importante na redemocratização do país. Foram todos anistiados, os torturadores e os torturados. Muito bem. O fato de ter havido uma "anistia recíproca" certamente facilitou a transição para o Estado de Direito.

Mas toda decisão política tem seu preço. A ausência de punição aos torturadores certamente lhes dá moral para nem sequer se arrependerem do que foi feito. Tudo se justifica: "Era uma época difícil, você sabe...". Esse discurso – que dissolve a abominação individual no "clima político daqueles tempos" –

faz do crime quase uma simples decorrência do calendário, de modo que torturar, em 1971, era como usar calças boca-de-sino e sapatos plataforma.

Um pouco incômodos, sem dúvida, os sapatos plataforma. Não, hoje eu não usaria. Mas, se eu voltasse àquela época, usaria de novo. Estou errado? Quem é você para me dizer isso?

Ficamos sem resposta. O ex-torturador Araújo é muito honesto, aliás. Poderia perfeitamente ter se recusado a torturar os presos. "É evidente que eu cumpria ordens. Mas eu aceitei as ordens." Não é que negue, portanto, sua responsabilidade pessoal ao torturar. Simplesmente, a idéia de que cometeu um crime é que desapareceu junto com a possibilidade de haver punição.

Passo a outro aspecto. Não é só a referência à "época" que supostamente neutraliza os atos de tortura. A tortura parece "normal" porque, não se deve esquecer, ela continua a ser normal no Brasil. Normalíssima. Estamos fartos de saber que presos comuns são torturados diariamente no país.

O discurso de Araújo – a justificação "técnica" da violência – talvez caia um pouco no vazio também por isso. De resto, não foi o regime militar quem inventou o pau-de-arara, nem o pau-de-arara foi abolido na democracia.

É bem compreensível que Araújo faça questão de ser reconhecido por suas vítimas. Eis o que ele conta na entrevista: "Eventualmente, eu encontro ex-presos meus, inclusive os que apanharam. E o relacionamento não é muito ruim, não. Não é aquele negócio de dar beijinhos e abraços. Mas é um relacionamento de respeito".

Tendo encontrado um professor a quem torturou, segurou-o pelo ombro, perguntando: "Você tá bom?". Cito: "Ele disse que sim e não quis mais conversa. Mas também não passa batido, não. Não deixo passar batido".

É como se a vontade de justificar-se, de confirmar o acerto de suas ações pregressas, tivesse tudo de uma confissão, exceto a culpa. Transforma-se quase que numa afirmação de decência pessoal.

Esse "respeito", essa "decência" e essa "normalização" da violência mais uma vez sugerem o tema clássico do brasileiro como "homem cordial". Como se sabe, a tese de Sérgio Buarque de Holanda nunca foi a de que o brasileiro é pacífico e gentil por natureza, mas sim a de que, mesmo na barbárie, nada é entendido em termos impessoais, burocráticos, frios; o lado pessoal predomina. Não sei o quanto isso tem de válido, mas a "cordialidade" é reconhecível na entrevista.

A um dado momento, Araújo reconhece: "Não é bom tratar um semelhante dessa forma". Logo em seguida, dirige-se ao repórter: "Você não quer aproveitar e comer um biscoitinho?". E pega um biscoito da travessa que estava em cima da mesa. Dizendo que, em Minas, não se costumava aplicar a tortura da "geladeira" (deixar o preso numa câmara frigorífica), ele declara: "O que tinha era o trivial caseiro, o menu mineiro".

Eu acho esses os momentos mais sinistros da entrevista de Araújo. Aqui temos o Brasil em seu estado de perpétua inocência. Num clima de mais absoluta normalidade. E, mesmo quando se abre o jogo, tudo é eufemismo, tudo – até mesmo a barbárie – se interpreta no diminutivo. Tudo se reduz. Fica bem caseirinho.

O PADRE MARCELO [16.12.1998]

Muita gente se escandaliza com a figura do padre Marcelo Rossi e sua "aeróbica do Senhor". De fato, um sacerdote transformar-se em astro pop é como se a água, em vez de virar vinho, virasse coca-cola. Mas o que fazer? São tempos de coca-cola. Detesto o moralismo da Igreja Católica, mas acho que há muito moralismo contra o padre Marcelo também.

Não entro na questão da empresa Terço Bizantino, oficialmente inativa, de que o padre é sócio. A venda de medalhinhas, terços e CDs religiosos nada tem de espantoso. Mesmo na catedral de São Pedro, o turista encontra uma loja de suvenires. E o papa João Paulo 2º, ao que eu saiba, também já gravou um CD. Se o dinheiro supostamente arrecadado com a Terço Bizantino vai todo para a igreja ou não, eis um assunto que não me diz respeito.

O "escândalo", entretanto, não vem daí. O que mais choca certas pessoas, católicas ou não, é o comportamento apelativo, a euforia biônica do padre que pula, a visível influência que ele sofre de Xuxa e dos bispos da Record. Nesse capítulo, tenho algo a dizer em sua defesa.

O nariz torcido diante das apelações de alguns eclesiásticos não vem de agora. São Bernardo, no século 12, reprovava os excessos decorativos nos capitéis das igrejas de seu tempo. Esculturas de macacos, leões e tigres encarapitavam-se nas colunas das catedrais. "*Tam multa denique tamque mira diversarum formarum ubique varietas apparet, ut magis legere libeat in marmoribus quam in codicibus, totumque diem occupare singula ista mirando quam in lege Dei meditando.*"

Os próprios vitrais góticos, provocando um maravilhamento sensorial inédito para a época, não seriam uma distração face ao recolhimento e à austeridade que supomos característico de uma fé genuína?

Bem, pode-se dizer dos vitrais que pelo menos eram obras de arte, coisa que o CD de Marcelo Rossi não é. Admito. Mas vai ver que, na época, os vitrais nada tivessem de "artístico". Sua mensagem era explícita, suas cores e motivos visavam, possivelmente, menos o efeito estético desinteressado e mais a pura propaganda.

É que nós, no século 20, conhecemos coisas muito mais apelativas e formas de comunicação muito mais eficazes do ponto de vista publicitário. As críticas a uma apelação do século 12 deixam, assim, de fazer sentido; podemos fruir, sem ingenuidades de aldeão, a pura beleza artística do vitral. E a falsa arte, a apelação barata, talvez tenham isto de bom: "criam" novos monumentos estéticos, a saber, os dos séculos anteriores, agora obsoletos do ponto de vista da técnica propagandística.

Pulando e dançando, o padre Marcelo Rossi apenas adapta à linguagem contemporânea aquilo que antes se bastava com toques de sino, camadas de ouro, estolas bordadas, sons de órgão e nuvens de incenso.

Pode-se argumentar que seus frenesis desviam o fiel da "verdadeira mensagem" do catolicismo. Mas a dimensão do frenesi, ou pelo menos da festa, está presente em quase todo culto religioso, que não se confunde com o espaço mais íntimo da meditação e da vida contemplativa. Arrisco dizer que nada me parece tão próximo da "verdadeira mensagem" do catolicismo do que a mistura específica que produziu de sedução sensorial e de elevação religiosa. Junta-se o amor ao luxo com o elogio da pobreza, como no Carnaval carioca (descontados alguns excessos deste, é claro), ao passo que o protestantismo retruca com o amor à riqueza e o elogio da austeridade.

Claro que essa conciliação dos sentidos e do espírito não se faz sem divisões internas; vimos o caso de são Bernardo, que Umberto Eco cita em seu livro *Apocalípticos e Integrados.*[9] No quarto volume da *História da Vida Privada no Brasil*, que acaba de sair,[10] a pesquisadora Maria Lúcia Montes descreve as reações do clero aos excessos que se cometiam a pretexto de festas religiosas populares.

Em 1941, o episcopado de Belo Horizonte publicava resoluções deste teor: "determinamos que no mês de Maria atenda-se mais à piedade que às pompas exteriores, eliminando-se as ornamentações mundanas e as iluminações perigosas [...] haja todo cuidado em evitar os exageros [...] devem ser evitados os atos muito demorados ou feitos com precipitação e sem aquela gravidade própria da casa de Deus. Deve ser evitada a multiplicação desnecessária de altares, imagens ou associações religiosas [...]".

Diz-se que a Igreja Católica perdeu muitos de seus fiéis porque passou a se interessar demais pelas coisas terrenas (lutas populares, miséria, política), descuidando de seu papel espiritual. O argumento é claramente de direita. Como se, antes da Teologia da Libertação, a igreja não se ocupasse de política...

Acho até o contrário. Talvez o catolicismo tenha perdido público exatamente porque ficou pouco terreno, e não terreno

9 Tradução de Pérola de Carvalho. São Paulo: Perspectiva, 6a ed, 2001.

10 Organização de Lilia Moritz Schwarcz. São Paulo: Companhia das Letras, 1998.

demais. Os bispos da Record não fazem outra coisa senão prometer a felicidade aqui e agora. O catolicismo se fortalece para os que, sem trocadilho, querem terra para trabalhar, e não céu para morrer.

Por certo, a esquerda eclesiástica tem pouco a admirar no padre Marcelo. Sua animação despolitiza. A mensagem utópica do cristianismo, a luta que se desenvolve pela justiça social, e mais recentemente pela simples justiça – justiça comum contra matadores profissionais, por exemplo –, está muito distante da ginástica burguesa, do atletismo bizantino, do iê-iê-iê carismático de Rossi. Mas também não sei o que o clero tem a ver com a privatização da Vale do Rio Doce, e a condenou.

Se o padre Marcelo não existisse, seus adeptos estariam provavelmente vendo TV em casa ou aderindo a alguma igreja evangélica; acho difícil que fossem mobilizados para as lutas sociais. Seu estilo responde a outras necessidades, de um outro público, com o qual aliás não simpatizo; mas na igreja, historicamente, sempre coube tudo. Pois se trata de uma instituição terrena, exposta desde sempre à moda, aos interesses materiais, às conveniências políticas e sobretudo às necessidades de sua própria sobrevivência.

Prefiro a igreja progressista; mas pelo que tem de progressista, não por ser igreja. A tentativa de, no jargão de esquerda, fazer da organização católica um grande "aparelho" não deu certo; foi esmagada pelo papa. Minha tendência é lamentar esse fato. Mas dizer que, com isso e com a ascensão dos carismáticos, perde-se o "real" significado do catolicismo, para mim, é má-fé ou excesso de credulidade.

BRASILEIROS NO OSCAR

[24.3.1999]

Não adianta. Mesmo sabendo que Fernanda Montenegro tinha pouca chance, mesmo fazendo ressalvas a *Central do Brasil*, mesmo querendo evitar o espírito de patriotada, mesmo estando cansado da falação em torno do Oscar, confesso que torci. Em vão, como sempre.

No fundo, eu sabia (todos sabíamos) que não ia dar certo. Nada mais previsível do que aquela cerimônia. Notava-se a má-vontade da Academia com relação a Spielberg, fazendo de um água-com-açúcar (*Shakespeare in Love*) o grande vencedor da noite. Era óbvia a presença de Sophia Loren no momento de anunciar o prêmio de melhor filme estrangeiro "a Rrobbertttto". Foi clara a atitude com que Benigni recebeu esse anúncio, num estereótipo de italianidade efusiva, capaz de envergonhar o Zé Carioca de Walt Disney.

Aliás, *A Vida É Bela* deve ter parecido, aos olhos de Hollywood, um tributo a Disney, e não a Chaplin. O campo de concentração como uma espécie de Disneylândia: este é o sonho americano, por sinal denunciado em *The Truman Show*, que perdeu. Previsivelmente.

Houve ainda mais previsibilidade na vitória de Gwyneth Paltrow sobre Fernandona: melhor apostar no futuro de uma jovem simpática do que no talento de uma terceiro-mundista, carta fora do baralho comercial. Gwyneth Paltrow demonstrou mais riqueza de emoções, maior mobilidade na face, nos cinco minutos de agradecimento à Academia do que nas duas horas de *Shakespeare in Love*. Pouco importa. Toda a triste cerimônia do Oscar resume as características do cinema americano: previsibilidade e interesse comercial.

Sabíamos disso. Desconfio que, nas torcidas que se organizaram em torno do Brasil, talvez existisse uma secreta volúpia, a de sermos derrotados. O fato de o Brasil ser uma nação frustrada tem algo de artístico. Que diferença diante das vulgares vitórias americanas!

Eis uma outra razão para que *O Resgate do Soldado Ryan* tenha deixado de ser o vencedor da noite. As patriotadas do filme não apagam o impacto dos seus famosos minutos iniciais, onde se mostrava o preço em sangue, em carne e ossos humanos, do sorridente poderio dos Estados Unidos sobre o mundo.

Em vários momentos da cerimônia esse poderio exibiu seu lado sinistro. Revoltei-me, por exemplo, quando a odiosa Whoopi Goldberg terminou a festa dizendo a nós, pobres coitados da periferia, que devemos continuar tentando. Ela declarou que se o prestígio de Hollywood prova a universalidade humana de suas preocupações e temas, isto não impede que uma japonesinha qualquer (Whoopi aludia à vencedora chorosa na categoria Documentário Ignorável) consiga migalhas de reconhecimento.

Pobre Fernandona! Pobre Waltinho! A japonesinha de vestido violeta, combinando com a maquiagem, ganhou um Oscar secundário, provando que Hollywood reconhece o talento dessas raças esquisitas. Liberou Hollywood para ignorar o resto do mundo. Ignorar o resto do mundo, sim, exceto a Itália de "Rrrob-bertto", que não fez mais do que tirar o chapéu diante dos tanques americanos, saudando a América como real *principessa*.

O filme é um conto de fadas capaz de fazer Schindler revirar-se na tumba e de tornar Spielberg um autor sério demais para levar o Oscar – clássico, adorniano e circunspecto. Ironia das ironias, esse triunfo da supremacia americana teve na negra Whoopi Goldberg seu mestre de cerimônias. Não houve espaço para a revolta, sequer para a crítica, muito menos para a surpresa, naquela festa organizada por uma falsa oprimida e verdadeira debochada.

O deboche integrado venceu a falsa correção política. *Central do Brasil* errou ao adocicar mercadologicamente nossas contradições. Fez tremendas concessões ao sentimentalismo americano (esperança, criancinhas, paisagens de deserto). Quis jogar o jogo deles. Mas quis jogar ao mesmo tempo o jogo nosso: violência, raízes populares e inocentes, redenção. Como farsa, é mais sutil do que a de Benigni. Mas quem quer saber de sutilezas?

Central do Brasil é uma espécie de dona Ruth querendo assumir o cargo de Fernando Henrique. Obviamente, e com justiça, o Oscar desprezou essa tentativa. Mas lamento o fato de Fernandona cair, desvalorizada como uma moeda imaginária, digna e nacional, diante dos dólares da Miramax. A Miramax foi a Nike desta Copa do Mundo.

Espojo-me e chafurdo na derrota brasileira. Observo, por fim, o seguinte. A cerimônia do Oscar é apenas confirmação do poder americano. John Glenn e Colin Powell, senador-astronauta e chefe de Estado-Maior americano, participaram da festa. Aquilo tudo é uma patriotada militar, uma iniciativa de guerra; Hollywood reconhece que seu poder se deve à bomba, mas homenageia Kubrick, e dorme em paz. Nossas patriotadas são inocentes diante desse escândalo.

PLÁSTICA OU MALHAÇÃO

[7.4.1999]

Não entendo nada de política internacional. Mas assisto pela TV às cenas dramáticas dos refugiados albaneses, vejo o nacionalismo sérvio fortalecer-se com o ataque da Otan, ouço críticas ao novo jogo de guerra de Clinton e seus rapazes e percebo que as atenções mundiais estão fixadas na crise iugoslava.

Passo, entretanto, por uma banca de jornais. *IstoÉ* dedica sua capa a um brócolis dentro de uma proveta – "Alimentos que Curam" é o título da reportagem. A capa de *Época* nos informa sobre os males do tabagismo e os novos métodos para parar de fumar. *Veja* destaca o desmatamento na Amazônia.

Será que não estamos um pouco alienados do mundo? Não digo que o desmatamento da Amazônia seja pouca coisa. Mas o papel de "vegetais e frutas", como diz *IstoÉ*, na prevenção de doenças, ou do cigarro em causá-las... francamente.

Reconheço que alguém da *Folha* não tem muita moral para criticar. Este jornal costuma dar pouco espaço a assuntos internacionais. Provincianismo, talvez. Mas também porque os problemas do Brasil não param de acontecer. Temos nossas crises: mensais, semanais, diárias.

Aí é que entra a verdadeira razão de minha birra com as revistas semanais. O importante não é que tratem de Kosovo na capa. Mas sim que tenham capas tão desimportantes.

Eis alguns assuntos das capas de *Época* nas últimas semanas: a nova mulher ("Frágil Era a Vovozinha"); a terapia de vidas passadas; a cirurgia plástica ("Vaidade Não É Pecado"). *IstoÉ* responde falando de doenças cardíacas, da "fúria das ex-mulheres", e de "mulheres influentes", com Hebe Camargo na capa. *Veja* contra-ataca com uma capa sobre depressão, outra falando de erros médicos, outra com a reportagem "Unidos pelo Divórcio" (como pais e filhos se relacionam em famílias formadas por segundos e terceiros casamentos), mais uma sobre vícios (sexo, drogas, comida, cigarros, bebida) e – surpresa – cirurgia plástica.

Meu propósito não é ficar criticando as revistas semanais. Tenho só duas observações a fazer. A primeira é sobre a tão elogiada livre concorrência. Teoricamente, deveria levar sempre a uma melhoria nos produtos e a um aumento nas escolhas do consumidor. Acontece que, se os produtos podem melhorar quando disputam a preferência da mesma faixa de consumidores, parece-me também lógico que tendam a convergir, a se tornarem parecidos entre si, chegando por fim a uma situação de "equilíbrio" (para usar outro termo caro aos liberais).

Não me importa muito a diferenciação entre duas marcas de carro ou quatro marcas de sabão em pó. Mas se o "produto" é informação, opinião, cultura, fico assustado. Nas revistas semanais, a terapia de vidas passadas concorre com a alimentação saudável, a plástica com a malhação, a nova mulher com a ex-mulher, o infarto com o enfisema.

Um autêntico liberal diria que essa convergência de assuntos não tem nada de errado, pois reflete aquilo que mais interessa ao leitor. Ou, melhor dizendo, ao "consumidor". Chego ao segundo ponto que queria destacar. A julgar pelas revistas, então, a classe média brasileira está totalmente voltada para o próprio umbigo. Ou "umbiguinho", como se diz agora.

Pode ser que tenhamos sido sempre provincianos, como escrevi acima, e que a Iugoslávia esteja de fato longe demais. Mas vejo coisas como a virtual derrocada do malufismo; o dinheiro (o meu, o seu) que escoou do Banco Central; as mazelas do Judiciário; as mazelas das telefônicas; os famosos cortes nos gastos sociais... temas de interesse público, afinal, e não privado.

Será que só o interesse privado, contudo, mobiliza o leitor? Saúde, consumo e comportamento? Ia-me esquecendo: há também o tema da segurança.

É como se, tradicionalmente voltados apenas para o próprio país, sem nos dar conta de crises internacionais, agora estivéssemos apenas fechados dentro de casa – ou dentro do *shopping*. No fundo, é isso o que as revistas estão a refletir. Mas bem que poderiam lutar mais contra essa asfixia.

A ESCOLA E SEU ESPELHO [12.5.1999]

Por mais que se tente dourar a pílula, ir à escola todo dia nunca deixou de ser um sacrifício para a maioria das crianças. Mas quando a escola se transforma num covil de gangues armadas, com policiais revistando os alunos antes da chamada e drogas correndo à solta, o problema ganha obviamente uma outra dimensão. Como dizer a um adolescente que ele deve freqüentar a escola, se ali há risco de vida, de atentado, de narcodependência ou no mínimo de intimidação policial?

Mas não é preciso ir a extremos de retórica para perceber que o modelo escolar está falido.Vamos esquecer por um momento as notícias de violência. O "normal" das escolas públicas já é suficientemente chocante.

Não consigo entender como alguém chega ao terceiro ano do segundo grau sem saber escrever um bilhete. Terá passado no mínimo 11 anos indo à escola cinco vezes por semana – e sai vagamente preparado para o emprego de balconista, *office-boy* ou empacotador. Para esses jovens – e creio que todos conhecemos casos desse tipo – imagino a sensação de vazio, de inutilidade, de clausura, que terá representado a rotina escolar. Onze anos foram gastos com uma ficção tediosa e perversa: a de que o ensino gratuito é um mecanismo de ascensão social, de cultivo dos talentos, de descoberta do mundo, de encaminhamento para uma vida profissional satisfatória.

Claro que a alternativa – ir para a rua – é ainda pior. Mas é como se a "rua", a delinqüência, fosse pouco a pouco invadindo a escola, já que na prática a instituição está entregue ao abandono. Não me espanta, assim, que surjam gangues, tiroteios e tráfico. Mais do que expressões da agressividade natural do ser humano ou da tempestade de hormônios que assola a adolescência, fenômenos assim tendem a aparecer, creio, em função da crise motivacional causada pela própria escola. Surgem porque não há nada de útil, de interessante ou de recompensador a fazer lá dentro. Para a grande maioria dos jovens de classe baixa, é notório que as esperanças de sucesso se resumem ao esporte e à carreira artística. Esperanças que, de resto, frustram-se rapidamente.

Enquanto isso, o ensino público vai-se tornando uma farsa obrigatória. Não digo, claro, que não adiante nada. Mas adianta tão pouco que esse seu estado de obrigatoriedade inútil, a violência institucional da situação e a desvalia de tudo talvez inspirem o desejo de vandalizar, de responder de forma concreta, pessoal e cega à irracionalidade impessoal, à ineficiência estabelecida, à abstração estéril do sistema escolar vigente.

Expresso desse modo, o raciocínio talvez seja radical demais. Pode-se contestá-lo de vários modos. Em primeiro lugar, gangues, drogas e barbaridades de todo tipo mobilizam também os adolescentes de classe média, e não apenas quem vive a falência do ensino público. Em segundo lugar, se a atitude dos jovens é reação a alguma coisa, não se trata apenas de revolta contra o sistema escolar, mas de um reflexo da violência da sociedade como um todo e, sem dúvida, daquela veiculada nos meios de comunicação.

Outros aspectos a ponderar. Gangues costumam lutar entre si, não contra o poder instituído. O fenômeno tampouco é peculiar ao sistema educacional brasileiro; nos Estados Unidos (não que a escola seja grande coisa lá) tudo é muito pior. Por fim, antes que se comece a falar de uma crise geral da civilização, basta lembrar as rixas de rua em *Romeu e Julieta*, de Shakespeare, para notar que "delinqüência juvenil" e desajustes não são problemas típicos da sociedade de massas moderna.

No livro *Texto/Contexto II*,[11] do ensaísta Anatol Rosenfeld (1912-73), há dois artigos sobre gangues de adolescentes. Publicados originalmente há mais de 40 anos, fazem crer que não há novidade nenhuma em tudo o que se diz hoje sobre o tema. Há mesmo coincidências sinistras de pormenor: o hábito de pôr fogo em indigentes, por exemplo, já se registrava em 1958.

Tanto Rosenfeld quanto o educador Antonio Gomes da Costa, em entrevista publicada na *Folha* (10/5/1999) apontam a "busca de identidade" como um dos motivos para a organização das gangues – podem-se incluir aqui torcidas organizadas, seitas demoníacas ou turmas de bairro, pouco importa. É precisamente em torno dessa questão da identidade que, talvez, possamos voltar ao raciocínio original.

Se a escola não funciona, se falha o lugar onde o adolescente poderia encontrar meios de autovalorização, é previsível que ele crie suas próprias válvulas de escape. E que, na procura de reconhecimento, um delinqüente imite outro, reproduzindo a última barbaridade que apareceu na televisão, para também aparecer por sua vez. As gangues são hierarquizadas, rivalizam

11 São Paulo: Perspectiva, 2000.

entre si, oferecem satisfação narcísica e condições de exercício de poder. Competitividade, coerção, recompensas, irracionalidade e vazio: nesses aspectos, reproduzem como num espelho o próprio sistema escolar que conhecemos.

Um estelionatário de bigodinho resolve, certo dia, dar uma surra na mulher. O caso provavelmente não teria grandes conseqüências se ocorresse em algum bairro qualquer da periferia paulistana. Mas aconteceu numa das celas da Casa de Detenção de São Paulo, durante a "visita íntima" a que os presos têm direito.

"Os gritos da mulher foram ouvidos nas celas vizinhas", conta o médico Drauzio Varella, no seu livro *Estação Carandiru.*[12] Os próprios presos organizaram a punição do marido violento. Não adiantou transferi-lo para o setor Amarelo, onde se comprimem, supostamente em segurança, os detentos jurados de morte.

"Nas primeiras horas da manhã seguinte o valentão tomou duas facadas", continua. Levado ao hospital, passou por uma cirurgia, perdeu 80 centímetros do intestino, mas escapou com vida. "Deu a maior sorte", comentam os presos.

12 São Paulo: Companhia das Letras, 1999

A pena de morte vigora no Carandiru. Dívidas, delações, pequenos furtos, ou mesmo a recusa a tomar banho diariamente, acarretam as mais severas represálias, aplicadas sem hesitação pelos detentos.

Há dez anos, Drauzio Varella engajou-se num trabalho de prevenção à Aids no Carandiru. De sua experiência, resulta agora este livro-reportagem, extraordinário e perturbador. "Extraordinário" e "perturbador" são adjetivos um pouco desgastados; têm algo de mercadológico e todo crítico, no entusiasmo de uma leitura recém-terminada, bem que merece ser visto como um suspeito em potencial. Mesmo correndo o risco de ser incriminado pela mistura de ênfase, frivolidade e pressa, que são os vícios da profissão, insisto no elogio.

Diante de uma realidade tão extrema como a retratada pelo autor, seria quase uma insensibilidade enaltecer os méritos literários de *Estação Carandiru*. Mas a maior qualidade do livro, desse ponto de vista, está justamente em evitar a retórica, a fraseologia, o "efeito" – tentações a que um escritor ou um jornalista talvez cedessem facilmente.

Tudo poderia assumir as máscaras literárias da compaixão sentimental, da crueza verista, da oratória apocalíptica, do desencanto, da denúncia, do horror. O que perturba no livro, ao contrário, é a amenidade – mas amenidade sem complacência – de quase todas as suas páginas.

Estratégia admirável do escritor, preparando, sem que desconfiemos, o impacto gigantesco dos capítulos finais, sobre o massacre de 1992. Tinha vontade de citar alguns trechos, mas não posso estragar o desprazer.

Uma palavra sobre a compaixão. É comum que a tenhamos, à distância, imaginando celas superlotadas, Aids, violência e tudo mais que se sabe existir num presídio; resumimos tudo com palavras como "barbárie", "horror" e seguimos em frente. Ainda que isso seja correto como atitude de repúdio às condições sem dúvida desumanas em que vivem tantos presos, palavras desse tipo tendem a "desumanizar", elas próprias, a realidade que Varella retrata.

O livro conta casos de pessoas reais; nota as diferenças de situação material, as hierarquias, os códigos de honra, as astúcias, as ironias e os acasos que atravessam o cotidiano da instituição. Trata-a como invenção humana, onde há seres humanos que o autor conhece bem. Nada disso diminui nosso espanto, mas nos aproxima um pouco do espantoso.

Tráfico, faxina, prostituição, futebol, cultos religiosos, disputas políticas, aparato repressivo e judiciário, tudo "funciona" pelas mãos dos próprios detentos, com previsibilidade e rigor hobbesianos, numa instituição que simboliza a quase total falência e a desmoralização do poder público.

Como se sabe, a atividade policial muitas vezes adquire os vícios daqueles que combate. Em *Estação Carandiru*, vemos o processo pelo lado inverso: os condenados agem como policiais, vigiando a moral interna, decidindo quem deve ou não morrer pelas infrações cometidas.

Um tema central do livro, precisamente, é o da contaminação. Não apenas a contaminação pela Aids (em decréscimo desde que se substituíram as drogas injetáveis pelo *crack*), mas também a contaminação, digamos, institucional. "O cheiro da cadeia impregna as roupas", diz um carcereiro. Drauzio Varella se surpreende, numa ocasião de perigo, assumindo o andar gingado de um malandro; também conta que, enquanto atendia os presos numa consulta médica, precisava ter toda a malícia de um policial.

O pitoresco das histórias e da linguagem dos presos, que o autor capta com muita habilidade, talvez tenham, à primeira vista, o efeito perverso de tornar indevidamente agradável a leitura de um livro tão sério e pungente. Mas a quase neutralidade de *Estação Carandiru* não é o seu menor mérito.

Vamos lendo os casos escabrosos como se fossem a coisa mais natural do mundo. Natural, sem dúvida, diz nas entrelinhas o excelente escritor e médico: natural como a doença.

MISTER M

[4.8.1999]

O mágico Mister M está no Brasil. Domingo passado, o *Fantástico* fez uma reportagem especial sobre sua visita. Cid Moreira entrevistou-o, com ares conspiratórios e fraseologia romântica.

Mas o "paladino mascarado das noites de domingo", o misterioso herói que desvenda para milhões de telespectadores os truques de seus concorrentes, esse misto de Homem-Aranha e Isaac Newton, esse híbrido de Carl Sagan e *serial killer*, foi totalmente banal. Elogiou a beleza da mulher brasileira e a paisagem do Corcovado. Terminou no aniversário de Sasha, a filha da Xuxa. Parece carente de afeto, apesar da onipotência iconoclasta.

Há uma certa ironia no fato de Cid Moreira tê-lo entrevistado. No que diz respeito à mistificação, ao talento para explorar a inocência do público, a Globo, o *Fantástico* e Cid Moreira são imensamente superiores a qualquer mágico de circo. Daí, talvez, o respeito com que tratam Mister M. Pois é como se imaginariamente temessem que o desmistificador de truques pudesse esclarecer o público dominical sobre todas as empulhações em que o *Fantástico* é mestre. Por isso, mistificam-no, cercam-no de nuvens de gelo seco e vocabulário basbaque, numa cooptação subconsciente e cínica.

Mais do que isso, Mister M foi transformado numa espécie de mártir da liberdade de expressão. É o Salman Rushdie do parque de diversões. Os mágicos profissionais detestam-no porque conta como as mágicas são feitas. Houve protestos em todo o mundo. Esposando a causa de Mister M, a Globo enaltece assim sua suposta vocação iluminista e liberal. É o mesmo que ocorre em algumas novelas que causam escândalo ao mencionar lesbianismo e corrupção política: tudo parece corajoso, mas se submete à lógica do espetáculo e da alienação.

Nada melhor, do ponto de vista da imbecilidade universal, que a perseguição a Mister M: ei-lo transformado num herói da Verdade, no paladino das causas supérfluas; eis a mistificação da desmistificação, o obscurantismo do Iluminismo, a verdade degradada em espetáculo.

Dito isto, faço a defesa de Mister M contra seus críticos. Acho muito interessante saber como são feitos os truques dos mágicos profissionais. É uma curiosidade científica: espetáculos de Mister M atendem a essa demanda. Será que isso estraga o prazer da mágica, a arte da mágica, a magia da mágica? Acho que não. Em primeiro lugar, porque quando Mister M esclarece qual foi o truque, qual o segredo da desaparição do helicóptero, da transformação da mulher em gorila, logo me esqueço de todo o engenhoso aparato que se mobilizou em torno do milagre.

Não acredito que alguém, depois de ver uma demonstração de Mister M, perca o prazer de ver um número de mágica normal. Saber qual é o segredo não é muito diferente de saber que há um segredo qualquer. Meu avô paterno, que nunca conheci, tinha, ao que me contam, pouco prazer com a leitura. Meu pai me dizia que, a toda menção dos prodígios de um mágico chinês ou paraguaio fazendo espetáculo em São Paulo, ele citava um dos seus livros preferidos, *Le Fakir Fumiste*, o faquir embusteiro. E lá estavam explicados todos os truques de qualquer mágico que aparecesse.

É claro que os truques da magia estão ao dispor do bibliófilo. Não há crime nenhum no fato de Mister M os revelar. De que vale, afinal, uma revelação? Terminará sendo apenas um lampejo de ciência e racionalidade, interessante, sem dúvida, mas tão espetaculoso quanto o mistério que a corporação dos mágicos julga importante ocultar.

Talvez os mágicos sejam ingênuos diante de Mister M. Acham que quando este desvenda os segredos da profissão desfaz o poder que eles tinham. Eles acreditam demais no próprio poder. Pois sabemos (como meu avô sabia) que tudo é truque. Conhecer os detalhes da operação é interessante, mas não esgota o assunto. A beleza da mágica não está na materialidade técnica do truque e sobrevive às desmistificações televisivas de Mister M. Mesmo sabendo como a mágica foi feita, admiro o seu encanto.

Vejo um senhor de casaca, um Mandrake, no palco. Ele encarna o senso da cortesia, da elegância e da pertinência. Nunca será capaz de apelações. É um diplomata. Mas diplomata de um mundo material: diplomata das bolas de borracha, dos lenços de seda, das rígidas casacas, das cartolas luzidias, dos coelhos de verdade. O mágico é o artista das transições instantâneas, o poeta da técnica e do fetiche. Sua aparência aristocrática evoca a figura burguesa do técnico capaz de grandes prodígios tecnológicos. Ao mesmo tempo, nega o que há de burguês e racional na burguesia. É como se apontasse para o lado utópico da técnica. Cada mágico encena a utopia aristocrática de uma técnica sem suor.

A beleza do truque é denunciada por Mister M na época em que teoricamente o trabalho bruto cede aos robôs. Fim do trabalho manual, portanto. Fim da mágica, talvez, pois a mágica era idealização imaginária do trabalho. Permanência do espetáculo idiota: este é o problema, sem dúvida nenhuma.

ENSAIO PARA O LATÃO

[15.9.1999]

Chaveiros, encanadores, eletricistas, mecânicos de automóvel: esses profissionais pertencem ao que se convencionou chamar, não sei se por eufemismo ou violência, de "classes subalternas" da sociedade. Mas eles têm uma vantagem diante do assalariado comum. Quando alguém precisa de seus serviços, é porque está numa situação de emergência. A balança do poder então se inverte: todo sujeito das "classes superiores" já implorou, sem sucesso, o socorro de um eletricista ou acompanhou, de coração aos saltos, as opiniões pessimistas, reticentes e laboratoriais de um técnico em computadores.

Em *Ensaio Sobre o Latão*, peça em cartaz no porão do Centro Cultural São Paulo, há uma cena desse tipo. No palco, vemos uma companhia teatral ensaiando um texto clássico (*Hamlet*) e discutindo as relações entre o teatro e a realidade. Aí entra em cena um personagem importantíssimo: o Iluminador. Está fazendo os ajustes de luz para a estréia da peça. Autoritário, objetivo, técnico, ele quebra não só a dramaticidade do texto shakespeariano como também as inquietações teóricas em que se debate a companhia.

Naquele momento, ele rege o espetáculo. Seu repentino poder se choca, entretanto, com a materialidade do ofício: ajustando uma lâmpada, sofre um acidente cômico. Não posso contar mais. Já estou estragando a surpresa, mas há outras, que dão ao iluminador um papel conclusivo na peça.

Só para comentar direito essa cena, eu precisaria de um artigo inteiro. É que *Ensaio Sobre o Latão* consegue, a cada fala, a cada momento, articular vários níveis de significado, sem nunca perder a inteligibilidade. É uma peça ao mesmo tempo transparente e complexa. Observe-se apenas o seguinte: que um técnico "subalterno" responde pela "realidade"; que, não por acaso, é o "iluminador" (isto é, o responsável pelo "esclarecimento" em cena). Que esse profissional, "inferior" aos atores e ao diretor, sobe numa escada, vê o ensaio "de cima"; que, além disso, manipula a escada de madeira como se fosse uma guilhotina.

Com a guilhotina, passamos à outra peça também encenada no Centro Cultural São Paulo pelo grupo de Sérgio de Carvalho: é o *Ensaio Para Danton*, onde mais um texto clássico (*A Morte de Danton*, de Georg Büchner) sofre uma leitura revolucionária e riquíssima.

O texto de Büchner, escrito por volta de 1830, narra o conflito entre Danton e Robespierre. Numa ótica burguesa, o que não quer dizer errada, está em jogo o conflito entre liberdade e terror, entre indivíduo e tirania. A montagem em cartaz revoluciona esse conflito. Introduz, ademais desse debate moral, um outro, de corte brechtiano: o debate, se é que há debate, entre comer e passar fome. A Companhia do Latão – esse é o nome do grupo responsável pelas duas peças – inventa personagens proletários que subvertem o texto original, com grande efeito cômico e, digamos tudo, relevância política.

É o mesmo procedimento que estávamos vendo acima. Os pobres de *Danton*, como o iluminador de *Ensaio sobre o Latão*, irrompem em cena para desestabilizar o teatro convencional e para complicar a discussão.

O grande mérito de uma peça de teatro, para mim, é quando fica impossível resumi-la, quando sinto que perdi alguma coisa do jogo de idéias e de pontos de vista posto em cena. A Companhia do Latão faz isso. Milita em favor da Razão. Com "R" maiúsculo mesmo, essa maiúscula anda fazendo falta.

Vai ficar parecendo, com tudo o que eu disse, que os espetáculos da Companhia do Latão são difíceis e cerebrais. Ao contrário: são engraçados, econômicos, cheios de criatividade e de talento. O compromisso do grupo, segundo o diretor Sérgio de Carvalho, é com a inteligibilidade.

Aqui podemos voltar ao tema da metalinguagem. Uma peça mostrando atores que ensaiam o *Hamlet* e discutem o que deve ser o teatro teria tudo para surgir como masturbação metalinguística. Não é o caso de *Ensaio Sobre o Latão*.

A moda da metalinguagem, desde Pirandello, tem servido a preocupações bastante frívolas: mostrar que "tudo é ilusão", "questionar" a linguagem, mostrar que "não há nada a dizer" etc. Na falsa metalinguagem de *Ensaio Sobre o Latão*, o conteúdo é importantíssimo. Essa peça, que mostra atores ensaiando *Hamlet*, usa o texto de Shakespeare de forma extremamente engenhosa, de modo a nem percebermos direito o momento em que as palavras literais do clássico se misturam a Brecht ou ao cotidiano brasileiro.

Ora, essa foi exatamente a estratégia do príncipe da Dinamarca, que, no drama de Shakespeare, recorre a atores mambembes para saber se o rei Cláudio realmente assassinou seu pai. Shakespeare (ou Hamlet) fez "teatro dentro do teatro" não por interesse em diversões metalinguísticas, mas porque importava desvelar a realidade. Isso é o que pretende a Companhia do

Latão. A realidade brasileira vibra nesses exercícios, que é preciso ser muito burro para considerar "intelectuais".

Karl Marx era leitor de *Hamlet.* No *Dezoito Brumário* compara a revolução, naquele momento em refluxo, à "velha toupeira" que, cegamente, escava seu caminho sob o sólido terreno burguês. A expressão "velha toupeira" provém de Shakespeare: é assim que o príncipe Hamlet saúda o pai traído e assassinado.

E é como se a Companhia do Latão confiasse num fantasma – o de Brecht? O do Teatro? O da Razão? O de Marx? – para subverter a mesmice desesperançada, irracional, mercadológica, *fashionable* ou, na melhor das hipóteses, festiva do teatro no Brasil. O porão do Centro Cultural São Paulo nunca esteve tão bem iluminado.

[22.9.1999] DE OLHOS BEM FECHADOS

Não acredito em milagres, mas há um milagre que experimento cotidianamente e que, se pensarmos bem, é digno de maravilhamento e gratidão. Refiro-me ao fato de, a cada manhã, acordar na mesma cama, no mesmo quarto, no mesmo mundo em que estive na noite anterior. Imagine se não fosse assim, se um dia fôssemos escravos no Egito, para acordar na manhã seguinte como traficantes de ópio na Malásia ou *quakers* na Nova Inglaterra. A vida se transformaria em sonho: Schopenhauer descrevia o sonho como páginas folheadas de um livro que, quando despertos, lemos em ordem.

Mais provavelmente, a vida se transformaria em pesadelo. A certeza de que o mundo à nossa volta subsiste e de que nós subsistimos – de que sou eu mesmo quem vai ao banheiro situado no mesmo lugar da véspera – é, por si só, uma felicidade.

O argumento é meio conservador. Comemorar o mundo "tal qual é", falar em milagre quando o que se trata é de rotina (um texto quase místico de Hannah Arendt incorre nessa tentação),[13] tudo isso tem muito de antiutópico, termina celebrando a seca no Nordeste, o modelo pedagógico da Febem, o governo Fernando Henrique.

E quantas vezes não acordamos infelizes? Depois de um breve lapso, lembramo-nos da noite anterior, na qual uma esperança amorosa se frustrou, uma recusa foi ouvida, uma vergonha se registra, um fracasso se confirma, a dureza do real se impõe. E o passado continua no presente, pesando, como toda realidade pesa sobre nós, numa decepção silenciosa a atestar que o pesadelo vivido foi real. Nessa circunstância, acordar de manhã pode ser motivo de infelicidade, algo de totalmente adverso às apologias que vínhamos fazendo da continuidade do mundo.

Este texto vai ficando inconclusivo. A dúvida não é diferente, em todo caso, da clássica pergunta: vale a pena viver? Não precisamos nos preocupar muito com ela. Mesmo os escravos do Egito encaravam a morte como uma má notícia. Sinal de que acordar num catre de prisão é, ainda assim, melhor do que não acordar de jeito nenhum. Que reencontrar a mesma desgraça todo dia tende a ser melhor que topar com estranhezas sempre renovadas.

Escrevo tudo isso por causa do filme de Stanley Kubrick, *De Olhos Bem Fechados*, sobre o qual já se escreveu bastante. A ambigüidade a que me referia, entre sonho e conservadorismo, parece-me contudo um dos temas principais do filme, e valeria a pena gastar um pouco mais de papel e tinta a esse respeito.

13 "O Que É a Liberdade?", em: *Entre o Passado e o Futuro*. Tradução de Mauro B. de Almeida. São Paulo: Perspectiva, 2ª ed., 1972.

Baseado num livro de Arthur Schnitzler [1862-1931], que não li, mas que se chama *Traumnovelle*, o filme de Kubrick é fascinante pelo que a trama apresenta de improvável. O personagem vivido por Tom Cruise tem muito daquilo que todos nós temos quando sonhamos: a mistura entre total liberdade e total submissão. Tudo, quando sonhamos, obedece teoricamente ao nosso desejo. O curioso é que isso não significa um acréscimo de liberdade, mas justamente a sensação de que somos jogados num mundo totalmente alheio a nosso controle. É como se cada pessoa que sonhasse virasse o objeto, a vítima, o escravo de seus próprios e desconhecidos caprichos.

O desejo da mulher, mais precisamente a confissão da esposa (Nicole Kidman) a respeito de suas fantasias de adultério, funciona como uma caixa de Pandora para o protagonista. Basta que um desejo se confesse dentro do casamento para que o marido reaja com 300 fantasias diferentes. O resultado é meio tolo, como as cenas do clube libertino em que Tom Cruise vai parar.

Mas o extraordinário no filme é o tom, a "voz" da narração. Tudo se passa como um sonho, porque não existe, a rigor, um fio conduzindo a história até o seu fim. Os acasos se sucedem, e o próprio personagem do filme está numa situação de espectador: vê o filme relativo aos desejos da esposa e vive o filme de seus desejos, como quem sonha.

Nada mais natural do que a conversa final entre Tom Cruise e Sidney Pollack (não por acaso, um diretor de filmes trabalhando como ator), na qual todos os medos e remorsos do protagonista se dissipam: foi tudo um sonho... O que traz alívio (conservadorismo) e decepção (utopismo) ao espectador. O filme celebra, afinal, a estabilidade do casamento, e nos faz torcer por essa instituição. Mas se baseia no fascínio que há em perder-se dela.

Uma observação para terminar. Chamou-me a atenção o número de árvores de Natal, todas parecidíssimas, no filme. É como se cada árvore, com seus presentes, fosse a promessa de um desejo realizado. Ao mesmo tempo, é símbolo de vida familiar, de renúncia e estabilidade. Quando, bem no fim do filme, a filha de Tom Cruise agita uma boneca da Barbie na loja, pedindo o brinquedo como presente de Natal, a ironia de Kubrick se revela: nossas instituições, nosso mundo "careta", se fundam no desejo, na fome de aventura sexual. Mas é como se fôssemos incapazes de estar à altura desse projeto. Entre os presentes de Natal e as caixas de Pandora, ficamos na mesma, aliviados até porque nossos desejos não se cumpriram.

[29.12.1999]

O RÉVEILLON DE 2000

Pelo que ouço dizer, o *réveillon* do ano 2000 vai ser menos do que se pensava. As agências de turismo baixaram o preço dos pacotes, não conheço ninguém que esteja planejando algo de tão especial assim, não há muita histeria no ar.

As pessoas de bom senso parecem reagir à hiperexploração mercadológica e midiática (que língua, essa que estou usando!) em torno da suposta virada do milênio. "Será um dia como outro qualquer", disse-me uma amiga refratária a modas e oba-obas. Concordo. Gostaria de passar o *réveillon* sozinho, vendo TV, com um boné do Mickey na cabeça e um pacote de batatas fritas na mão.

Só que, nessa atitude contrária ao ano 2000, existe também algo de questionável. É como se fosse a confissão de nossa incapacidade de virar o ano cabalístico. De certo modo, sinto-me pequeno diante da estridência da data. Negar a mercadologia em torno do ano 2000 é também negar minha capacidade de enfrentá-lo. Eu deveria, como o Manuel Bandeira de "Vou-me Embora pra Pasárgada", fazer ginástica, andar de burro bravo, tomar banhos de mar. Não sou capaz.

Mais do que isso. Eu deveria me transformar, de repente, num cidadão típico do ano 2000: roupas de acrílico, cabelo platinado, circuitos eletrônicos na cabeça enorme, olhos de zinco, gestos bruscos, voz digital, sangue de mercúrio frio. É desse modo que, ao longo de décadas, vínhamos projetando a vida no novo milênio. A decepção diante do fato de que continuamos humanos explica, talvez, a modéstia do *réveillon*.

O que era o ano 2000, há coisa de 20 ou 30 anos? Era um mundo silencioso e impessoal. Era a utopia modernista levada ao extremo, isto é, ao vazio, ao minimalismo. Tudo seria branco ou de metal. O deslocamento, quando necessário, seria feito pelo ar, não pela terra. A luz seria constante e fluorescente. Não haveria subjetividade. Não haveria conflito. A própria questão de se alguém é feliz ou não seria tola: deslizaríamos num ambiente nada hostil, sem família, sem amor, sem religião, sem medo. Adotaríamos uma compostura robótica, racionalista, absolvida de máculas.

A idéia de limpeza, de alvura, de suavidade impessoal e de silêncio estava associada ao ano 2000 por várias razões. Em primeiro lugar, porque o ano 2000 seria a intensificação utópica de um sonho modernista, o dos arquitetos que diziam que "todo ornamento é crime", que "forma é função", que "menos é mais". Quantos sacerdotes!

A pureza racional da arquitetura moderna (Loos, Gropius, Van der Rohe) identificava o progresso com o fim do individualismo burguês. Aliava-se aos avanços da "técnica" – último bastião da universalidade depois do século 18. Pois, certamente, o mundo da eficácia técnica é inquestionável; um curdo, um pataxó são capazes de perceber o que funciona bem e o que funciona mal. Daí que pensássemos no século 21 como o de um triunfo branco sobre a rusticidade heterogênea da vida. A razão – entidade à qual o modernismo arquitetônico se apegou – teria poderes que o coração desconhece. Ilusão irritante.

O que se viu, na verdade, foi o colapso dessa crença. O edifício de cristal, o meio ambiente de oxigênio puro, o silêncio do ano 2000 – essa utopia se desmantela aos nossos olhos.

É comum dizer que o final do século 20 se caracteriza pelo fim do socialismo, e, com isso, o fim de todo empenho utópico na política e na sociedade. É verdade. Mas há outro empenho utópico, que a meu ver entra em declínio nesta passagem de século. É a crença em tudo que se associe a técnica, globalização, mercado, progresso. Na década de 1960, esperava-se muito disso. Hoje, é claro, vivemos a data como um surto digital no despertador. Acordamos diante de um mundo sujo, barulhento, estridente; congestionamentos de trânsito, epidemias, poluição. Nada de um limpo filme de ficção científica como *THX 1138*, de George Lucas. Nem mesmo o pesadelo de uma sociedade controlada, como em *1984*.

Islâmicos, místicos, consumistas, todas as tribos se encarregam de vencer a utopia técnica que se associava à data. Vivemos num mundo barulhento e desigual, belicoso e sujo. A quantidade de zeros na cifra 2000 talvez represente um vazio, uma pureza que esperávamos ter. Esses zeros, esse vazio correspondem à imagem que fazemos de duas coisas. De um lado, a perfeição: os zeros seriam a confirmação gélida de nosso auge tecnológico. De outro, o vazio: um nada mais, um fim de mundo sem destruição, uma estabilização da humanidade rolando sobre ladrilhos de hospital, na plenitude de quem conseguiu abolir o “eu”, a doença que é o “eu”.

Felizmente, estamos longe desse ano 2000. Infelizmente, também. Enquanto isso, a razão, mais uma vez traída, suspira diante da população de primatas em que continua a depositar tanta esperança.

CONTO-DO-VIGÁRIO PARA BRASILEIRO

[19.1.2000]

"*Excuse me. Do you speak English?*" A pergunta me tomou de surpresa, por volta das 11 da noite, enquanto eu tentava estacionar o carro perto da praça Vilaboim. Baixei o vidro. Um americano com menos de 30 anos, usando barba e rabo-de-cavalo, olhava-me com ar de desespero.

O leitor pode bem desconfiar do que se tratava: um conto-do-vigário puro e simples. Mas uma coisa é perceber a vigarice quando a vítima narra o caso. Outra é vivê-la, no improviso da própria inocência.

O americano se aproximou e disse, num inglês perfeito, que era estudante na Unicamp e tinha sido assaltado. "*Burglary, you know?*" Orgulhei-me de conhecer o sentido do termo. Ele suava e parecia exausto. Tinha de voltar a Campinas. Estava sem dinheiro para a passagem.

Não, não foi tão simples assim. Antes de recorrer à generosidade pública, o americano tentara falar com seu orientador na Unicamp – um chefe de departamento de nome Barbosa ou Pereira, não me lembro – para que lhe arranjasse uma condução de volta a Campinas. Barbosa, ou Pereira, estava inencontrável.

O americano foi então a uma delegacia em busca de socorro. Mas lá não teve sorte. Reclamou do tratamento recebido: "*They were very rude with me.*" Sua causa tornou-se vitoriosa com isso. Desembolsei os R$ 16,00 que ele pedia para a passagem de volta a Campinas.

Minutos depois, num restaurante, comecei a desconfiar da história. Mas era tarde demais; e a suspeita de ter sido vítima de um conto-do-vigário não anulava o prazer de ter sido civilizado e gentil com um representante do Primeiro Mundo.

O falso pós-graduando da Unicamp continua em atividade; pessoas a quem contei o episódio viram-no nas imediações da avenida Paulista, e não fui o único a lhe dar dinheiro. Ele fizera questão, aliás, de pedir meu telefone para reembolsar o "empréstimo" assim que voltasse à Unicamp. Recusei, como diria Fernando Pessoa, "num gesto largo, liberal e moscovita".

Posso ser um palerma, mas acho que esse golpista americano tem algo de gênio. Claro que a história da passagem de ônibus é conhecidíssima, mas o tempero acrescentado pelo americano (era americano mesmo, não duvido) merece elogios.

Ele percebeu várias coisas a respeito de nosso país, e da classe à qual pertenço. Em primeiro lugar, envaidece suas vítimas quando fala em inglês. Só pelo fato de compreendê-lo estou disposto a pagar uma taxa. Apela, em seguida, para o orgulho nacional. Temos a alegria de não sermos xenófobos. O estrangeiro sempre nos parece superior: mais culto, mais civilizado.

Nacionalizamos a patifaria. Se o brasileiro, por definição, é o malandro, aquele que quer levar vantagem em tudo, decorre mais ou menos logicamente que o gringo é honesto e ingênuo. Sentimos orgulho, portanto (eu senti, pelo menos) ao ser ingênuos.

Curiosa forma de nacionalismo, a que se expressa em submissão; mas é assim que funcionamos, a meu ver.

O americano tocou, além disso, em dois pontos sensíveis da consciência nacional. Aludiu, no drama da condução, à penúria das universidades públicas. E reclamou do despreparo da polícia.

Sabemos que as duas coisas são reais. Nesse momento, eu só podia, engrolando frases em inglês, concordar com o escroque. Dei-lhe dinheiro porque confirmava minhas opiniões.

No restaurante, já tomado pela desconfiança, raciocinei assim: "há muita chance de eu ter sido enganado. Mas prefiro ter dado o dinheiro a um malandro do que ser hostil a um inocente". Claro que, depois de saber que o golpe é aplicado freqüentemente pelo americano, mudei de idéia.

Tiro as seguintes conclusões. Primeira, R$ 16,00 não fazem falta a ninguém que transita pela praça Vilaboim. Segunda, pessoas que se julgam civilizadas obedecem a qualquer um que fale inglês fluente. Terceira, os problemas do país ganham visibilidade quando denunciados por organismos internacionais.

Não por acaso, a praça Vilaboim é a sede do tucanato paulista. Fernando Henrique tem apartamento ali perto. O americano sabia onde estava se metendo. Nossa subserviência à globalização talvez seja difícil de evitar. Mas o prazer que sentimos no processo, e nossa culpa pelo atraso em aderir a ele, mereceriam entretanto a intervenção de um psicanalista internacional.

Os R$ 16,00 que dei ao vigarista equivalem a uns R$ 16 bilhões que o segundo escalão concede a aventureiros espanhóis ou canadenses num processo qualquer de privatização.

A cada dia, o Brasil se civiliza.

[9.2.2000]

COM CHARLATÃES VERDADEIROS NÃO SE BRINCA

Ele está de volta. Como um espírito incapaz de obter o repouso eterno, ei-lo que atravessa com olhar duro e passo firme o umbral da negra cripta. Dissipam-se as névoas de gelo seco; ele avança.

Sim, é o padre Quevedo. Assombra as noites do *Fantástico*, num quadro que se intitula "O Caçador de Enigmas"; vem logo antes do "Sai de Baixo". O que – cerca de 11h da noite de domingo – pressupõe um público adulto. (Há certa contradição em imaginar um público adulto para qualquer coisa que passe na TV. Mas, vá lá, adulto.)

Adulto o bastante, pelo menos, para se lembrar do mesmo Quevedo nos anos 60. O bom padre combatia espíritas e sensitivos na TV em preto-e-branco. Ocorre-me o aparelho G.E. que tínhamos em casa: pelas frestas da armação de plástico preto, era possível ver o lento acender das válvulas, até que bruxuleasse, numa certeza estrídula e pugnaz, a imagem de Quevedo.

Ele mostrava a farsa de um número de levitação. Esportivo, aquilino, esguio, passava um aro de metal por meio do corpo suspenso de uma mulher, denunciando o truque; era o Mister M do Vaticano. "Todo es un truque, no tem nada a ver con la levitación auténtica", afirmava (creio) o ríspido padre espanhol.

Estarrecido, aos 7 anos, recebi de Quevedo uma lição duradoura de ateísmo. Que ele, por dever corporativo, tivesse de reconhecer entre *la levitación auténtica* e a que é produzida por charlatães, deixou de me importar. Um mágico é capaz de milagres que nenhum santo conseguiu fazer.

O Vaticano tem há séculos a tradição do "advogado do diabo", o clérigo encarregado de contestar os milagres de qualquer candidato à santidade. À medida que teve de ceder à racionalidade científica, a Igreja se enredou num dilema, o de saber quais os "falsos" e quais os "verdadeiros" milagres.

A razão saiu ganhando. O advogado do diabo tornou-se advogado de um catolicismo sem veneno – um catolicismo respeitável, esclarecido, avesso às crendices do vulgo. Ou seja, um catolicismo sem delírio, sem fé, sem salvação. Mas o perfil da intolerância, da irracionalidade, da violência, estava agarrado demais à Igreja Católica para que esse *aggiornamento* liberal pudesse ser feito sem desemprego e sem revolta.

Assim, o novo racionalismo do Vaticano teve de recorrer aos rábulas da Inquisição. Uma desesperada adoção à ciência, em paroxismo, deformou-se goticamente na figura de verdadeiros demônios de batina, racionais até a esquizofrenia, inquisidores extremados a atuar em nome da fé contra a crendice – como se houvesse diferença entre uma coisa e outra.

Espanhol como todo inquisidor, intrépido como um toureiro, altivo como um Quixote, mas sem o delírio de seu modelo, padre Quevedo se dispõe a aparecer na Globo, como se no Jardim Botânico encontrasse a fonte da eterna juventude que tantos conquistadores procuraram em vão.

Com efeito, seu rosto talhado a faca não foi vencido pelos cupins do tempo; profetas mais frágeis do que ele – penso nos de Congonhas do Campo – hoje apodrecem ao ar livre, a carne de talco lacerada por turistas, roída de fungos, amolecida e frouxa na espera inglória do futuro.

Padre Quevedo esbanja energia, vive de uma confiança ibérica, áspera e cabal. Ectoplasma de um tempo em que a maior ameaça à Igreja era o espiritismo e a crendice, ele reaparece em meio à luta entre evangélicos e católicos. Torna-se linha auxiliar da cruzada carismática de padre Marcelo.[14]

Reduz-se, desse modo, à forma do entretenimento que organiza o *Fantástico*, o padre Marcelo, a Igreja Carismática, o bispo Macedo. Domingo passado, assisti a seu confronto com um pobre coitado que se dizia encarnação de Lúcifer.

Era evidente que o tal sacerdote do diabo não passava de um charlatão. Mal sabia português. O intrépido Quevedo desafiou-o, entretanto. Testou os conhecimentos de hebraico do infeliz, no pressuposto, algo desonesto, de que Lúcifer falasse hebraico. Terminou provando que aquele coitado era um falso preposto de Satã.

O que, além de cruel, é ridículo. Provar que alguém falsamente se faz passar pelo Demo não prova que alguém não possa encarnar o próprio.

14. Ver 16/12/1998.

Mas aqui chegamos ao fundo, verdadeiramente detestável, desse quadro do *Fantástico*. Padre Quevedo não pode denunciar a farsa de todas as religiões que combate. Dado que a Globo não pode insultar as crendices do candomblé, da umbanda etc., é preciso arranjar para Quevedo a figura, algo paradoxal, do "falso charlatão".

Com os charlatães verdadeiros, não se brinca. O falso Lúcifer era um charlatão primário, contra o qual Quevedo não encarnava os poderes da ciência, mas sim os poderes do espetáculo. Quevedo é tão mau ator quanto sua vítima.

Impávido, lançava um repto fanfarrão, com cicios de Castela, perfídias de jesuíta, gritos capazes de "deixar Salamanca às escuras": Mate-me! Mate-me se for capaz! E o falso diabo recuou.

Recuou diante do falso "caçador de enigmas". Padre Quevedo devia ser excomungado: pois tolera e respeita, segundo nos afirma Cid Moreira (essa escultura em silicone da ironia diabólica da Globo), "todas as religiões".

Como é que um padre pode respeitar as outras religiões? Teria de combatê-las. Eis o mistério que Quevedo se recusa a esclarecer.

[19.4.2000]

MACUMBA PRA TURISTA

Pessoalmente não tenho nada contra o ministro do Turismo Rafael Greca, mas acho saboroso o fato de que seja ele, meio com a corda no pescoço, o mestre de cerimônias na comemoração dos 500 anos do Descobrimento.

Trêfego, festeiro, dispensável e, sobretudo, cortesão, temos aqui uma espécie de Joãosinho Trinta do qual se eliminou o caráter popular; Greca representa o oficialismo em calças curtas. A frivolidade, talvez o maior defeito pessoal de Fernando Henrique, adquire em Greca um tom mais espontâneo, menos enrolador.

Pobre ministro! Os comentários políticos, como os relógios da rede Globo, fazem a contagem regressiva de sua permanência no cargo. É um Tiradentes no papel de rei Momo.

Não queria ser cruel. Acabei sendo um pouco; mas a mistura de Momo e Tiradentes talvez ilustre, sem que Rafael Greca esteja consciente disso, o espírito das comemorações.

Pois tudo o que há de trágico na história brasileira está sendo negado neste momento. Os portugueses enforcaram Tiradentes; nestes 500 anos, homenageamos os portugueses. Mas de forma muito pouco lusitana, isto é, pouco cerimoniosa, pouco ressentida.

Num Carnaval que só não é babaca porque sabe estar sendo babaca, celebra-se a identidade da raça, reúne-se um contingente de índios e caravelas, escreve-se sobre o assunto. O tema da culpa dos brancos é agitado – houve escravidão, houve massacres, sabemos –, mas é agitado como o chocalho de um índio charlatão, num exorcismo fictício. Isso é que é sincretismo.

Tenho vários pontos a comentar. O primeiro é a célebre miscigenação, o mito do país mestiço etc. Será que Brizola é mestiço? Ou Garotinho? Vá à boate Gallery, nos Jardins. Há algum mestiço ali?

Fora FHC – que brinca de ter pé na cozinha, mas tem a cabeça em Washington, como uma espécie de Macunaíma ao contrário, já que Macunaíma era branco só na sola dos pés –, onde estão os mestiços no poder? Reconheço em Malan um rosto de impassibilidade incaica, perdido em neves andinas; mas Armínio Fraga e José Serra, ACM e José Gregori... onde está a nossa democracia racial? Em Inocêncio de Oliveira e Jader Barbalho, talvez. Mas os mármores brancos de Brasília dominam a galeria das nossas efígies republicanas. No máximo, porque ninguém é de mármore, colorem-se de um barroco rubicundo: volto a Greca e ao ministro da Cultura Francisco Weffort.

O segundo ponto a comentar é que, em meio à falsidade da mestiçagem, dá-se o elogio de Portugal. A maior conclusão de todas as pesquisas em torno do Descobrimento tem sido, a meu ver, a de que os portugueses eram uma espécie de americanos; de que a Escola de Sagres (que nunca existiu) foi algo como o Silicon Valley do século 16. Vanguarda tecnológica da navegação.

Paradoxalmente, isso resulta em auto-estima para os brasileiros. Não fomos colonizados pela escória da Europa, mas por um povo inteligente.

Essa tentativa de nobilitação histórica pode ter raízes verdadeiras, mas não é inocente. O fato é que comemoramos 500 anos num momento de extrema desnacionalização da economia. Considerar Portugal uma vanguarda técnica em 1500 significa também aceitar a dominação americana no ano 2000. É fazer do Brasil, menos que um país, uma antena receptora de modernidades sucessivas.

Claro que, contra essa oculta ideologia da passividade, enfatiza-se a identidade nacional. O blablablá da especificidade brasileira. Sem isso, não haveria motivo para festas. Ignora-se, entretanto, que globalização e ênfase na identidade nacional não são termos excludentes. Qualquer produto "étnico" vende bem no mercado de discos, por exemplo. A homogeneização prejudica a indústria cultural; de Zé Carioca a Aladin, a Disney sabe disso.

O importante, pois, é fazer da "brasilidade" um espetáculo inócuo e apto ao consumo. O turismo é uma das grandes indústrias hoje em dia. CDs de Caymmi ou de Marisa Monte vendem bem em Bruxelas e Vancouver.

Nós mesmos, brasileiros pouco ou nada mestiços, consumimos o Brasil turisticamente. Há um derretimento tropical de nossa parte diante da opressão estrangeira, porque assim se açucara o poder nacional sobre o povo feliz que oprimimos.

No fundo, todo o festejo em torno da "nacionalidade" é exatamente simétrico ao fato de não haver projeto nacional em curso. Se os 500 anos do Brasil estivessem sendo comemorados em 1960, por exemplo, o tema da industrialização apareceria de modo épico, com seus mártires, utopias etc. Que aquele projeto – o da industrialização – foi falso, não preciso dizer. Só acentuou nossa dependência externa.

O resultado é que comemoramos os 500 anos como se não fosse problema nosso. Pura macumba para turista. Os turistas somos nós mesmos; nada melhor do que um ministro do Turismo para celebrá-la.

CRONICAMENTE INVIÁVEL

[10.5.2000]

Garçons jogam restos de comida no lixo. Fim de noite. Dois mendigos aparecem. Não conseguimos ver bem os seus rostos, que se inclinam sobre as latas e logo refocilam nos detritos.

Esta é uma das primeiras cenas do filme *Cronicamente Inviável*, de Sérgio Bianchi. O espectador se sente incomodado, claro, e se pergunta se o filme todo seguirá esse tom de denúncia explícita.

Mas aí vem a primeira surpresa: uma voz em *off* começa a criticar a cena. Diz algo como: "Não, isso está muito explícito, vamos refazer". Assistimos então a uma variante do acontecimento – não tão nojenta, mas talvez ainda mais chocante.

O que era puro incômodo físico para o espectador se torna, assim, fonte de um desconforto intelectual: que diabo acontece neste filme, que nega, desfaz e refaz o que acabava de ser apresentado? É esse jogo que torna *Cronicamente Inviável* uma obra tão interessante.

"Interessante" é um adjetivo tímido. O filme é excelente, mas excelente de um jeito que os filmes não costumam ser. Já assisti duas vezes a *Cronicamente Inviável*, e ainda me sinto inseguro para analisá-lo. Melhor dizer o que o filme não é. Vemos uma série de horrores do cotidiano brasileiro – assaltos, miséria, devastação do meio ambiente, violência policial – em curtos quadros que entrelaçam vários personagens. Mas o que se denuncia não é exatamente uma "situação social".

Falar em "situação social" pressupõe que ela possa ser mudada. *Cronicamente Inviável*, a partir do próprio título, não parece ter essa esperança. A denúncia do filme é sobretudo moral.

A dondoca atropela um menor de rua. Sai do carro e nem se preocupa em ver se o menino está vivo ou morto: organiza apenas um discurso para dizer que não teve culpa de nada. A cena se repete, com outra dondoca, mais adiante no filme. E quase todos os personagens, na verdade, estão às voltas com o mesmo problema: o de livrar-se de qualquer responsabilidade pelos horrores que acontecem no país.

Crítica à burguesia? Novamente, o filme de Sérgio Bianchi puxa o tapete do espectador. Pois as "classes populares" não inspiram nenhum discurso otimista. O policial, a gerente que teve infância pobre, o líder sem-terra parecem detestar, tanto quanto os ricos, a classe de que se originam. Só parece haver solidariedade na opressão.

Comentando várias cenas, temos a personagem de um antropólogo que viaja pelo Brasil – de Salvador a Rondônia, dali a São Paulo e a Porto Alegre. Suas frases são de uma total incorreção política. Vendo o Carnaval da Bahia, ele considera que naquele Estado inventaram a mais perfeita forma de dominação: a felicidade. Diz algo como: "Deixem o pessoal na miséria, toquem uma música e logo está todo mundo dançando".

Esses pensamentos "lapidares" surgem a todo momento no filme, oscilando entre o acinte, a constatação, o manifesto político e o xingamento. São tantas as frases desse tipo que terminamos sem saber direito o que pensar.

De certo modo, a violência das frases que aparecem em *Cronicamente Inviável* segue o mesmo padrão das imagens: o filme desorienta o espectador porque não se consegue nunca saber se o que se diz, o que se mostra, é para ser entendido ao pé da letra ou como ironia.

Se fosse ironia, cada barbaridade pronunciada estaria a esconder um outro ponto de vista, o "certo", o das convicções do autor. Mas é como se o filme mostrasse todos os pontos de vista como "errados", sem que o "certo" seja ao menos sugerido. O título de *Cronicamente Inviável* já sugere essa ambigüidade: tem um ar de ser irônico, mas desconfiamos que é isso mesmo o que o autor pensa do Brasil.

Vem daí uma estrutura de documentário, uma frieza, talvez, no registro isolado de cenas e mais cenas aberrantes. Ao mesmo tempo, o filme não é um documentário, não é um puro "registro". É como se tudo ali fosse real, "demasiado real": tão verdadeiro a ponto de ser irreconhecível.

Irreconhecível não é o termo, tampouco. Reconhecemos muito bem o absurdo do país no que vemos na tela. Mas aí está a armadilha mais sutil deste filme: propondo-se como uma espécie de caricatura, tende a suscitar a reação de que, afinal, o diretor está exagerando, as coisas não são bem assim etc.

Dizer isso, entretanto, seria reproduzir exatamente o jogo da má consciência que o filme denuncia o tempo todo. Cada personagem engana os outros e engana a si mesmo; o diretor engana o espectador o tempo todo, mas parece dizer que, se propusesse qualquer "luz no fim do túnel", estaria fazendo mais uma enganação. Ninguém se salva, nem mesmo o filme... O que o torna brilhante.

Do mesmo modo, o enredo de Cronicamente Inviável é marcado por assaltos, desastres, ferimentos, contusões: os golpes e contragolpes (na narrativa e no corpo dos personagens) se sucedem. O que equivaleria a dizer, bem brasileiramente, que entre mortos e feridos salvam-se todos. Esta parece ser, para Sérgio Bianchi, a maior tragédia – e o que torna o país, ao mesmo tempo, um objeto de sarcasmo e compunção.

DO BOMBRIL AO DOM QUIXOTE

[11.10.2000]

Todos conhecem o ator Carlos Moreno: é quem faz os anúncios do Bombril. Numa semana ele é a Tiazinha, na seguinte é Che Guevara, sempre ilustrando a mensagem de que o Bombril tem “mil e uma utilidades”.

Aliás, até agora não descobri tantas utilidades assim no Bombril; na verdade, só uma – a de arear panelas. A outra, que era ajudar a recepção da TV quando posto na antena, nunca deu certo – e, hoje em dia, com a TV a cabo, não precisamos mais nos preocupar com isso.

Carlos Moreno está no Centro Cultural São Paulo, com o monólogo *Quixote*. Neste espetáculo, ele também se transforma em muitos personagens: é Dom Quixote, Sancho Pança, o estalajadeiro, o cavalariço, a moça bonita, a moça feia, sem usar os recursos da maquiagem e da fotografia publicitária.

A cena mais bonita da peça, entretanto, envolve um outro tipo de transformação. Ocorre logo no início, quando o Carlos Moreno que conhecemos – tímido, caseiro, desajeitado – pouco a pouco se impõe como ator e aposta na capacidade que o teatro tem de criar ilusão.

Antes de contar como isso acontece, seria preciso voltar um pouco atrás no tempo, para os primeiros anúncios do Bombril. Não eram como os atuais, que a meu ver se rotinizaram numa simples técnica do disfarce. Ao contrário, a graça da coisa estava no fato de que o garoto tímido não parecia ter o menor jeito para convencer o consumidor. Dizia que os produtos do concorrente também eram bons, quase pedindo desculpas por estar na televisão.

A publicidade do Bombril foi uma das primeiras no gênero irônico do "antianúncio", quebrando a retórica do velho "reclame". Depois vieram, por exemplo, os anúncios do Posto São Paulo, com uma dupla de coitados tentando dar o melhor de si para atrair a clientela escassa, e os da Brastemp, que todos conhecem.

Faz-se a crítica da ilusão publicitária tradicional, baseada na credulidade compacta do espectador. "Compre! É o melhor! Você vai adorar!" – nada disso funciona mais. Carlos Moreno foi talvez o primeiro personagem na linha "realista-irônica" da publicidade brasileira, falando como alguém que não estivesse diante das câmeras.

Atualmente, seus disfarces de Che Guevara, Ronaldo ou dona Ruth se prestam a uma dupla leitura. De um lado, seriam a inversão do papel "realista" anterior: a graça das fotos está na ilusão que produzem. Mas pode bem ser outra coisa: a graça das fotos está em que, apesar de o disfarce ser bem-feito, nelas sempre reconhecemos Carlos Moreno – e, desse modo, temos uma nova camada de ironia por cima da anterior. O "antiilusionismo" dos primeiros anúncios, o personagem "real" que era o garoto Bombril, torna-se o pano de fundo para outra mentira, a do garoto Che Guevara, que ao olhar do público logo se desfaz, pois o rosto de Carlos Moreno não é difícil de reconhecer.

Voltando ao *Quixote*. Quem entra no teatro já encontra Carlos Moreno no palco não como Dom Quixote, mas como um rapaz de classe média, tímido, lendo jornal e improvisando conversinhas com o público. Ou seja, é o velho garoto Bombril, ou talvez ele mesmo, Carlos Moreno, quem simpaticamente nos recebe.

Aos poucos, ele vai fazendo também um elogio do teatro; mostra o palco vazio como um lugar capaz de admitir todas as ilusões. Uma cadeira será um castelo ou um gigante; a cortina negra, no fundo da cena, será o horizonte amarelo e ríspido da Espanha.

Enquanto o ator vai falando, a cortina de fato se ergue atrás dele e... não descortina nada, só mais um fundo negro; mas já não importa, estamos no teatro. E já entramos também no cerne do próprio Dom Quixote. Pois, se o velho fidalgo, de tanto ler romances de cavalaria, perdeu a noção da realidade, não é só Carlos Moreno quem se transforma em Quixote, mas o público, em tese, também terá de render-se à ilusão.

Claro que, como leitores do *Quixote*, ou como espectadores da peça, sabemos que nada é para valer. Mas aquele Carlos Moreno que vemos à nossa frente, vestido de armadura, ainda assim é Dom Quixote; e, se continuarmos a vê-lo como Carlos Moreno, mais Dom Quixote ele será, porque está representando uma ilusão.

Parte do público foi ver o espetáculo, sem dúvida, para conhecer ao vivo o personagem da TV. O espetáculo também põe isso em cena: aldeões vêem Dom Quixote na estrada, reconhecem-no, puxam conversa com ele. Como se sabe, a segunda parte do livro de Cervantes narra os feitos do fidalgo como se tivessem acontecido depois de a primeira parte ter sido publicada e lida.

Fico pensando se o *Quixote* de Carlos Moreno é uma crítica ou uma duplicação de seu papel nos anúncios do Bombril. Pois o jogo entre ilusão e ironia, presente nos anúncios, se faz no espetáculo também. Os disfarces das fotos publicitárias se tornam os disfarces do ator no palco. A oposição entre uma carreira publicitária e uma carreira teatral, que certamente existe, de alguma forma se resolve ou se anula. Carlos Moreno põe em cena a si mesmo tanto quanto o personagem de Cervantes.

Mas, se isso for verdade, o que o espetáculo tem de cômico e quase juvenil encerra algo de mais sério e perturbador: a realidade parece um círculo do qual não se pode sair, e a ironia, o antiilusionismo de tudo, parece uma máscara que não se pode tirar do rosto. Essa ambigüidade não poderia ser mais moderna, e cada um de nós a experimenta também no dia-a-dia; o grande feito do *Quixote* de Carlos Moreno está em vivê-la de forma ao mesmo tempo vertiginosa e simples, com o coração aberto.

DESIGN PÓS-MODERNO [18.10.2000]

Uma das atrações do Salão do Automóvel (não fui lá ver) é um modelo da Chrysler chamado PT Cruiser. Talvez você já tenha passado por algum *outdoor* ou visto os anúncios na imprensa: é uma espécie de furgão, lembrando a antiga Vemaguete ou aqueles carros que terminavam caindo em precipícios nos filmes de Humphrey Bogart.

O desenho do carro é caracterizado como "nostálgico". A frente dele tem um friso quadriculado, como os velhos modelos cujo radiador fervia toda a hora e que pareciam estar dizendo "grrr!" num momento de raiva. Suas linhas laterais fazem alusão a coisas que já desapareceram há muito dos automóveis comuns: o pára-lama e o estribo. Tudo indica uma volta à década de 1940.

Será, entretanto, de "nostalgia" que se trata? A palavra tem uma conotação de encantamento e melancolia; seria a tentativa de reviver um passado idealizado, glamouroso. Ora, o passado a que esse carro da Chrysler faz referência não tem muita elegância; está destituído da feminilidade funcional que associamos aos anos 50 – rabos-de-peixe, liquidificadores com cintura de vespa, saias rodadas, *rock and roll*.

Esse PT Cruiser é antes a velha limusine dos Irmãos Metralha que tivesse passado por um banho de cromo, fibra de vidro e tungstênio. Sua fisionomia é malévola; parece sacrificar, em nome da agressividade, tudo o que de liso e rasante possam exigir as leis da aerodinâmica.

Seu "futurismo", se podemos dizer assim, não é o de George Lucas, não corresponde à idéia de um "ano 2000" intergaláctico, branco, veloz; é como se imitasse o futuro antiutópico de Terry Gilliam no filme *Brazil*.

Apesar de sua aparência antipática, do mal-estar que pelo menos em mim ele provoca, o Cruiser é parente próximo do "novo Fusca", do alegre *new Beetle*, que recicla o velho modelo como se, em vez de lataria, o carro agora fosse feito de vidro soprado ou então tivesse recebido uma injeção de silicone. Ambos têm algo de cômico, não de nostálgico.

Pois nenhum dos dois dá a idéia de ser um carro "real". Parecem carros de brinquedo, feitos em escala aumentada. O espírito de quem os compra há de ser, imagino, o de quem quer um brinquedo também; e, se esses carros lembram o passado, não é o passado histórico da época de Truman e Eisenhower, mas, sim, o passado pessoal do consumidor, da época em que se brincava de carrinho e de polícia-e-ladrão.

Li há algum tempo na revista americana *Harper's* o texto de um filósofo canadense, Mark Kingwell, sobre as tendências atuais do *design*. Ele fala de uma "infantilização da imaginação pós-moderna" e observa que o mundo agora parece estar invadido por coisas que parecem bolas de goma de mascar. O exemplo mais claro é o novo Macintosh, com suas cores artificiais, de Grapete, de Sukita, de *drops* de morango.

A antiga sobriedade do *design* modernista, que parecia admitir apenas o vidro e o metal, vai sendo substituída por uma espécie de inocência sintética, de criancice sarcástica – o mesmo modo como, nas histórias do Pato Donald, às vezes um vilão baixinho se escondia num carrinho de bebê, usando uma touca, mas sem deixar de fumar charuto.

Bill Clinton é o protótipo do *baby face*, e não admira que o homem mais rico do mundo, Bill Gates, tenha toda a aparência de um ginasiano. É um clichê dizer que, depois do Vietnã, "a América perdeu sua inocência". A angústia pela inocência perdida motivou, sem dúvida, o elogio dos *fifties* que esteve na moda há uns dez anos, mais ou menos. O que se passa agora é um pouco diferente. Não se lamenta a inocência, mas, sim, escancara-se a puerilidade.

Dos sapatos femininos com tirinhas, no estilo boneca, aos relógios de pulso em forma de ameba, que parecem feitos de massa de modelar; do *new Beetle* ao Macintosh, dos celulares coloridos ao mundo de barulhinhos e bichinhos que aparecem nas telas do computador, tudo o que se projeta para atrair o consumidor tende a cortejar o que ele tenha de infantil.

Reclama-se muito da "sexualização" das crianças nos meios de comunicação de massa. Vou indo longe na conclusão deste artigo, mas não me espanto nem um pouco com o fato de que a pedofilia seja o mais combatido e repudiado desvio sexual hoje em dia. Escandaliza mais do que qualquer outro talvez por ser o que todos querem reprimir dentro de si mesmos. Infantilizado e desejante, o adulto dificilmente se separa da criança, na qual se espelha; e, onde há sexo, ali chega logo o consumo.

O DIVÃ DE FREUD

[25.10.2000]

A exposição sobre Freud, em cartaz no Masp, traz coisas interessantes sobre a história da psicanálise no Brasil e sobre as relações do modernismo com o pensamento freudiano. Reuniu-se ali material suficiente para uma boa dezena de ensaios. Seria quase o caso de dizer que é uma exposição mais para ser "lida" do que para ser simplesmente visitada.

A grande atração da mostra, como se sabe, é o famoso divã de Freud – e chega a ser uma pena que todo o trabalho de pesquisa feito na preparação do evento fique em segundo plano diante do apelo, puramente fetichista, de topar com esse objeto.

Além do divã, estão ali a escrivaninha, as estatuetas, a poltrona... é todo o consultório do vetusto doutor que temos diante dos olhos, causando a estranha impressão de que aqueles móveis estão como que empalhados; são parentes do cadáver embalsamado de Lênin e da velhinha de *Psicose*.

Faço algumas associações livres em torno do divã.

Foi amplamente noticiado, aliás, que o que estamos vendo nesta mostra não é o verdadeiro divã de Freud. Pior que isso, não estamos vendo divã nenhum, pois aquilo que deveria ser o divã, e não é, está de todo modo coberto por um tapete persa – este, sim, autêntico: é sobre esse tapete que Freud se deitou quando morreu.

Só nesse jogo de esconde-esconde, no qual o objeto que procuramos está oculto ("debaixo do tapete"), e, mesmo se tirássemos o tapete, não o encontraríamos, há como que uma psicanálise condensada. Todo o qüiproquó meio cômico, meio policial, do contêiner que deveria chegar ao Brasil para a exposição e extraviou-se na Jamaica, também se presta a uma interpretação freudianizante. O objeto verdadeiro está perdido; representamos apenas, laboriosa e insistentemente, a comédia de sua substituição.

Outra coisa estranha é que os móveis de Freud estão dentro de uma grande caixa de vidro climatizada. Não é só a imagem do "cadavérico", mas também o ar de "instalação" – de obra de arte contemporânea num museu – que se reforça com isso.

O artista britânico Damien Hirst, na mostra *Sensation*, pôs um tubarão embalsamado boiando dentro de uma caixa de vidro; o divã, surpreendentemente pequeno, parece também boiar no vazio deixado pelos pacientes de Freud, ou melhor, no vazio dos sonhos que eles não conseguiam recordar.

Dizem que, quando Freud visitou os Estados Unidos, declarou a um jornalista que estava trazendo "a peste" para os americanos. O organizador da exposição no Brasil, Leopold Nosek, esclarece que a frase nunca foi dita por Freud, e, sim, por Jung. De qualquer modo, a caixa de vidro também parece ser uma providência contra a contaminação. "Proibido tocar" – é o que se lê nos museus; mas a proibição também vale em casos de doença contagiosa; e a polícia, por sua vez, exige isso nos lugares onde ocorreu um assassinato. Entre a medicina e a investigação policial, o divã se congela numa atitude suspeita.

E não há coisa mais suspeita do que um tapete persa servindo de colcha ou cobertor. Os pacientes se deitavam num tapete desses? Nada remeteria mais ao mundo infantil – onde estamos sempre mais perto do chão.

Mas é sobretudo o lado misterioso, oriental do freudismo que parece representado nesse tapete. No século 18, Viena quase foi invadida pelos turcos. O fascínio de Freud pela arte egípcia, da qual vemos exemplares na escrivaninha, também nos remete a esse "desconhecido", à sombria opulência dos labirintos e arabescos, dos sarcófagos e das maldições que trazemos na mente.

Meio brega, a frase acima. Mas quanto mau gosto nas decorações orientais que atulhavam os salões burgueses do século 19! E é conhecida a mania de cobrir com panos, cortinas e tapetes tudo o que fosse possível. Há uma foto do poeta austríaco Hugo von Hoffmanstahl, contemporâneo de Freud, em que vemos ao fundo uma parede coberta por uma cortina e em cima da cortina (!) está pregado um quadro.

Já está na hora de citar os textos de Walter Benjamin sobre o assunto. "Muito mais interessante que o Oriente paisagístico, nos romances policiais, é aquele exuberante Oriente em seus interiores: o tapete persa e a otomana, o candeeiro suspenso e a nobre adaga caucasiana. Atrás das pesadas tapeçarias o dono da casa celebra suas orgias com os papéis da Bolsa, pode sentir-se como mercador oriental, como paxá corrupto, até que aquela adaga no pingente de prata sobre o divã, uma bela tarde, põe fim à sua sesta e a ele próprio."[15]

Em outro texto, Benjamin identifica as quinquilharias do interior burguês à necessidade que o dono da casa tem de "deixar vestígios". A irritação do dono da casa quando alguma peça de decoração se quebrava seria talvez "a reação do homem a quem apagam o vestígio de seus dias na Terra". A palavra "vestígios"

15 *Rua de Mão Única* (Obras Escolhidas II). Tradução de Rubens Rodrigues Torres Filho. São Paulo: Brasiliense, 1987; p. 15.

no texto de Benjamin talvez pudesse ser substituída, no contexto freudiano, por "sintoma".[16]

Walter Benjamin propõe que se abandone essa decoração burguesa em favor de uma "cultura do vidro", uma casa sem interiores sufocantes. De certo modo, isso ocorreu. Tudo, hoje, se expõe e se deixa devassar, num exibicionismo e num voyeurismo completos.

Esse exibicionismo, entretanto, nada tem a ver com a transparência idealizada por Benjamin. É como se, em vez da antiga neurose, da velha histeria vitoriana, um falso desrecalque, igualmente patológico, estivesse em curso nos indivíduos modernos. Dentro da caixa de vidro, o divã de Freud está à espera.

16 "Imagens do Pensamento." Tradução de José Carlos Martins Barbosa. Em: *Rua de Mão Única*, cit.; p. 266-67.

[29.11.2000]

OSCAR WILDE

São muitas as homenagens a Oscar Wilde, nos 100 anos de sua morte. Talvez nunca se faça o suficiente para reparar as injustiças de que foi vítima; não me refiro apenas à sua condenação por homossexualismo, mas também à imagem que fica de Wilde como escritor.

É como se, por ter sido tão brilhante e espirituoso, uma tácita acusação de frivolidade, de artificialismo, de superficialidade continuasse a incidir sobre sua obra. O talento de Wilde para o epigrama torna suas peças divertidíssimas, espantosas de tanta inteligência – e muito fáceis de serem esquecidas. O que não deixa de ser uma vantagem: parecem sempre novas.

É inevitável, então, que a posteridade se sinta em permanente débito com Oscar Wilde; o que nele pode haver de profundo ou genial desaparece diante dos fogos de artifício que seus próprios textos são capazes de produzir.

O leitor fica sem tempo para fixar a imagem de um Wilde clássico, de um autor imutável e definitivo. O que acaba se fixando na memória geral é sua personalidade, seus escândalos, sua pose. A necessidade de homenageá-lo se torna, assim, mais intensa.

O túmulo de Oscar Wilde está entre os mais visitados do cemitério Père Lachaise, em Paris. Além das flores habituais, há uma coisa que chama a atenção. Por algum motivo, os visitantes jogam ali os bilhetes de metrô que usaram no trajeto até o cemitério.

Há dezenas, centenas de papeizinhos verdes em volta do túmulo. É possível que exista uma explicação prosaica para esse costume. Seja como for, arrisco algumas.

O bilhete de metrô sugere algo que se dá em troca, algo que tem um caráter de moeda, como se de fato uma dívida estivesse sendo paga; flores ou velas são coisas associadas ao culto, à veneração, mas não reparam uma injustiça. Só que, como é um bilhete usado, parece ademais indicar que a compensação é sem valor – e aí intervém, digamos, um componente de remorso histórico.

Para alguém que punha a vida acima da própria obra, como Wilde, uma homenagem póstuma não deixa de ser paradoxal. Quem sabe o bilhete, inútil depois de feita a viagem, esteja delicadamente exprimindo isso.

É também um objeto que lembra um tíquete de teatro; e a idéia wildiana de que a vida imita a arte talvez se traduza, aqui, com uma nota de melancolia, sugerindo que, junto com o grande personagem de si mesmo que foi Wilde, o espetáculo terminou.

Uma interpretação mais otimista seria a de que, num bilhete de metrô, se expressa todo o mundo subterrâneo, o *underground* a que, na época de Wilde, estavam condenados os homossexuais. Cada bilhete estaria celebrando, assim, o fato de ser corriqueiro, de domínio público, e cada vez menos perseguido, o comportamento pelo qual Wilde pagou tanto ao revelar.

Nesse ponto, é possível ver um outro paradoxo. A afirmação do direito de cada pessoa à própria opção sexual tende a ser feita em torno do que é "a natureza" de cada um ou sua preferência mais sincera. Ninguém foi maior apóstolo da artificialidade, contudo, do que Oscar Wilde. Se o preconceito contra o homossexualismo se manifesta ao dizer-se que se trata de um "vício contra a natureza", é o caso de lembrar que, para Wilde, é como se a verdadeira virtude estivesse exatamente em "corrigir", em sofisticar a natureza...

Curiosamente, aliás, o comportamento artificial, a pose, a afetação, hoje em dia, se associam cada vez menos à simples questão da preferência sexual de cada um, surgindo principalmente como acréscimos de "atitude". Brincos, *piercings*, cabelos tingidos, tatuagens, roupas esquisitas são menos indicações desse ou daquele tipo de sexualidade do que uma espécie de elogio do artificial como um valor em si mesmo. É pelo dandismo, hetero, bi ou homo, que Oscar Wilde hoje exerce sua maior influência.

O que, talvez, seja a melhor forma de conviver com a injustiça que se cometeu e se comete contra ele: o que há de fugaz em sua obra, e de memorável em sua personalidade, celebra-se como estilo, como moda, como capricho, como narcisismo vagamente afrontoso e adolescente. Podemos dizer que tudo isso é bastante frívolo; mas aí estaríamos, novamente, nos afastando de Wilde e cometendo mais uma injustiça.

AMIZADE EM TEMPOS OBJETIVOS

[6.12.2000]

Futuro do emprego, ócio criativo, terceirização, trabalho informal... não entendo muito dessa conversa. Alguns amigos já me falaram bem das idéias de Domenico de Masi, especialista no assunto; outros picharam para valer.

Não tive, digamos, ócio suficiente para ler seus livros e ainda menos os autores que o criticam. Parece que De Masi é otimista, projetando um futuro em que a rotina estafante do emprego fixo seria substituída pela mobilidade individual, pela "reciclagem" permanente, pelo fim da distinção rígida entre trabalho e lazer.

Fico na dúvida se isso vai acontecer de fato ou se teorias desse tipo não são apenas uma forma de dourar a pílula do desemprego, da hiperexploração da mão-de-obra, de uma exacerbação inédita da competitividade individual.

Mas não quero entrar nesse debate. Esse "mundo novo", em todo caso, já é bem visível, ao menos em alguns setores da classe média alta; consultores, intelectuais *free-lance*, gente com "projetos" em busca de "patrocínio", pessoas trabalhando em casa, permanentemente ligadas na internet, são cada vez mais comuns. Até aí, nenhuma novidade. Começo a notar, entretanto, algumas conseqüências esquisitas desse tipo de atividade profissional autônoma sobre o cotidiano e a vida privada.

Não se trata apenas da estranheza de trabalhar em casa, que por si só valeria um artigo. Acho que os próprios padrões de relacionamento pessoal vão sofrendo muitas mudanças. Talvez seja delírio meu, mas queria destacar uma coisa que venho sentindo ultimamente: é a modificação nos laços de amizade entre as pessoas.

Todos sabemos que as grandes amizades, aquelas amizades que duram décadas, em geral nasceram, como se diz, "nos bancos escolares". Ou então no ambiente de trabalho. Os colegas de escola ou do escritório, que se vêem diariamente, sempre têm do que conversar, de quem falar mal, de quem falar bem.

E não há coisa que solidifique tanto uma amizade quanto a maledicência. Não vejo nada de errado nas fofocas de escritório ou nas típicas conversas masculinas sobre a "gostosona do almoxarifado", por exemplo.

Percebi meio tarde a importância disso. Como sou um pouco formal no trato, tendo traumas com relação às gafes reais ou imaginárias que já cometi, nunca tomo a iniciativa de pichar um colega para o meu interlocutor; uma espécie de pavor diplomático me leva a querer "ficar bem" com todo mundo. É um equívoco: pois, na maledicência, estabelece-se um laço de confiança, um pacto. Nunca fiquei amigo de ninguém sem antes termos falado mal de um conhecido comum.

À medida que vão desaparecendo as "velhas" instituições – o emprego fixo, o grande escritório, e, se quisermos avançar um pouco, o trabalho e a escola tradicional –, é de prever que os vínculos da amizade cotidiana fiquem mais e mais esgarçados. Não é apenas a "solidão" do homem contemporâneo que está em pauta aqui. Amizades e relacionamentos naturalmente continuam. Cada vez mais fica difícil, entretanto, até mesmo marcar um encontro com velhos ou novos amigos. E quando isso acontece, um fenômeno novo, na minha opinião, tende a aparecer. Seja porque ninguém tem tempo, seja porque o trabalho em que cada pessoa está envolvida é muito solitário, seja porque se internalizou o hábito de auto-administrar a vida cotidiana – e não mais de "ser administrado" pelo chefe ou pela instituição –, o fato é que os contatos, até os de lazer, vão se tornando mais e mais "objetivos".

As pessoas, mesmo quando muito amigas, tendem mais e mais a se encontrar com um propósito concreto: para discutir um projeto de trabalho, para contar o que estão fazendo, para trocar informações úteis... e só secundariamente para "jogar conversa fora".

Talvez isso seja mais conseqüência da faixa etária em que me situo do que da nova organização do trabalho; não sei. Mas tenho a impressão de que, antigamente, as amizades dentro do ambiente de serviço ou da escola eram como que uma forma de "roubar" tempo de atividade útil, no cafezinho ou na famosa "enrolação" antes de cada tarefa. Hoje em dia, parece que até os encontros de lazer se impregnam de "utilidade" também. Tornam-se intermitentes e se organizam muitas vezes em torno de um assunto específico.

As amizades vão parecendo *e-mails* ao vivo. Tento explicar. O uso do correio eletrônico não tem propiciado, ao que eu saiba, a manutenção de uma correspondência continuada entre duas pessoas, como a que se fazia por cartas no século passado. Mesmo entre amigos, mesmo no caso dos *e-mails* com piadas, nos e-mails, digamos, "de lazer", trata-se de uma comunicação intermitente – é preciso ter algo específico para contar, para mostrar; a comunicação se dá por impulsos, gera uma resposta rápida, e depois se interrompe por um bom tempo.

Vai-se criando uma espécie de amizade gerenciada, de amizade "corporativa", contra a qual só com muito esforço se podem criar mecanismos de reação: por exemplo, a instituição de uma rotina artificial, como o "sagrado" chopinho das sextas-feiras ou o jogo de futebol das terças, coisas desse tipo. Não é comum, todavia, que iniciativas assim dêem certo. E, claro, não é culpa de ninguém quando, de repente, percebemos que estamos há quase um ano sem encontrar um amigo íntimo. Quer saber? Acho que é mesmo culpa da globalização.

[20.12.2000] **POR QUE SOMOS TÃO CONSUMISTAS**

Como ainda não fiz minhas compras de Natal – a cada ano, aliás, elas diminuem –, sinto-me razoavelmente protegido do mau humor que em geral me acompanha nesta época. Ainda não entrei em nenhum *shopping center* neste mês. Já é alguma coisa.

Minto; estive no Pátio Higienópolis há coisa de duas semanas, em estado de total inocência. Precisava de um xarope para tosse ou de algo na papelaria, não sei bem (a gente nunca sabe exatamente do que está precisando quando entra num lugar desses). Como estava de carro, e ameaçava chover, não me pareceu absurdo usar o estacionamento do *shopping*.

O lugar é enganador. Da rua, tudo parecia calmo. As compras de Natal ainda não começaram, pensei. Foi assim que entrei num congestionamento subterrâneo, dando voltas e voltas à procura de uma vaga, como se eu próprio fizesse parte de um carrossel festivo, de uma decoração natalina em tamanho natural. Já na escada rolante, pude ouvir o rumor gigantesco do consumo: as vozes infatigáveis da reivindicação infantil, da negociação adulta, do debate conjugal, da desorientação generalizada.

Eu poderia esbravejar contra tudo isso, mas não é minha intenção. De resto, embora as pessoas comprem mais coisas durante o Natal, o verdadeiro consumismo não depende de data certa nem tem o objetivo concreto – dar presentes a alguém – que o justifica nesta época do ano.

O suplemento "Mais!" de domingo passado [17/12/2000] trazia questões interessantes sobre o assunto. Quais as causas do consumismo? O consumismo pode ser terapêutico? Nesse segundo ponto, havia uma divergência entre a psicanalista Anna Verônica Mautner e o antropólogo Everardo Rocha.

Para o antropólogo, fazer compras certamente não resolve os problemas internos de alguém que acaba de passar por uma separação conjugal, por exemplo; mas pode ser uma forma de "ritualizar a tristeza", do mesmo modo que, prossegue Rocha, "antigamente, a roupa preta sinalizava a entrada e a saída no período de luto".

Anna Verônica Mautner considera que o consumismo pode ser um "anestésico", dando um tipo de descanso ao sofredor. O sofrimento a que ela se refere não é, contudo, semelhante à tristeza ocasional, à crise momentânea em que Everardo Rocha parece estar pensando. Segundo a psicanalista, o consumismo nasceria da sensação de impotência experimentada pelo indivíduo contemporâneo. Comprar compulsivamente seria uma compensação para nossa falta de poder; não se trata, diz ela, de exibir o que se compra, mas de conseguir a posse do que se quer.

Arrisco alguns palpites. Do ponto de vista pessoal, reconheço em meus ímpetos consumistas mais esse efeito terapêuticoritual a que se refere o antropólogo do que a "falta de poder" apontada por Ana Verônica. Comprar, para mim, é mais distração circunstancial do que necessidade.

Mas o que me parece interessante nas diferenças de pontos de vista entre o antropólogo e a psicanalista é que talvez reflitam uma cisão mais ampla entre as duas disciplinas que estão a representar; entre os modelos teóricos que, provavelmente, fundamentam suas respostas.

Quando se pensa no consumismo como um "ritual" – por mais metaforicamente que se esteja empregando o termo –, há, sem dúvida, o propósito de traçar paralelos entre a sociedade contemporânea e os povos incorretamente chamados de "primitivos". Consumir, como a roupa preta de luto lembrada por Everardo Rocha, tem a função de "significar", de "comunicar", de "exprimir" algo para outrem.

Quando se fala no consumo como "anestesia" para uma insuficiência de poder, como faz a psicanalista, o indivíduo está menos expressando algo para os outros do que tentando falar "consigo mesmo"; está sozinho, numa sociedade que, precisamente por ser móvel, instável, desconhece formas tradicionais de ritualização. É da diferença entre o contemporâneo e o tradicional que parece nascer a psicanálise; é das semelhanças entre ambos que parece falar a antropologia.

Sugiro uma outra diferença entre o contemporâneo e o tradicional, que talvez tenha relevância numa discussão sobre consumismo. Antes do advento da sociedade de consumo, talvez nossas fraquezas e desgraças fossem entendidas sob o signo da "perda". Paraíso perdido, decadência da humanidade, pecado, por exemplo, eram termos que explicavam nossa condição. Trabalho, castidade, disciplina e culpa seriam como que os meios para reparar essa perda, esse luto essencial.

Na sociedade de consumo, é como se o conceito de "perda" tivesse sido substituído pelo de "falta". Não somos infelizes porque perdemos alguma coisa, porque decaímos de um estado original ou porque fomos relapsos no dever de nos reaproximarmos do que foi perdido. Somos infelizes porque nos falta alguma coisa. Não decaímos: somos incompletos. Não nos cabe reparar nada; cabe-nos adquirir o que não temos.

Se isso é verdade, talvez o consumismo não seja tão ruim assim. Claro que não gosto dele; mas é também indissociável de uma cultura que pensa mais no futuro do que no passado; que não pensa no que perdeu, mas no que tem a ganhar. O modo com que essa mentalidade se concretiza é sem dúvida terrível e destrutivo; mas o que tínhamos antes, como forma de organização social, não deixa saudades. E não digo que devemos celebrar o consumismo; mas mesmo sua crítica não tem como sair do ambiente que o gerou.

UM RELÓGIO BORGIANO ×

[27.12.2000]

Ganhei um presente curioso neste Natal. É um relógio de cozinha que tem no mostrador, em vez de números, imagens de passarinhos norte-americanos. A cada hora do dia, o relógio reproduz eletronicamente o canto de um passarinho. *A different, authentic bird song announces each hour*, diz a embalagem.

Podemos assim ficar familiarizados com o pio do *black-capped chickadee*, às 8h; ou do *white-breasted nuthatch*, às 11h. O desenho de cada pássaro tem a perfeição de uma decalcomania. Um dispositivo fotossensível faz com que os pássaros silenciem à noite.

Seria fácil ironizar esse viveiro virtual e cronométrico. Assim como as árvores de Natal de plástico, cada vez mais parecidas com as verdadeiras, é como se a tecnologia fizesse uma homenagem perversa ao mundo natural, reproduzindo-o apenas para melhor destruí-lo.

Se não há nada menos autêntico do que o canto de um passarinho reproduzido num chip e programado para tocar na hora certa, talvez exista, contudo, algo de muito verdadeiro nesse relógio eletrônico.

Ninguém reclamava, que eu saiba, do velho relógio de cuco; nem havia, na época em que foi inventado, maiores alarmes quanto ao domínio do "virtual" sobre a realidade. Os relógios de cuco sempre tiveram, para mim, algo de desagradável e assustador; como nos bonecos de mola, seu mecanismo brusco, rangente e intromissivo parecia escarnecer de nossa preguiçosa rotina, de nossa mole, plástica, maleável condição humana.

O relógio eletrônico é bem mais suave: como ainda não me acostumei à sua presença, o piado dos passarinhos surge assim como uma fantasmagoria, como uma alusão incorpórea ao fato de que marcar o tempo, afinal, tem algo a ver com as estações do ano, com as primeiras chuvas, com a chegada desta ou daquela ave migratória.

Vejo que é impossível ironizar esse relógio, porque ele mesmo já é uma ironia, resumindo no mostrador o que seriam os meses, as épocas do ano próprias de cada passarinho retratado. Há um outro sentido, entretanto, no presente que ganhei. Tanto quanto marcar o tempo, o relógio que reproduz passarinhos evoca também uma idéia de eternidade. Dito assim, fica meio solene; acho melhor pular para o próximo parágrafo.

É que eu andei lendo uma série de conferências de Jorge Luis Borges, publicada com o título *Esse Ofício do Verso*.[17] Borges fala de um poema famoso de Keats, a "Ode a um Rouxinol", que já havia analisado num ensaio do livro *Outras Inquisições*[18] [1952].

17 Tradução de José Marcos Macedo. São Paulo: Companhia das Letras, 2000.
18 Jorge Luis Borges, *Obras Completas*, Volume II. São Paulo: Globo, 1999.

Keats celebra a idéia de que o pássaro é imortal: de que o mesmo canto que ele ouve foi ouvido por imperadores do passado e foi ouvido, talvez, por Ruth, a moabita de quem se conta a história no Antigo Testamento. Borges diz que os críticos ingleses, presos ao empirismo, sempre consideraram ilógico o raciocínio de Keats – pois não é possível que o "mesmo" rouxinol cante agora e há 2.000 anos. Para Borges, entretanto, podemos entender a "eternidade" desse rouxinol se pensarmos, não no indivíduo específico, mas no arquétipo, na idéia, na essência do rouxinol.

Essa idéia da imortalidade, que é conquistada ao preço da dissolução do indivíduo, é tema de vários contos de Borges. Alguém que vivesse infinitamente terminaria sendo "todos" os homens, teria passado por todas as experiências possíveis, teria escrito a Odisséia e todas as suas traduções.

Os autores clássicos que Borges comenta e cita em seus livros seriam "imortais", na verdade, porque destituídos de qualquer subjetividade, de qualquer traço individual. São citados e reescritos; renovam-se, magicamente, porque o que dizem muda conforme o contexto em que são lidos. Esse é o tema de outro conto de Borges, "Pierre Menard, Autor do Quixote", em que um autor francês do século 19 reescreve o livro de Cervantes, de modo que as mesmas frases do espanhol ganham outro significado se pensarmos que vieram da pena de um poeta pós-simbolista parisiense.

A literatura, para Borges, seria principalmente entendida sob o prisma da citação, da alusão, da referência. Nada mais distante do rouxinol romântico de Keats, em que se trata de encontrar, acima de tudo, a autenticidade do mundo natural, a verdade de alguma coisa que vai além das convenções e dos artifícios da civilização.

Como o romantismo degenerou em mau gosto, em *kitsch*, em citação descontextualizada e sentimental da natureza perdida (os quadros de pôr-do-sol, as asas de borboleta penduradas na parede), o ideal estético de Borges seria o de uma citação, de uma alusão que se fundisse completamente ao contexto; a frase de um autor clássico "contrabandeada" num conto sobre malfeitores de subúrbio portenho, por exemplo. Em termos econômicos, seria a utopia de uma sociedade que fosse puramente importadora de bens, um pólo de absorção permanente de valores civilizados.

Voltamos ao meu relógio americano; poderia ser *kitsch*, se me acenasse com a natureza real dos passarinhos, se pretendesse substituir-se a eles; mas é, na verdade, um relógio que "cita" os passarinhos, que ironiza o romantismo. É, se quisermos, um relógio borgiano, à medida que podemos entender a obra do autor argentino como um refinado conforto diante de nossa condição periférica; ou, talvez, como a forma de retribuir, em moeda "conversível", o que nos trouxe o colonizador.

BUZINANDO NO TÚNEL

[10.1.2000]

Fico sempre admirado com a disposição dos paulistanos para enfrentar filas e congestionamentos. Nesta época do ano, milhões de pessoas perdem horas e horas na estrada a caminho do litoral.

O calor terrível, as crianças chorando no banco de trás, a prancha de isopor atravancando a visão do motorista, as varas de pescar saindo pela janela... Claro que a volta é pior. O bebê está comido pelos borrachudos, a sogra passa mal de insolação, o menino mais velho feriu o joelho com o anzol, e o peixe cozinha dentro do isopor: o gelo já derreteu aí pelo quilômetro 14.

Será que vale a pena? É provável; para muitos, o prazer de estar na praia ou simplesmente fora de São Paulo há de ser intenso a ponto de compensar todo o suplício rodoviário.

Mais difícil é entender por que as próprias vítimas intensificam esse desconforto. Não sei se é coisa de paulista, mas nada me irrita mais do que o hábito de buzinarem no túnel. Já não basta o congestionamento fenomenal? Voltando do *réveillon*, fiquei preso num deles. Buzinava-se a valer em cada túnel da Imigrantes, que aliás tem muitos.

Essa buzinação não pode ser inexplicável. Pensei em alguns motivos para o comportamento. Haveria talvez um intuito de ironia, bastante rombuda sem dúvida, ao buzinar quando o fim do congestionamento não depende de que os carros mais lentos saiam do caminho. Buzina-se por humorismo, por paradoxo, sabendo que nada adianta.

Mas o fato é que, mesmo quando o tráfego está bom, as pessoas buzinam no túnel. Pode ser que exista nisso o mesmo prazer que se tem ao cantar no chuveiro: as paredes fazem eco, funcionando como uma espécie de espelho sonoro.

A idéia de eco sugere, entretanto, outro fator explicativo. Menos que um narcisista do asfalto, o buzinador – refiro-me ao primeiro buzinador, ao buzinador originário, ao Prometeu, ao Noé da buzina – seria uma espécie de experimentador social, de líder, de "formador de opinião". No silêncio do túnel, ele buzina para verificar se será imitado por outros motoristas. Logo aderem a seu comportamento. Se, por momentos, todos se cansam, um novo candidato aparece, e o fenômeno se repete.

Caberia explicar, então, por que tantos se dispõem a imitar o buzinador primal, a responder com mais buzina a seu chamado. De um lado, trata-se de coletivizar um mesmo destino individual. No incômodo do congestionamento, na tensão da viagem, há uma solidão que cada motorista sente; ele se alegra quando pode dissipá-la a golpes de som.

Pois estar dentro de um carro é como estar isolado dentro de casa: tanto é assim que me cansei de ver motoristas tranqüilamente tirando sujeira do nariz, cantando em altos brados ou verificando a eficácia do desodorante como se não houvesse ninguém por perto.

O isolamento se rompe quando, no túnel, todos os carros se vêem sob o mesmo teto; assim, a vontade de expressar esse momento de coletivização logo se generaliza.

Falei acima em "destino individual", mas seria mais adequado falar de "condição", de "situação". No túnel, vive-se uma experiência ambígua. Há, sem dúvida, a incerteza própria de cada viagem, seus desconfortos, a vontade de não ter saído de casa. Mas há também um componente de triunfo no ato de buzinar a caminho do litoral.

Festeja-se o lazer conquistado, o apartamento na praia adquirido a duras penas, a interrupção da esmagadora rotina do escritório, a autonomia de ter um carro. Só que a sensação de privilégio individual se vê, no calor do congestionamento, ameaçada pelo fato de que muitos, mas muitos outros mesmo, desfrutam desse mesmo privilégio.

O sujeito de classe média, que grita com toda a força da buzina a sua liberdade e a sua propriedade, o seu direito de ir à praia e de ter um apartamento, confronta-se com seus iguais. Caracteristicamente, adere a um comportamento de massa; vive a igualdade coletiva afirmando aos quatro ventos que está ali também.

Um misto de agressividade e calor humano, de irritação e regozijo, de reclamação e festa, de fraternidade e violência, de competitividade e autodissolução assim se verifica. Não vou chegar ao ponto de dizer que é bem esta a psicologia do fascismo; se for, não estamos certamente diante de seu pior sintoma. Parece curar-se com um bom banho de mar; é o que desejo a todos os que buzinam.

[14.3.2001]

UM DIA AMENO COM HITLER E EVA BRAUN

Caetano Veloso observou, com razão, que "de perto ninguém é normal". O contrário também acontece. Assassinos e ditadores podem até ser afáveis na intimidade: gostam de jardinagem, brincam com os netinhos, são cavalheiros civilizados, normalíssimos.

Moloch, filme de Alexander Sokurov, recria a intimidade de Adolf Hitler. Ele, sua amante Eva Braun e dois amigos – Joseph Goebbels e Martin Bormann, com as respectivas senhoras – passam um dia agradável no refúgio alpino de Berchtesgarden. Contam piadas, dançam, divertem-se...

Não, não são nem um pouco normais. Vê-se o tempo todo que Hitler é completamente louco. Mas o que intriga no lento e nebuloso filme de Sokurov é que a loucura de Hitler não é muito do jeito que esperávamos que fosse. Saímos do cinema sem saber bem o que pensar.

A incompreensibilidade de Hitler como que se transmite ao filme: diálogos absurdos alternam-se com cenas muito estudadas, coreografias sobre um fundo verde-pântano, sombras de soldados na neblina, estetizações gélidas num cenário wagneriano.

De alguma forma, estamos sempre esperando o horrível hollywoodiano ou sua contrapartida sinistra, o "normal", o doméstico hollywoodiano: ou Lecter ou Bush. *Moloch* é outra coisa, bem mais interessante.

Desde as primeiras cenas, tudo é muito ameaçador: o palácio-fortaleza aparece no meio da névoa. Dentro, está Eva Braun, nua, esperando Hitler e seus convidados. Um bom tempo passa antes que eles cheguem. Eva Braun fica fazendo ginástica e sai à varanda, onde treina poses olímpicas. Na luz esverdeada do cenário, tem algo de peixe performático; quando se imobiliza, é como uma estátua que, em vez de mármore, fosse de borracha branca.

Parece fazer frio o tempo todo, e a loucura de Hitler, para nosso espanto, é desigual, "inconfiável", nada tem de um delírio sistemático e peremptório. Ele se queixa da saúde, está convencido de que tem câncer; Eva Braun consola-o, ele muda de humor, faz dengues de criança.

O mal-estar que isso provoca no espectador é tremendo – e é uma das maiores qualidades do filme. Seria fácil traduzir para a esfera privada o horror sistemático do nazismo, fazer com que o filme apresentasse, em ponto menor, um retrato da perversão, do sadismo, da brutalidade do regime. *Moloch* não reproduz o horror; no castelo, esse horror está presente como pura e inominável ameaça.

Eva Braun diz, a certa altura, que fulano de tal deveria ser mandado para Auschwitz. Os outros personagens ficam gelados: "Auschwitz? Nunca ouvi falar desse lugar", diz Hitler. Incrível que o filme de Sokurov tenha sido criticado por essa cena – como se tivesse pretendido dizer que Hitler, de fato, desconhecia a existência dos campos de extermínio.

É bem o contrário. Hitler finge o tempo todo, e isso determina um clima de ameaça psicológica permanente sobre seus asseclas. Depois do jantar, Hitler tira uma soneca na poltrona. Goebbels e Bormann ficam mais à vontade. Hitler então acorda; diz que tinha fingido dormir para ouvir o que diziam.

No fim, o próprio espectador fica em dúvida: Hitler dormiu ou fingiu? Não importa. O *Führer* se entrega agora a uma longa especulação: por que o bigode dos tchecos pende para baixo? Goebbels e Bormann não sabem o que responder. Hitler dá uma razão absurda – não lembro qual.

Em seguida, é como se Hitler tivesse percebido que estava delirando. Pergunta aos interlocutores sobre o que tinha falado. Respondem-lhe: sobre o bigode dos tchecos. "Sim, mas também sobre outra coisa", diz Hitler. "Sobre a guerra."

Uma vez que é necessário a todos os asseclas acreditar que Hitler é um gênio, eles imediatamente assentem: sim, entenderam a alusão. O mecanismo do terror totalitário vai sendo exposto com clareza por Sokurov: até os assessores diretos do ditador não ousam duvidar dele. Ainda que estejam convencidos de sua loucura, é mais prudente participar da farsa.

A única esperança de sair do pesadelo estaria nas mulheres: Eva Braun e suas companheiras parecem um pouco mais saudáveis e realistas. Mas aqui se cria uma outra forma de cumplicidade, não na loucura, mas na estupidez. Por medo, por amor ou por desonestidade, Eva Braun se faz de mais burra do que é. Depois de falar de Auschwitz, corrige-se, reafirma não entender nada de política.

Para o Reich, as mulheres deveriam ter apenas o papel de geradoras de filhos. A idéia de reprodução, contudo, assombra os delírios de Hitler: fala em larvas de moscas, manifesta nojo diante de uma ninhada de cachorrinhos.

Não vamos além; *Moloch* não cai na armadilha de tentar explicar a "psicologia" de Hitler; o filme tem algo de uma equação que não fecha.

Lembro-me de uns terríveis exercícios de matemática em que, de repente, eu percebia que havia errado em algum ponto porque o resultado terminava sendo 0 = 0. Eva Braun diz no filme que seu pai considerava Hitler "um zero à esquerda". Ei-lo, nos seus momentos de descontração, cercado de outras nulidades, enquanto ali perto se organiza o extermínio.

[4.4.2001] AS DIFICULDADES DE SER MENINO

Não faz muito tempo, eu estava numa locadora de vídeos quanto entrou uma mulher com seu filho de 4 ou 5 anos. Enquanto ela escolhia um filme, o menino entrava num desses deliciosos êxtases infantis que todos nós, com certeza, já tivemos, mas de que não guardamos muita lembrança.

Ele estava embevecido diante de um cartaz do Batman; sentindo-se observado, olhou para mim e, quase como se quisesse dar uma explicação para seu fascínio, deu um beijo na figura do super-herói. Riu em seguida, não sei se por estar com um pouco de vergonha ou porque estivesse contente de afirmar a sua admiração.

Quando criança, eu também adorava o Batman; surpreendime ao ver que ainda hoje ele faz tanto sucesso. A notória ambigüidade sexual do Homem-Morcego, sempre ao lado de Robin, talvez tenha um papel importante na sua popularidade junto ao público infantil.

À medida que sua imagem de força masculina se fragiliza pela companhia constante de Robin, é provável que a identificação dos meninos com Batman se intensifique.

O ideal de heroísmo, que todo menino quer seguir, acompanha-se de sensações mais delicadas, como a necessidade de proteção ou a consciência da própria pequenez, que todo menino, naturalmente, também tem.

Há muitas coisas interessantes na exposição "O *Marchand* Como Curador", em cartaz na Casa das Rosas. Mas fiquei especialmente tocado pelos trabalhos de Luis Flávio Silva, que tratam do universo das histórias em quadrinhos e das imaginações infantis a respeito da masculinidade.

São cartões brancos, com imagens de super-heróis, de tanques e de mísseis, feitas de furinhos de agulha. Um ou dois detalhes – a capa de Batman, o "S" no peito do Super-Homem, os olhos da Bat-Girl – são bordados com linha colorida sobre o papel.

O Super-Homem num bordado! É como se um ato de capricho feminino se curvasse sobre a agressividade de um garoto, acentuado e ao mesmo tempo desfazendo seus sonhos de onipotência.

A memória que temos de nossas fantasias heróicas parece quase perdida, sumindo aos poucos no traçado dos furos de agulha, no desenho incompleto dos personagens. A linha do bordado a recupera, mas numa parte minúscula do cartão; de alguma forma, temos a sensação de rever nossa infância com uma espécie de carinho maternal, com a consciência adulta de que éramos frágeis – e de que continuamos a sê-lo.

Devo ser um babaca, mas não consegui entender por que os críticos da *Folha* detestaram *Billy Elliot*, filme de Stephen Daldry que conta a história de um menino de 11 anos, filho de um mineiro de carvão, que resolve abandonar as aulas de boxe para se tornar um bailarino clássico.

Pode ser que *Billy Elliot* tenha uma estrutura previsível – as reações contrárias do pai do garoto, o suspense do exame de seleção para entrar na Real Academia de Balé de Londres, as dificuldades que Billy enfrenta, a vontade de desistir, as brigas com a professora de dança.

Mesmo assim, não acho que o filme caia no clichê, nem que seja apelativo. A própria câmera parece dançar, com muita liberdade, sem se concentrar o tempo todo nos conflitos do garoto. E esses conflitos nunca são estereotipados. Billy Elliot gosta de dançar balé, mas não faz um gênero de vítima e não parece ter uma inclinação homossexual. Nem sequer se questiona muito sobre a sua sexualidade; é um menino apenas.

O ator Jamie Bell é extraordinário; seu talento se torna evidente, contudo, graças ao fato de seu personagem não ser unívoco e estereotipado. Numa cena, ele dança sem música diante do pai, que não quer saber de ter um filho bailarino. A dança é uma proeza de expressividade; há tudo ali – a raiva com relação ao pai, contentamento de estar dançando, masculinidade, graça infantil, vigor e fragilidade emocional.

Enquanto isso, um grande confronto político também acontece. O filme se passa durante o governo Thatcher. Os carvoeiros estão em greve; apostam na união, na resistência e na solidariedade. Mas Margaret Thatcher terminou vencendo, como se sabe.

Que Billy Elliot, contra os costumes da família, se entregue à carreira artística, ao mundo da competição individual e da classe erudita, é bem um sintoma do declínio da classe operária; o filme de Stephen Daldry, enfocando a luta do menino por sua vocação, talvez veja esse declínio com bons olhos. Talvez não. A ambigüidade, mais uma vez, é fundamental.

Críticas ao machismo da sociedade são comuns e, em geral, são feitas da ótica das mulheres. Que os homens critiquem o machismo não é fácil; é tão difícil, na verdade, quanto ser menino.

ADEUS AO MERTHIOLATE

[25.4.2001]

Não só ao Merthiolate. Também foi banido o biotônico Fontoura – cuja fórmula, contendo álcool, terá de ser alterada. Tem razão o leitor Marcílio Godoi, que, em carta à *Folha*, expressou temores quanto à sobrevivência da pomada Minâncora, do Regulador Xavier e do óleo de fígado de bacalhau.

Não tenho saudade desses produtos. De todos, aliás, só o Merthiolate consumi. Contra a vontade, claro. Mas ele tinha o seu charme. Era evidente sua superioridade com relação ao banal mercurocromo. Pois era pior e, sendo pior, só podia ser melhor. Como se sabe, este é o mais importante, talvez o único, axioma da medicina.

O vermelho do mercurocromo era um vermelho infantil, substantivo, indubitável. O do Merthiolate nem bem vermelho era: tinha algo de fosforescente e de cítrico, de enganoso, de psicodélico. O mercurocromo padecia de outra desvantagem em relação ao pérfido rival: não tinha aplicador. Se bem me lembro, para usá-lo, era necessário um chumaço de algodão, objeto transicional entre o frasco e a ferida. O Merthiolate era bem mais tecnológico e menos maternal, com sua retícula de plástico na ponta de uma haste acoplada à própria tampa. Impessoalidade, frieza, precisão: o Merthiolate, claramente, era mais científico.

Um progresso, não há dúvida. Passar do mercurocromo ao Merthiolate era passar do "dodói" ao "machucado", do primário ao ginásio, em termos de escoriações e acidentes. Algo como passar da calça rancheira para a Levi's, do suco de uva para a Coca-Cola, do Gordini para o Corcel, da Gemini para a Apolo 11, de Wanderléa para Rita Lee, de Delfim Netto para Simonsen, de Johnson para Nixon. Ou seja, do ruim para o pior, que, dependendo do ponto de vista, não deixa de ser o ruim melhorado.

Surge agora o ministro da Saúde dizendo que o bom mesmo é passar água e sabão. Mas como? Mais uma vez, vem à mente a frase clássica: então nos enganaram durante todos esses anos?

Sim, meu velho. Você já deve estar bem contaminado de mercúrio e não sabia disso. Faz um mal dos diabos. Ah, e espere mais um pouco, porque não concluímos ainda nossa pesquisa sobre a água e o sabão. Que água? Que sabão exatamente? Pode me dizer?

A questão, em todo caso, não é de nostalgia, mas de engodo. Acabando com o Merthiolate, suprimiram alguma coisa que não nos fazia falta nenhuma. Não nos queixamos de seu desaparecimento, mas ficamos atônitos diante de sua nulidade retrospectiva. Não fomos roubados: passaram-nos um cheque sem fundos que, de qualquer modo, tínhamos nos esquecido de descontar.

Não é que algo se tenha perdido, mas, sim, que algo foi escondido. Não há o que lamentar. Creio que, nessa saudade falsa do Merthiolate, estamos pressentindo outra coisa: a idéia passou por mim como um sopro gelado.

Trata-se do fato de que todos nós já pertencemos ao século passado. Isso é que é o mais estranho. O ano 2000, quando veio, foi motivo de comemorações um pouco infantis, foi uma espécie de brinquedo novo. Nos últimos meses, contudo, vão ficando mais freqüentes as menções ao século 20 como "o século passado". Ainda tenho de fazer uma operação mental para me acostumar com isso.

Para mim, o "século passado" ainda é aquele de Dickens, de Darwin, dos costumes vitorianos, de Marx e da Comuna de Paris, de José de Alencar e da princesa Isabel. Eis que, em questão de alguns meses, todas essas imagens são colocadas no nicho remoto em que jaziam as cinzas de Voltaire, de Rousseau, de Gluck e de Mozart, com sua peruca e seus minuetos.

Vou percebendo que o "século passado" é o século de Debussy e Ravel, de Orson Welles e Chaplin, de Mao e Ho Chi Minh, de John Lennon e Andy Warhol. A pergunta parece-me lógica e absurda ao mesmo tempo: por que eu haveria de sentir saudades dessa gente? Aos meus olhos, essas figuras não pertencem ao "passado"; não as perdi, são minhas contemporâneas. O presente é que já é outro. Não me tiraram nada: eu é que vou ficando de fora.

Sabe-se que os amputados continuam a sentir dores na perna que já não têm. Claro que não se trata de "saudade" da perna cortada. É apenas a sensação de que algo desaparecido continua a existir. Assim nos relacionamos com o passado. Muita coisa ainda sangra e dói sem que tenhamos notado que a ferida já cicatrizou. Será? É só um modo de ver. Só sei que passar Merthiolate não adianta nada.

[30.5.2001] **PRAZERES DO APAGÃO**

É verdade que as críticas ao governo FHC vão ficando mais fortes. As notícias em torno do apagão revelam a cada dia a truculência e a irresponsabilidade dos gênios sem lâmpada que dirigem o país. Mas a primeira reação dos brasileiros diante da crise energética foi menos de revolta do que de pânico, e menos de pânico do que de adesão.

Assustados com as ameaças, todos nós começamos a economizar energia de um modo furioso, esquecendo-nos, em parte, de canalizar a fúria contra o presidente e seus assessores iluminados. Economizar, de todo modo, está ao alcance da mão. Posso desatarraxar uma lâmpada do soquete, mas não uma cabeça – por mais brilhante que seja – de seu pescoço.

Nunca fui de deixar ligadas todas as luzes de casa, mas agora ando tomado de rigores sacrossantos, apagando até os eletrodomésticos que ainda não comprei. Parte da graça do racionamento, sem dúvida, é o fato de que estimula nosso instinto persecutório, nossos impulsos de predador selvagem, à caça de rádios ligados e abajures acesos como se fossem roedores de médio porte na savana.

Com o mesmo impulso predatório, fui comprar lâmpadas fluorescentes de última geração. Todo o mundo teve a mesma idéia, claro. Soube de cidadãos que, na loja de artigos elétricos, tiveram de ser controlados pela família antes que o empenho de economizar luz os levasse à insolvência.

Pois surge um novo campo de produtos a comprar: luzes de emergência, placas para energia solar, geradores a diesel, aquecedores a gás. Mesmo os velhos eletrodomésticos – a recomendação é forte no caso das geladeiras, por exemplo – devem ser trocados com urgência.

O mecanismo psicológico do racionamento é bem este, aliás: estamos tendo a oportunidade rara de nos entregarmos à febre consumista com um propósito nobre, o de poupar. É o melhor dos mundos: gastando mais, economizamos mais. Óbvio que, como excelentes estrategistas que somos, estamos pensando no longo prazo.

Talvez assim se repita, em escala doméstica, o que o próprio governo tem feito ao longo dos últimos anos. Primeiro, tivemos o real supervalorizado em relação ao dólar, de modo que, para sustentar a máxima austeridade monetária, podia-se importar a rodo. Ao mesmo tempo, deu-se uma orgia de cortes no Orçamento, comprometendo investimentos essenciais, como o do próprio setor elétrico: nunca houve propósito de economizar recursos mais dispendioso do que esse. Para poupar ainda mais, torraram-se empresas públicas, como quem faz uma bonita queimada na roça.

Não entendo de economia, o que o parágrafo acima talvez faça suspeitar, mas me parece razoável dizer que, no maravilhoso mundo do racionamento, mais uma vez reagimos do único jeito que conhecemos: consumindo. Pois não é principalmente pelo consumo – de equipamentos eletrônicos, de carros importados, de arroz italiano para risotos etc. – que nos sentimos integrados à modernidade?

Sempre achei engraçado que, enquanto japoneses e coreanos passaram a fabricar carros que eram de fato japoneses e coreanos (Toyota, Hyundai, Honda), nossos carros brasileiros são Ford e Volkswagen, sem que nenhuma empresa realmente nacional tenha conseguido emplacar um modelo próprio.

As lâmpadas fluorescentes que comprei, aliás, são chinesas. Não deram certo por burrice minha. No entusiasmo, levei as de 220 volts. Não testei as lâmpadas na loja – eram "pré-testadas", disse o vendedor. Uma não acendeu. Outra, sim, bem fraquinho.

O pior é que, mesmo se funcionassem, não servem quase em lugar nenhum de casa. As luminárias do teto não têm espaço para atarraxar esse novo modelo, de soquete quadrado, com seus arcos triplos. Parecem válvulas saídas do laboratório de um cientista maluco. Ou talvez – a comparação vem mais ao caso – a porta triunfal de um shopping center na periferia. Só que, depois da porta, não há *shopping center*.

CORRENTE PRA FRENTE

[13.6.2001]

Devo estar louco ou pelo menos com sintomas graves de obsessão e paranóia: não consigo me livrar do assunto. Escrevo mais uma vez sobre o apagão. É que fatos interessantes a esse respeito não param de acontecer.

Numa revista semanal, vi o seguinte anúncio do governo: "Regras do racionamento residencial: mudamos para melhor". Logo abaixo, eles explicam que "o plano de economia de energia ganhou novas medidas. E você ganhou mais oportunidades de ajudar o país a vencer esse desafio. Veja as novidades e saiba como contribuir".

Daí o anúncio explica o que acontece com as diferentes faixas de consumo, destacando o "bônus" a ser recebido por quem economiza e as "conseqüências" que pesarão sobre quem não cumprir as metas.

O espantoso desse anúncio é que apresenta como "oportunidade imperdível", como boa notícia, as restrições impostas ao cidadão. Nenhum apelo do tipo "precisamos de seu apoio". Nenhum tom de seriedade, nenhuma lembrança de que a situação é grave. Ao contrário, tudo se passa como se tivéssemos uma liquidação inesperada nas Casas Bahia ou uma prorrogação da quinzena de estofados no Carrefour. O apagão foi inventado para me deixar mais feliz.

No mesmo anúncio, há um slogan engraçado: "Poupe energia. Bom para o Brasil. Melhor para você". Embora venha junto o emblema de uma tomada dando um sorriso, no estilo da carinha *smile*, a frase adquire um tom bastante sinistro. Claro que não é "melhor para mim" poupar energia, no sentido de que é "melhor para mim" tirar férias ou fazer esportes. O sentido é de ameaça: "Melhor vocês irem parando com isso, senão..."

Mas a tomadinha sorridente e o estilo "semana de ofertas" do anúncio também têm razão de ser. De certo modo, as pessoas se sentem mais felizes mesmo, pois nunca foram feitos tantos elogios ao brasileiro comum. A economia espontânea de energia superou as expectativas, pelo menos no Sudeste. (Conclusão implícita: nós, paulistas, somos mais civilizados.) Todos, afinal, se engajam no racionamento.

Não sei o que há de extraordinário nisso. Houve ameaças tremendas. A população, na dúvida, obedece. Como recompensa, é elogiada por seu civismo, por seu espírito de colaboração, por seu empenho patriótico. Parece-me sempre estar, nas entrelinhas, o seguinte comentário: "Quem diria, hein? Esse povinho ignorante e malandro até que saiu melhor do que a encomenda..."

Não me esqueço de que, depois do Plano Cruzado, depois de uma série de elogios à mobilização cívica dos brasileiros, um líder empresarial tomou a palavra para explicar por que o plano não tinha dado certo: "O povo brasileiro, vocês sabem, é muito consumista...". Isso quando muita gente, pela primeira vez na vida, conseguia comprar uma geladeira.

Mas voltemos às proezas do apagão voluntário. Uma coisa é certa: mesmo antes do calendário oficial, todo mundo começou a economizar – ninguém seria multado se continuasse a gastar energia, mas o racionamento, na prática, já estava funcionando. O que me assusta um pouco, nessas circunstâncias, é o poder incomparável da televisão. Os noticiários não se limitaram a falar das medidas do governo e das ameaças reais de um colapso energético. O procedimento de persuasão foi bem mais direto e, ao mesmo tempo, sutil.

Quem não viu os telejornais mostrando as medidas exemplares que uma "típica família de classe média" já vai começando a tomar? "Dona Solange modificou a rotina da família. Agora, só há uma televisão ligada..." – e a câmera mostra a família vendo televisão. "O sr. Pereira aposentou o barbeador elétrico..." – e lá está o sr. Pereira com um Prestobarba. Isso é o de menos. Houve cenas primorosas. Como a de uma advogada instruindo a empregada doméstica a não usar mais a máquina de lavar. "Agora vamos lavar isso aqui na mão, está bem, Deuzinete?" E a empregada, de costas, faz que sim. Depois, a câmera oculta denuncia: ela continuou usando a máquina.

Não vou dizer que isso é totalitarismo, nem esbravejar demais. Afinal, a TV não está mobilizando os espectadores para sair matando as "raças subalternas" ou depredando estabelecimentos comerciais. Mas há um toque totalitário, sim, nessa exemplificação modelar de simpáticas famílias procedendo à economia de luz com ordem e método, em clima de perfeito consenso.

A felicidade do apagão tem muito a ver com isso: provém de estarmos mergulhados na mesma corrente, de sermos dóceis objetos de uma mobilização "do bem", de vermos na tela "uma casa igualzinha à nossa", de saber que dona Solange tem a mesma marca de secador de cabelo, que o sr. Pereira está usando Prestobarba.

E é sempre um sinal de igualdade e patriotismo o fato de tanto eu quanto a minha empregada passarmos a lavar tudo "na mão".

[27.6.2001] JUAN RULFO

A foto, em preto-e-branco, saiu há alguns dias na "Ilustrada". Vemos uma menina de uns oito anos, num vestido branco. Ela está de costas, no canto inferior esquerdo, minúscula. Todo o resto da foto é ocupado por raízes e troncos de árvores gigantescas. A desproporção entre a menina e as árvores tem algo de conto de fadas ou de pesadelo, não sei bem. A foto faz parte de uma exposição em cartaz no Memorial da América Latina, que traz 90 e tantos trabalhos do artista mexicano Juan Rulfo (1917-1986).

Rulfo é muito conhecido como escritor. Seu romance *Pedro Páramo* é tido como um dos melhores exemplos do realismo fantástico latino-americano. No Memorial, está sua obra como fotógrafo. Ele viajou por muitas regiões do México, retratando camponeses, paisagens e ruínas.

Não vamos entrar no tema, tão ultrapassado, da *latinidad* e da compaixão populista. Mas também não é o caso de ficar analisando de um ponto de vista puramente estético e formalista os retratos dessa exposição.

No livro que serve de catálogo da mostra, há um prefácio do escritor Carlos Fuentes, que tenta evitar muitas efusões a respeito do tema. "Cada um dos homens, mulheres e crianças das fotografias de Rulfo possui uma riqueza imediatamente reconhecível. Chama-se dignidade. Não sempre a alegria. Mas a dignidade sim."

Pode ser. Os traços maias de um lavrador ou o garoto maltrapilho, de uns quatro ou cinco anos, com as mãos no bolso e a expressão graciosamente adulta, podem certamente evocar no espectador as imagens de um "legado cultural" resistente a séculos de pobreza e de desesperança.

Mas acho "dignidade" uma palavra meio chata: parece ser utilizada sempre que não há mais nada a falar, quando a um povo não sobra mais nada. O mais interessante nas fotos de Juan Rulfo é que esse jogo entre esperança e miséria/opressão e utopia conhece uma tradução em imagens bem pouco apelativa e politicamente correta.

Tomo como exemplo a foto de uma mulher pegando água no rio, com uma mula à sua direita e um cachorro esquálido à sua esquerda. Não vemos o rosto da mulher: ela usa um lenço na cabeça e está inclinada, segurando uma bilha de barro. Como no caso da menina entre as árvores, a mulher parece pequena dentro da foto. Uma paisagem árida, cheia de pedras, circunda a figura.

Quando você anda um pouco para trás, a imagem da mulher simplesmente desaparece. Ela fica totalmente confundida com as pedras à sua volta.

Descrevo outra foto: um grupo de quatro ou cinco camponeses no centro, muito nítidos, à frente de um galpão. E, atrás deles, alto, indiferente, um morro de pedra recortado no céu. Várias vezes se repete o esquema: homens muito pequenos diante de uma paisagem grandiosa.

A sensação que essas imagens produzem é bem ambígua. De um lado, tudo parece indicar opressão, esmagamento – seres humanos frágeis demais em relação ao meio em que se situam. A paisagem parece engoli-los.

As mesmas fotografias, entretanto, permitem a interpretação oposta. A paisagem é tão ampla, abre tais horizontes, que tudo o que tinha de impositivo no espaço como que se apresta a desatar-se no tempo. Um tempo imaginário de utopia e emancipação.

Não há sentimentalismo nas fotos. É que o jogo entre "diminuição do homem" e "abertura infinita de possibilidades no futuro" é apresentado de modo simultâneo, numa espécie de neutralidade fotográfica, de classicismo visual.

Outro dia fiquei lendo uns poemas de Paul Éluard (1895-1952), poeta surrealista francês. Mais do que surrealista, comunista. Era uma série de poemas homenageando pintores modernos, como Picasso e Chagall. No poema dedicado a Picasso, Éluard diz, por exemplo: "A aurora está atrás da tua tela". E "este é o dia dos outros, dá uma chance para as sombras". Outro poema, a Jacques Villon, é uma bela amostra da extrema simplicidade de Éluard, que gosta de encadear substantivos sem mais nada: "A despeito dos deuses mortos/ a despeito das mentiras/ a aurora o horizonte a água/ a ave o homem o amor [...] e a rosa noturna/ e o sangue do povo".

Comovi-me com isso e me espantei também. Como esse tipo de poema parece antiquado! Parece mais próximo de Victor Hugo do que de nós. Já se tornou estranho, na verdade, falar "no Homem", com H maiúsculo, o mesmo H de "História". Depois dos estruturalistas e de Foucault, essas coisas estão em descrédito. Outras palavras, como Esperança, desapareceram totalmente.

Coisa de comunistas. De fato, parece-nos horrível que, enquanto Picasso desenhava a sua pomba da paz e Éluard falava em auroras, milhões de inocentes eram torturados e mortos por Stálin.

Mas, se estamos totalmente distanciados desse momento ideológico – quando a arte moderna e o comunismo europeu funcionaram juntos, num movimento que vai de Picasso e

Éluard a Drummond e Jorge Amado, não acho vantagem passar para um puro cinismo mecanizado, estiloso, clean. A neutralidade das fotos de Rulfo ou o "neo-humanismo" que se desprende de tantos filmes não-ocidentais talvez apontem para alguma coisa melhor.

[29.8.2001] VÍRUS E EMBALAGENS

Surge um vírus de computador a cada minuto, e dizem que uma nova modalidade deles está entrando em cena. Você recebe um *e-mail* e já fica infectado, mesmo que não tenha aberto nenhum arquivo.

Não sei se é assim, mas procurei tomar as "devidas precauções" – o que não significa muita coisa, já que quando uma precaução é "devida", é porque tinha de ter sido tomada muito tempo antes.

Há alguns meses, todavia, o perigo era outro; tinha uma forma mais interessante e até benigna. Era um boato que circulou pela internet. Dizia que você provavelmente estava com um vírus. O vírus estava no arquivo de nome tal. Você deveria verificar se o seu computador tinha esse arquivo, e excluí-lo imediatamente.

Era tudo balela. O arquivo em questão é normalíssimo, e quem o apagou fez isso à toa. Sorte que ele tampouco fazia falta; o computador segue funcionando sem problema.

Gostei desse trote porque, na verdade, constituía uma espécie de vírus ele próprio, capaz de espalhar-se e, quem sabe, até alterar o funcionamento do computador, sem que nenhum procedimento tecnológico fosse necessário para desencadeá-lo. Tratava-se de um vírus puramente "ideológico", sem existência cibernética.

Seu inventor não precisou entender grande coisa de programação de computadores. Bastou-lhe entender um pouco da mente de quem os usa.

Não sei quem falou, certa vez, da "credibilidade da palavra impressa" – tendemos a acreditar mais no que está escrito num papel do que em algo que ouvimos de viva voz. A tela do computador talvez seja ainda mais eficiente quando se trata de impressionar o incauto. Seu brilho é mais "real" do que o branco do papel. E se se trata de produzir pânico no leitor, nada melhor do que o ar de urgência de tudo que vem pela internet (ainda que 90% seja bobagem).

Na TV, tudo parece um pouco ficção. No computador, tudo, em princípio, é verdadeiro. Quando se trata de vírus, então, mais ainda – pois o que se encena é uma questão de vida ou morte, e nada nos torna mais crédulos do que a visão de uma ameaça.

Jorge Luís Borges dizia que nossa época, por um lado muito irreligiosa e cética, é também a mais crédula. Como acreditar na publicidade, por exemplo? O fabricante, isto é, o maior interessado em vender o produto, afirma que o produto é ótimo. O resultado é que, embora formalmente desconfiados do anúncio, na prática agimos como quem acredita nele.

Acho estranho, no recente caso das denúncias sobre produtos "maquiados", que só agora o assunto tenha entrado em pauta. Que um rolo de papel higiênico tenha na verdade 30 metros, quando pela embalagem deveria ter 40, bem, isso é quase normal; eu diria mesmo inevitável. É da essência das embalagens não dizerem a verdade, e é da essência do consumidor iludir-se o tempo todo. É porque se decepciona que volta a comprar.

O adoçante "tão gostoso quanto açúcar" – não, ele não é tão gostoso quanto açúcar. Se fosse, eu desconfiaria que não é adoçante. Percebendo que não é tão gostoso assim, eu não desconfio do rótulo, desconfio do meu paladar. Vai ver que é; se eles dizem que é, deve ser; eu é que não notei.

Fulana "mostra tudo" em tal revista masculina. Não, ela não mostrou tudo. Se tivesse mostrado, eu não compraria a revista do mês seguinte, que agora renova a promessa, só que com Beltrana.

O papel higiênico deveria ter 40 metros? Muito bem, ele terá. Mas diminuiremos sua espessura. Ou trataremos de inventar um sistema novo de picotagem – muito melhor, mais prático – com furos extra large, tornando o produto mais fácil de rasgar; e, se o consumidor não estiver satisfeito, já foi lançado o super-rolo de papel, agora com cinqüenta metros e o fator de densidade 5, que naturalmente custa um pouco mais.

Outra coisa que me deixa muito desconfiado é o aviso em alguns refrigerantes: contém mefitilananina ou coisa parecida. As letras desse aviso são grandes demais para que essa substância não seja terrível. Certamente eles querem se proteger, dizendo que fomos avisados do que estávamos consumindo.

Caso mais estranho é o dos próprios sistemas antivírus de computador, que estão à venda na internet. Quem já entrou num *site* desses tem de ser ao mesmo tempo um medroso clínico e um otimista descomunal. Eles oferecem, por exemplo, um *test drive*, uma detecção rápida dos vírus que você há de ter. Como não pensar que eles detectam e eliminam vírus imaginários, problemas que você nunca teve?

O que não é nenhuma novidade: da igreja católica, que inventou o pecado para absolver quem não tinha nenhum, aos especialistas em vibrações e energias negativas – há muitas na sua casa agora, elimine-as com este cristal –, necessidades vão sendo criadas sem cessar.

Vivemos como aquele animalzinho preso dentro de uma roda, com uma cenoura pendurada à sua frente. Ele pensa que vai alcançar a cenoura no próximo passo, mas está correndo à toa. Corrijo-me. Não precisamos de cenoura. As academias estão cheias de esteiras de corrida, sem cenoura nenhuma na frente. Só uma televisão, onde provavelmente passa um anúncio de adoçante.

A PARANÓIA DEPOIS DA GUERRA FRIA

[17.10.2001]

Uma das armas utilizadas pelos Estados Unidos contra o Taleban é a chamada “bomba de fragmentação”. Tem mais de dois metros de comprimento, mas, assim que se aproxima do alvo, é capaz de estilhaçar-se em centenas de explosivos menores, mais compatíveis com as dimensões da espécie humana.

Esse tipo de armamento parece-me bem ilustrativo do teor dos conflitos atuais. Não só porque a guerra no Afeganistão vem opor aos Estados Unidos adversários absolutamente desproporcionais, de modo que as próprias bombas americanas têm de “diminuir” para funcionar melhor, mas também porque a existência de um inimigo descentralizado, difuso, espalhado em toda parte, é o que dá um tom inédito, uma espécie de novo "modelo mental", por assim dizer, à situação depois dos atentados em Nova York.

A analogia do terrorismo com a contaminação biológica já se impunha mesmo antes de acontecerem as investidas com o antraz, que agora abrem outro capítulo no pesadelo americano.

Os bombardeios sobre o Afeganistão certamente têm como conseqüência o alastramento dos adeptos de Bin Laden por todo o mundo árabe; uma pesquisa de opinião diz que 83% dos paquistaneses o apóiam. Antigamente também se falava no alastramento do "câncer comunista" pelo mundo. Mas o fato de que as operações do inimigo se baseavam em Moscou dava um significado geopolítico mais claro ao conflito.

Se pensarmos nos adversários que, com razão ou não, excitaram as preocupações ocidentais nos últimos tempos, nenhum parece ter base territorial definida, e todos, de algum modo, possuem algo como uma forma "bacteriológica" de atuação. Nem é preciso falar da Aids. Mas quem não se lembra, por exemplo, do "*bug* do milênio"? Ao surto de paranóia provocado pela proximidade do ano 2000, seguem-se notícias freqüentes sobre novas levas de vírus de computador.

É de admirar que tantos ataques de *haptimes* e de *nimdas* até hoje tenham tido, afinal, um poder de destruição relativamente diminuto. Mas tenho certeza de que ninguém perde por esperar.

As redes de pedofilia na internet são outra fonte constante de paranóia internacional. Mais uma vez, as autoridades se defrontam aqui com um inimigo anônimo, que se renova incansavelmente e que pode, neste momento, atacar em silêncio nossos familiares.

Da paranóia alimentar, nem se fale. Primeiro, era só o colesterol; depois, todo o tipo de pesquisa científica vem apontar novos fatores causadores de infarto, Alzheimer, osteoporose ou depressão: da alface ao chuchu, tudo mata. Surgem então os transgênicos — e o pânico só não é maior porque o antraz agora assume o primeiro plano.

O pânico financeiro também tem mostrado essa capacidade de contaminação rápida e devastadora; Tailândia, Rússia, México, Argentina, Brasil... Os famosos "ataques especulativos" compartilham com o terror biológico seu caráter anônimo e o arbítrio com que, de uma hora para outra, escolhem o seu alvo. Caráter anônimo? Verdade que durante um tempo tudo foi culpa de George Soros — ele era o Bin Laden das economias emergentes; mas a moda de culpá-lo acabou passando.

No lado oposto, as manifestações antiglobalização puderam, precariamente, encontrar em José Bové uma espécie de símbolo midiático; não resta dúvida, contudo, de que o movimento de crítica ao Consenso de Washington é muito impessoal e heterogêneo. Não se forma seguindo a estrutura hierárquica de um partido, mas horizontalmente, como uma rede. Não há a menor chance de que a Aids, José Bové, os *hackers* e Bin Laden estejam mancomunados numa grande conspiração.

De um ponto de vista puramente abstrato, contudo, o que chama a atenção é que todos os focos de instabilidade do sistema capitalista globalizado (e todas as entidades, reais ou imaginárias, que fazem os americanos perderem o sono) parecem ter uma estrutura semelhante, operando em rede, alastrando-se com rapidez.

Tenho pouco a concluir disso tudo. Observo, ainda abstratamente, que esse tipo de instabilidade só pode surgir — como qualquer fenômeno contagioso — a partir de uma aceleração intensa dos intercâmbios humanos, tal como a propiciada pela internet.

Observo também — o que é mais preocupante — que a um crescimento das ameaças difusas se responde, nos Estados Unidos, com uma intensificação do poder central.

Investidas inéditas contra a liberdade de imprensa, um crescente controle sobre a vida privada, um discurso unificado e maniqueísta parecem ser sintomas de que a uma "horizontalização" das ameaças se responde com uma "verticalização" do poder: um pouco do mesmo modo como, diante de uma crise econômica, empresas promovem megafusões.

A paranóia difusa encontra um adversário de carne e osso em Bin Laden. Mas seu reinado tende a ser efêmero, como o de todo ídolo pop. Fala-se no "terrorismo" do mesmo modo que se falava em "comunismo" durante a Guerra Fria. Claro que o terrorismo está aí, é real. Mas, passado o choque dos atentados, é o caso de perguntar a que outras necessidades o termo poderá servir.

LAVOURA ARCAICA

[14.11.2001]

Finalmente *Lavoura Arcaica* estreou em São Paulo. Digo "finalmente" não porque o filme de Luiz Fernando Carvalho tenha demorado tanto assim para entrar em cartaz, mas porque era intenso o clima de entusiasmo e excitação que se criara em torno da obra; já estava consagrada antes mesmo de seu lançamento.

Isso acabou me provocando um efeito estranho: é como se, em vez de simplesmente assistir a um filme, eu estivesse assistindo à demonstração de que aquele filme era uma obra-prima.

Tudo em *Lavoura Arcaica* parece suscitar, talvez impor, ou mesmo exigir, essa conclusão: a exuberância visual, as ênfases da trilha sonora, a opulência do texto de Raduan Nassar, os acometimentos viscerais do elenco. O público aplaude no final, como se tivesse acabado de ouvir uma sinfonia de Mahler: muito satisfeito e não sei se um pouco aliviado também.

Como se sabe, *Lavoura Arcaica* é um filme longo. Não que seja chato, ao contrário. O interesse se renova constantemente graças à beleza inquietante das imagens e ao poder da narrativa, que, embora lenta, não parece afrouxar nunca.

Se a duração do filme (165 minutos, o que nem é tanto assim) tende a incomodar um pouco, não é porque prejudique o ritmo da história, mas sim porque terminou, a meu ver, explicitando demais as intenções, os recursos, as ambições do diretor. É como se Luiz Fernando Carvalho não quisesse deixar ninguém sair do cinema sem concordar que ele é de fato genial.

Já estou escrevendo um texto mais antipático do que eu pretendia. Nada mais antipático, aliás, do que criticar alguém por ter qualidades em excesso.

De resto, *Lavoura Arcaica* tem todas as razões para ser excessivo, barroco, quase ostentatório em sua riqueza estilística. O filme consegue traduzir visualmente toda a beleza literária do livro de Raduan Nassar.

As primeiras cenas, carregadas de sombras, distorções de perspectiva, ângulos inusitados, convidam o espectador a fazer quase que um exercício de adivinhação: onde está o rosto, onde está o corpo do personagem? Até que finalmente o quadro faz sentido. O mesmo ocorre no primeiro capítulo do romance: só aos poucos percebemos que o autor está descrevendo uma cena de masturbação.

Sem dúvida, é essa a estrutura do livro inteiro: só nas últimas páginas tomamos conhecimento da dimensão completa da tragédia familiar que está sendo narrada. O tema do filho pródigo, ambientado numa família de imigrantes libaneses no interior brasileiro, vai ganhando aos poucos uma densidade passional, uma violência desmedida. Desejo incestuoso, impulsividade selvagem e sangrenta, patriarcalismo e fúria irrompem depois de uma lenta preparação, muito virtuosística tanto do ponto de vista do estilo quanto do controle que exerce sobre as expectativas do leitor.

No romance, a riqueza do estilo é complementar à brutalidade do que está sendo contado. É como se estivesse em jogo o contraste entre o que é da ordem da pura violência e o que é da ordem da palavra; entre o que é da ordem da civilização, da escrita, da comunicação humana, e aquilo que é pura natureza, pura reação instintiva, apelo do sangue.

Uma das coisas mais interessantes do filme de Luiz Fernando Carvalho está no modo com que soube dar uma equivalência visual a esse contraste. Ao mesmo tempo em que mostra imagens belíssimas e mesmo rebuscadas, a câmera parece muito "neutra", objetiva, quase fria. Se muitas vezes o espectador tem de decifrar visualmente o que está sendo mostrado, é comum também que uma cena apenas reitere o que diz a voz do narrador em *off*. Num trecho, por exemplo, o narrador se refere a um bule, a um pedaço de pão, à manteigueira do café da manhã – e a câmera fielmente nos mostra o bule, o pão, a manteigueira. O cuidado puramente ilustrativo, "literal", da câmera joga com a sofisticação visual das imagens, do mesmo modo que o estilo elevado do livro contrastava com a crueza da tragédia.

Fico sem saber se é por isso que o filme acaba, a meu ver, chamando demais a atenção sobre si mesmo: como se o seu verdadeiro tema fosse menos o drama familiar contado no livro, e mais o desafio, o problema de como adaptar em imagens uma obra literária.

É que, a meu ver, não se trata apenas de traduzir em imagens as frases de Raduan Nassar, mas de expor, com personagens de carne e osso e situações reais, aquilo que no livro poderia constar apenas como alusão, como pormenor circunstancial. Dou um exemplo. No livro, o encontro amoroso entre o narrador e sua irmã, numa casa abandonada, dispensa diálogos e explicações mais detalhadas: justamente é no que não se diz, no que foge às convenções da psicologia realista, que está a força do que acontece; e como o livro é contado quase que como uma confissão, o impronunciável desempenha aqui um papel fundamental.

No filme, as ações dos personagens nessa cena exigiriam algum diálogo, alguma preparação psicológica: a opção do diretor foi a de simplesmente "mostrar" a cena. Ainda que muito bonita, ela cumpre apenas uma função ilustrativa. É a encenação, a "tradução visual" precisa daquilo que foi escrito no romance.

É possível que seja convencionalismo de minha parte, o de exigir diálogos realistas em cenas desse tipo. O efeito que o filme acaba tendo, entretanto, é o de empalidecer, até por ser fiel demais, o drama contado no romance. Tive a impressão de que enormes recursos estilísticos foram mobilizados para contar um caso banal; exatamente o contrário do que acontecia no romance, onde a excepcionalidade da tragédia é que justificava tantas belezas de linguagem.

O mais provável de tudo é que eu esteja simplesmente sendo implicante. Não é todo dia que vemos um filme como *Lavoura Arcaica*; daí, talvez, minha sensação de desconforto.

O BELO E O BONITINHO

[19.12.2001]

Cada pedacinho de telha, pedregulho do chão, floco de neve ou pistilo de flor é transposto com cuidado para a tela. Cenas rurais – colheita do arroz, casamento na aldeia, pescaria – são reproduzidas em detalhe, como se o quadro não fosse pintado com pincel, mas com uma pinça. As paisagens de Taizi Harada, em exposição no MAC da avenida Paulista, dão gosto de ver.

Teixeira Coelho, diretor do Museu de Arte Contemporânea, juntou à mostra de Taizi Harada várias amostras de pintura *naïf* e "primitiva" que constam do acervo do museu: José Antonio da Silva e Manezinho Araújo, por exemplo, aparecem com belos trabalhos.

Belos trabalhos? Ou será que só "bonitinhos"? Ou melhor, bonitos de tão "feinhos" que são? Talvez se possa dizer: querendo ser apenas bonitos, esses quadros se tornam artisticamente interessantes por tudo o que há de feioso nessa boniteza.

Arte *naïf* é um rótulo com certeza pejorativo: um campo de florezinhas amarelas, pintado com o cuidado de quem faz uma colcha de retalhos, só pode parecer de fato "ingênuo", ou "inculto", depois de todas as revoluções que a arte conheceu durante o século 20.

Os textos e comentários nas paredes da exposição ampliam, contudo, o debate. Certamente, não basta dizer que a denominação de *naïf* esconde forte de dose de preconceito. Muitas vezes defender ausência de preconceitos com relação a alguma coisa é apenas sinônimo de falta de espírito crítico. Mas é sem dúvida uma arma contra o preconceito apontar que José Antonio da Silva, no colorido ácido de suas telas, pode muito bem ser considerado um neofauvista em vez de um simples "primitivo".

Há muito pouco de ingênuo – para bem ou para mal – na arte *naïf*. Trata-se de um gênero já plenamente incluído no mercado de arte, tendo seus profissionais e suas galerias especializadas; e nada faz crer que os pintores *naïf* sejam desinformados com relação à arte moderna.

Na própria exposição do MAC, vemos autores fazendo referências à arte de Van Gogh ou dos neoconcretos, para não falar de Miró; e há pelo menos um nítido caso de "releitura" (para usar um termo moderninho) da obra do *Douanier* Rousseau, patriarca dos *naïfs*, inspirador de Léger e Picasso.

Claro que há muita coisa de comercial, de facilmente consumível, nos *naïfs*; mas há também muita coisa que pode ser vista como um exercício particular e *up-to-date* de ironia.

Tento ver isso nos quadros de Taizi Harada. São bonitos, agradáveis, vendabilíssimos. Mas há outros aspectos que merecem comentário. Tome-se, por exemplo, o detalhismo das paisagens. É uma característica comum a muitos pintores *naïf*. Quando pinta um telhado, um varal de roupa, um ramo de árvore, é como se toda a atenção do artista se voltasse para aquele aspecto particular da pintura; como se o quadro inteiro estivesse começando a partir daquele ponto.

O efeito disso sobre o conjunto da pintura se torna paradoxal. Com o objetivo de ser o mais realista possível, o *naïf* acaba produzindo "erros" e mais "erros" de perspectiva; escadas, ruazinhas, paredes parecem despencar da paisagem, como se fossem feitas de papelão. Lembram os cenários do cinema expressionista. E lembram, claro, um dos mais importantes procedimentos da arte moderna: a multiplicação dos pontos de vista, a luta contra as convenções da perspectiva clássica.

A ironia é que, enquanto a arte moderna trazia essas inovações para fazer a crítica da representação, para condenar a idéia do quadro como imitação perfeita da realidade, os *naïfs* fazem perspectiva "torta" e constroem espaços "irrealistas" na medida mesma em que pretendem, ou fingem pretender, a mais exata reprodução do real.

Alguns quadros de Harada (penso numa vista de Santa Teresa e em outra do Central Park de Nova York) duplicam essa ironia. São paisagens concebidas não a partir da visão convencional e realista da cena, mas que imitam uma foto daquelas em grande angular, que arredondam o horizonte. Assim, a técnica em princípio mais realista (a fotografia) é aqui refeita "primitivamente"; e o quadro *naïf* não dispensa o recurso à câmera.

Precisamente, essa relação entre modernidade tecnológica e tradição rural é o tema das pinturas de Harada. Vemos a natureza tomando a tela quase inteira: montanhas enormes no outono, o mar num azul de estampa, as plantações sem fim. Mas, num canto bem pequeno, uma ou duas figuras humanas. Quase que não as percebemos à primeira vista. Não se trata apenas de falar da pequenez do homem diante da natureza, num ecologismo aí sim ingênuo.

Se olharmos mais um pouco, veremos que um homenzinho está montando uma barraca de *camping*, que há uma carcaça de carro enferrujada, um posto de gasolina ao longe: o moderno está presente, de forma secundária, nesses quadros.

Como se fosse o moderno – e não a natureza ou a tradição – o objeto quase esquecido, a coisa a ser lembrada e recuperada nostalgicamente. O moderno – tanto na técnica artística quanto nos motivos de cada quadro – é como que o inconsciente dessa pintura.

O *naïf*, assim, não me parece deslocado num museu de arte contemporânea. Longe de rejeitar o moderno, de ser uma regressão ao passado, surge assim como uma interpretação, bastante irônica, de suas promessas. Uma forma conciliadora, porque "bonitinha", de ironia; mas ambiguamente "popular" também. Pois, se no século 20 a arte de vanguarda usou o primitivo e o popular como matéria prima para sua revolução, aqui a arte primitiva e popular é que parece estar usando recursos da vanguarda para seus próprios fins. Se esses fins são meramente comerciais, ou não, é um problema que para mim resta em aberto.

[9.1.2002] DUDA MENDONÇA

Duda Mendonça foi marqueteiro de Maluf e de Pitta; agora está trabalhando para Lula. É o que chamam de "profissionalismo". Acho isso meio difícil de engolir, mas não quero dar lições de moral. Pode-se condenar, pode-se defender, pode-se explicar essa atitude.

O espantoso no livro que Duda Mendonça acaba de publicar (*Casos & Coisas*)[19] é que ele não parece muito interessado na discussão. Suas memórias e reflexões vão sendo expostas no tom mais sereno possível. Tudo é de uma obviedade, de uma transparência, de uma "brancura" impressionantes.

Ao mesmo tempo, dá para perceber que o autor tenta acertar contas consigo mesmo; um dos capítulos do livro, assim, leva o título de "Meus Medos e os Porquês de Minhas Angústias". Só que não há nada de muito intenso nessas angústias. É como se os dramas de consciência que o autor possa ter enfrentado não lhe

19 São Paulo: Globo, 2001.

dissessem diretamente respeito. Duda Mendonça, como os políticos para quem trabalhou, parece destituído de interioridade – é pura aparência. Por isso mesmo, ele escreve como se não tivesse nada a ocultar.

Cito um dos episódios decisivos da carreira do autor. No começo, como todos nós, ele era idealista. Em meados da década de 1980, colaborou gratuitamente na campanha de Waldir Pires, um político de esquerda, adversário de ACM. Eis que Waldir Pires é nomeado ministro da Previdência. "Criei, naturalmente, uma expectativa", escreve Duda. "Pensei que teria, pelo menos, uma oportunidade. Mas Waldir virou as costas para mim e por interesses políticos entregou a conta do Ministério a uma outra agência, também da Bahia, do mesmo tamanho da minha, sem nenhuma concorrência [...] Eu não queria nenhum tipo de favorecimento. Só queria ter uma oportunidade para concorrer, para mostrar meu trabalho."

Foi assim – depois de ver seu idealismo tão pouco reconhecido – que Duda resolveu tornar-se um "profissional". Logo o vemos empenhado na elaboração de sua obra-prima como marqueteiro – as campanhas de Paulo Maluf. Depois, vem Pitta. Sem problema.

Páginas adiante, Duda já está com o PT, podendo começar um capítulo do seguinte modo: "a escalada da roubalheira e da corrupção no Brasil é, no mínimo, vergonhosa e alarmante. Cresce – e muito – a cada dia que passa, como uma terrível doença corrosiva, que, se não for bloqueada a tempo, com firmeza, pode devorar não somente o corpo, como a alma do país. Sim: a banalização do roubo é tamanha, chegou a tal ponto que o povo já começa a não ligar mais para nada."

Seria ridículo discutir o que Duda Mendonça acha ou deixa de achar sobre os males do país. O interessante é sua capacidade de incorporar o discurso de quem o contratou.

Casos & Coisas se torna, com isso, um objeto curioso. É um livro de memórias, mas o autor parece esquecer-se de tudo o que fez. É, também, um livro de propaganda, mas não se sabe do quê. Do próprio Duda Mendonça, talvez. Por vezes, o autor se dirige aos políticos, indicando o que deveriam fazer com a roupa, o cabelo etc. Em outros momentos, Duda fala aos jovens que desejem seguir a carreira de marqueteiro. O discurso do convencimento, da persuasão, impregna de tal modo o livro que não se institui nenhum espaço de discussão real.

Seria possível, por exemplo, escrever uma defesa do *marketing* político. Dizer que contribui para a democracia, que informa o cidadão, que aprofunda o debate ideológico etc. Nada disso é verdade, claro, mas seria ao menos um ponto de vista. Para Duda Mendonça, o problema sequer se coloca. Nesse aspecto, o livro tem de algo de sintomático e de assustador. Bem ou mal, ainda entendemos o debate político como uma coisa importante, em que há idéias e propostas a discutir.

Duda Mendonça escreve o seu livro a partir de um outro universo, onde isso é simples ilusão. Claro que todo marqueteiro vai sempre afirmar que as idéias, as propostas etc. são importantes numa candidatura. Importantes, sim, mas a única coisa imprescindível é o próprio marqueteiro, e o único valor a ser preservado é a imagem de cada um.

Isso vale para o próprio autor. Por que Duda se separou de Maluf? Ele explica. Diz que, trabalhando para Maluf, era obrigado muitas vezes a assumir um papel de porta-voz do candidato. "E lá ia eu para a briga de novo, defendendo o Maluf e, claro, atrelando minha imagem à dele. Isto não era bom. Começava a restringir o meu mercado."

Tudo assim fica reduzido a uma questão de imagem e de mercado. A esta altura, já não sei se é Duda Mendonça quem trabalha para Lula ou se é Lula quem trabalha para Duda Mendonça. Eles que se entendam.

São infelizes as mulheres grávidas ou as que estão amamentando, uma vez que "têm ligações estreitas com o mundo que as mantém presas nele". Sabendo-se que o mundo é lugar de pecado, "não é necessário examinar se se tem a vocação para sair do mundo, mas somente se se tem vocação para nele permanecer, da mesma forma que não se fraquejaria em absoluto se se fosse chamado a sair de uma casa empesteada ou em chamas".

Consta das "Cartas a *Mlle.* de Roannez", de Blaise Pascal (1623-62), este furioso raciocínio; Luiz Felipe Pondé o reproduz em seu *O Homem Insuficiente*.[20] A reação do leitor contemporâneo será, provavelmente, a de tomar esse trecho apenas como uma fervorosa extravagância do autor dos *Pensamentos*, que escrevia em meio às polêmicas teológicas do século 17. Professor de ciências da religião da Pontifícia Universidade Católica (SP), Pondé prefere ressaltar de que modo passagens deste tipo iluminam "o caráter radical do anti-humanismo" pascaliano.

20 *O Homem Insuficiente – Comentários de Antropologia Pascaliana.* São Paulo: Edusp, 2001.

Estabelecendo, a partir do conceito de "homem insuficiente", um cerrado diálogo com os representantes da "tradição pascaliana" (Jean Mesnard, Henri Gouhier, Pierre Magnard, Lucien Goldmann), este livro analisa aspectos fundamentais do pensamento de Pascal: o *divertissement* (divertimento), o *ennui* (tédio), a miséria do homem, a insuficiência da razão diante das "razões do coração", a polêmica entre jansenistas e jesuítas em torno da "graça eficaz".

Para Pascal e os jansenistas, a graça intervém de forma contingente, incompreensível, arbitrária (é também a teoria de Santo Agostinho), mas indispensável para nossa salvação. Insuficiente para alcançá-la sozinho, o homem está na total dependência de uma intervenção divina. A teologia de Pascal é "anti-humanista", porque nega a auto-suficiência humana para livrar-se do mal. Contudo, observa Pondé, é justamente por essa constituição pecaminosa que se dá no ser humano uma "abertura para o sobrenatural". Aquilo que é fonte de pecado, aflição e desnorteamento é também a brecha para a intervenção divina.

Para a compreensão do texto e do contexto da obra religiosa de Pascal, o livro de Pondé é de inquestionável valor. Mas não se limita a ser um simples comentário de Pascal. O autor propõe, de fato, uma retomada do pensamento pascaliano: "urge trazermos a antropologia anti-humanista à luz: uma das piores feridas do homem é a opção feita após a era renascentista pela antropologia narcisista". Narcisismo que se expressa não só no amor desmesurado que o homem contemporâneo tem por si mesmo, mas também "no ódio pela verdade empírica sobre si mesmo: sua miséria evidente".

É o que lemos na conclusão do livro, onde o comentário minucioso dos textos de Pascal se deixa substituir por um tom, se não militante, ao menos bastante predicativo. Sem dúvida, nada mais atual do que a crítica à indústria cultural, ao consumismo, à contínua e frívola busca do *divertissement*. A proposta de Pondé se cruza aqui com a Escola de Frankfurt, o pessimismo literário de E. M. Cioran e a crítica de Lasch ao "narcisismo", para não falar de Nietzsche e Freud.

Mas cabe questionar se não haveria uma diferença entre notar um veio de pascalianismo em tantos críticos da modernidade e advogar, como faz Pondé, a pertinência da teologia de Pascal como resposta aos males da civilização contemporânea. Podemos concordar (ou não) com as teses de Lasch expostas em *O Mínimo Eu*;[21] mas é coisa diversa propor, como antídoto à "cultura do narcisismo", aquilo que mereceria bem o nome de "cultura do masoquismo", cuja vertente católica vem exemplificada no trecho de Pascal que inicia esta resenha.

Há muita coisa de "atual" no pensamento de Pascal. Mas se privilegiamos o prisma teológico, ao menos como o faz Pondé, tudo parece feito de modo a travar novamente, em pleno século 21, o combate de Santo Agostinho contra os pelagianos, no século 5, e que os jansenistas retomavam no século 17.

A resposta de Pondé é clara: "não consideramos a teologia um campo antropológico-filosófico datado e por isso mesmo de valor duvidoso". Trata-se de combater, com as armas de Pascal, os herdeiros ainda vivos do humanismo jesuíta.

Este anacronismo militante causa curiosos efeitos em sua argumentação. Pondé não irá, por certo, tratar o pecado de Adão como se fosse um fato histórico indubitável. Em compensação, considera a "insuficiência humana" algo passível de uma constatação empírica. "A hipótese explicativa do mito da queda é uma forma de iluminar um fato que por si só se impõe." Qual fato? Ao falar da "insuficiência humana", estamos no plano do fato ou da interpretação? Chegamos a ler, na pág. 260, que

21 Christopher Lasch, *O Mínimo Eu: Sobrevivência Psíquica em Tempos Difíceis*. São Paulo: Brasiliense, 1986

"o homem é empiricamente corrompido"... Verdade ou mentira? Eis uma frase de difícil comprovação.

Lembremos, contudo, que a propósito de outro tema – as observações de Pascal sobre a insuficiência da razão –, Pondé defende a idéia de uma "exclusão pragmática do problema da verdade". Sua argumentação é bastante questionável nesse ponto. Trata-se de "desqualificar a querela sobre a verdade enquanto adequação entre nome e coisa, e deslocar o problema da cognição para o eixo da ação no real, ou utilidade dos vocabulários em questão. Por exemplo, pouco importa afirmar que no Brasil 'todos têm os mesmos direitos constitucionais', pois a verdade pragmática não referenda tal enunciado".

O exemplo é revelador. Pois dizer que "no Brasil todos têm os mesmos direitos constitucionais" não é equivalente a dizer que "no Brasil todos têm os seus direitos constitucionais *atendidos*". Há, como se sabe, "questões de fato" e "questões de direito". Não faz sentido dizer que a morte de alguém nega o direito que ela tinha à vida, assim como uma gripe não nega o meu direito à saúde.

Não apenas se repete, neste exemplo, a tendência "teológica" do autor para confundir a existência de uma coisa com a vontade de que essa coisa exista, mas também sua aposta numa peculiar forma de pragmatismo: trata-se de referendar conceitos e enunciados a partir do critério da utilidade, do seu poder de transformação sobre o mundo real, mas dentro de uma apaixonada teologia de condenação à concupiscência e à frivolidade mundanas.

Para lembrar o começo desta resenha, é muito diferente sair jubiloso de uma casa consumida pelas chamas do pecado e lutar para apagar o fogo, sem se indagar muito sobre a essência espiritual do incêndio. É como se Pondé achasse necessário unir as duas atitudes, num empirismo do pecado original, ou numa espécie de pragmatismo da renúncia ao mundo.

Jornal de Resenhas nº 82.

[27.2.2002] ALIANÇAS DO PT

É comum ouvir dizer que o PT envelheceu, que seu discurso está ultrapassado, que Lula não se renovou etc. Acho que é pior. Essas negociações com o PL [para formação de chapa conjunta na eleição à presidência da República] são um caso de senilidade. Será que eles ficaram gagás?

O caso é patético. Mais do que uma simples crítica, exige interpretação. Os motivos aparentes do PT – demonstrar flexibilidade ideológica, conquistar alguns minutos no horário eleitoral – não bastam para explicar esse papelão histórico.

Papelão histórico? Tanto assim? O companheiro articulista não estaria exagerando? Afinal, são só conversas... Vai ver, essa pretensa aliança termina não dando em nada...

Não, não acho que esteja exagerando. Explico logo em seguida. Mas antes gostaria de especular um pouco sobre as razões desse súbito namoro partidário.

Há coisa de uns seis meses, eu estava viajando pelo interior de São Paulo. Reparei naquilo que todo mundo sabe: em qualquer lugarejo, até no mais insignificante, há sempre um templo evangélico. Aonde quer que você vá, mesmo que seja a um arruado com dez ou 20 casinhas, uma delas tem as portas abertas, uma luz fluorescente, um grupo cantando e um pastor fazendo pregação.

Naquele dia, guiando meu carro na estrada, não é que eu tenha visto a Verdade, mas me caiu uma ficha. Lembrei-me do tempo em que o PT estava começando e das longas discussões que se travavam sobre a necessidade de um "partido de massas" no Brasil. Organizar as bases etc. Isso aí por 1979, 1980. Passados 20 anos, fiquei pensando: "Se o PT tivesse se consolidado como partido de massas, ao lado de cada templo evangélico haveria um núcleo do PT...". Dizem que era isso o que acontecia com o Partido Comunista Italiano; rivalizava com a Igreja Católica não apenas porque suas mensagens eram opostas, mas também porque, em cada cidadezinha, o PCI era uma espécie de núcleo alternativo de vida social. Como um lugar de encontro, como uma instância de sociabilidade, como um promotor de identidade pessoal.

O que fazer, numa cidade pequena, a não ser assistir à televisão e ir à igreja? E numa favela, então? Participar de uma comunidade evangélica há de funcionar como uma rede de segurança ou como fonte de prestígio e de fortaleza pessoal em meio às ameaças do ambiente.

Por inúmeros e consideráveis motivos, o PT não chegou a ter um poder de organização e de implantação comparável ao das igrejas evangélicas. Um dos motivos mais fortes para essa dificuldade é o apelo que o discurso conservador tem para largas parcelas da população mais pobre.

O PT se aproxima agora do partido dos bispos pela mesma razão que levou José Genoino, em sua campanha eleitoral, a falar em "Rota na rua". Está à procura do povão. O desespero é grande e soma-se a outro: o PT também está à procura do empresariado.

Lança-se de olhos fechados e camisolão branco a um batismo em água gelada. É como se Lula dissesse: "Não queriam pragmatismo e jogo de cintura? Olhem o que sou capaz de fazer!". Não se chega nem perto de discutir, como desejaria a praxe de esquerda, os "programas partidários", as "propostas concretas".

Acusado tantas vezes de rigidez e de sectarismo, o PT se emaranha nesses encontros com o PL e abandona a mais elementar idéia de coerência ideológica. Talvez fosse isso: confundia coerência com sectarismo. Abandona um, abandona o resto.

Claro que sobra muita coisa. A fixação por Fidel Castro, por exemplo. Lula continua prestando reverência ao totem cubano. Não é de estranhar. Há quanto tempo o próprio Lula já não se transformou em totem ele mesmo? Qual é o seu real papel político? Ele é merecedor de todo o respeito, mas, para falar francamente, esse papel vem diminuindo já faz um bom tempo; Lula deixou de ter existência política para ter existência puramente eleitoral.

É o candidato de sempre, com os 30% de sempre. Está cansado. Agora ou nunca! Exigiu-se do PT uma renovação ideológica: o partido resolveu obedecer cegamente. Entrega-se à fé evangélica; a mão esquerda bate no peito, em penitência; a mão direita está pousada sobre o Livro. Não, não é a *Bíblia*; é o livro de Duda Mendonça.

Mais um sacrifício, companheiro! Assim chegaremos ao poder. Em outras agremiações, isso é chamado de fisiologismo. No PT, é "maturidade". O velho PCB tinha dessas coisas. Parece que, quanto maior a bobagem, mais o sujeito se sente esperto.

Se bem me lembro, o PT buscava ser diferente, ser uma "novidade" na política brasileira: tratava-se de um partido com programa definido, com instâncias democráticas de decisão, com vocação de massas e, *last but not least*, níveis de moralidade acima da média. Podia-se concordar ou não com o PT, mas essas qualidades eram reconhecidas por todos.

Não mais.

[6.3.2002] DENGUE: VOCÊ É RESPONSÁVEL

Parece que no Rio já virou rotina. Antes de sair para um teatro, para uma festa, para um restaurante, o cidadão, devidamente banhado e perfumado, espalha uma boa camada de repelente sobre a pele (é a dengue, claro) e aí, sim, toca para a frente.

Por aqui, contentei-me apenas em tirar uma triste bromélia da sacada, onde aliás é tanto o vento que o mosquito, se chegar, não pousa; e a bromélia parece que vai melhor dentro de casa.

Pneus, latas vazias, cachepôs (é esse o nome?), cuidai-vos! Pois a população brasileira mais uma vez se mobiliza. Não digo que seria o caso de um panelaço contra o mosquito, ou contra as "autoridades", mas me espanta a placidez com que nos acostumamos a tudo.

Veio o apagão, e cumprir as metas do racionamento de energia se tornou para muita gente quase que um passatempo, um esporte, um bingo: recebia-se a conta de luz um pouco como quem confere os resultados de um sorteio. As lâmpadas frias criaram um ambiente de modernidade no lar; são feias, mas granjearam apoio, e quiçá a estima, da população.[22]

O rodízio de carros já é hábito mais antigo, e seus incômodos passam tão despercebidos quanto seus efeitos sobre o trânsito. De roubo de toca-fitas, não preciso falar: mesmo os modelos de "frente removível" (que barbaridades de vocabulário!) adiantam pouquíssimo contra os ladrões, para os quais existem flanelinhas, que por sua vez prestam serviço (por celular, disse a *Folha* outro dia) aos manobristas, numa impecável escala organizacional.

Por falar nisso, já blindou seu carro? Custa menos, acho, do que o kit guarita-câmera-cerca eletrificada. Ou você ainda está no tempo das grades e dos muros, tão arcaicos?

Minha impressão é que, do apagão aos seqüestros-relâmpago, das enchentes às epidemias, vai sendo testada com sucesso nossa capacidade de adaptação. Claro que não estou exigindo a solução de todos os problemas da noite para o dia; mas o surgimento de novos, mais ou menos de mês em mês, começa a me incomodar.

Não é apenas que a epidemia de dengue se tornou um problema no país; os problemas do país é que vão seguindo uma lógica epidêmica, com seus períodos de baixa e de apogeu. Será que obedecem ao calendário fashion? Ou talvez reproduzam, numa época de estabilidade monetária, o antigo padrão dos choques econômicos.

Não sei se tão antigo assim. Na década de 1980, os planos contra a inflação se sucediam e fracassavam com regularidade.

22 Ver 13/6/2001.

Vale notar que, agora, a cronologia dos ataques especulativos e dos chamados "choques externos" não é muito diferente.

Tenho medo de parecer velho demais com a comparação, mas a luta contra a dengue, essa campanha de esvaziamento de latinhas, me lembra os tempos do Plano Cruzado e dos "fiscais do Sarney". Cada cidadão andava de tabela em punho para checar se não haviam aumentado os preços da quitanda.

Mais uma vez, leitor, "você também é responsável". Cansei de contar as ocasiões em que essa frase é repetida. Para todo problema importante, para todo problema que resulta da incompetência e do processo de debilitação do Estado brasileiro, inventam que o cidadão tem de se responsabilizar.

Se há enchentes, cabe parar de jogar papel de bala nos bueiros. Florestas são destruídas porque "a população não está conscientizada". Se os presídios estão lotados e são centrais do crime organizado, os cidadãos devem vestir roupas brancas pela paz. Se o sistema elétrico entra em colapso, chegou a sua vez, caro amigo, de fazer alguma coisa.

É meio falso dizer, hoje em dia, que o brasileiro põe toda a culpa no governo e não "faz a sua parte". Ao contrário, o cidadão vai desistindo de acreditar na existência do governo, e absorve a idéia – esta sim propagandeada o tempo todo – que a culpa é dele mesmo.

Acho até que essa situação é aceita com prazer. Em emergências como a crise energética e a epidemia de dengue, celebra-se de algum modo um sentido de comunidade, uma noção de "coisa pública" que, protegidas atrás de grades e vidros blindados, as classes médias e altas não costumam ter.

O apagão, como a dengue, pode ser tratado ideologicamente como uma ocasião democrática, cívica. É a síndrome do "todos juntos, vamos, pra frente Brasil" – a marchinha da seleção brasileira vibra inutilmente enquanto os titulares fazem fiasco em campo.

Isso não é novidade. Como o poder público não dá conta das necessidades sociais, e como nunca foi tão público assim, apela-se com freqüência para campanhas e simbolizações.

A diferença é que, depois da onda privatizante, desistiu-se de esperar muita coisa dos governos. Sobrou a idéia do voluntariado. A ironia, com a dengue e o apagão, é que o espírito do voluntariado não surge tanto para ajudar "os outros", os coitados do lado de lá; a coisa é em benefício da gente mesmo. Seja voluntário em causa própria: o convite é irrecusável, e traz certa euforia a um cotidiano em frangalhos.

O HOMEM QUE NÃO ESTAVA LÁ

[13.3.2002]

Não sou grande fã dos filmes *noir*. Ou melhor, até que gosto – aprendi a gostar – da idéia desses filmes: labirintos de culpa, detetives de chapéu, loiras de preto, garrafas de gim, docas, ressacas, telefones, azares, porretes.

O problema, eu acho, é que a idéia é sempre melhor do que o filme em si. A história não se entende. A loira, para ser fatal, torna-se pretensiosa e antipática, e as armadilhas do destino se reduzem a um quiproquó sem ironia.

O Homem Que Não Estava Lá, o novo filme dos irmãos Coen, segue todos os clichês do gênero (esta frase já é um clichê também): a fotografia em preto e branco, a narrativa em primeira pessoa, o protagonista durão, a mulher de penhoar, a antipatia, a cigarrama, a fatalidade. Até onde vão meus conhecimentos, há cenas que parecem *remakes* minuciosos deste ou daquele clássico da década de 1940.

Ainda que não seja o melhor filme dos irmãos Coen, *O Homem Que Não Estava Lá* é bem mais do que uma simples "homenagem" às produções daquela época. Não tem muito de pastiche, de nostalgia, de *cult*, de estiloso – características que o crítico Fredric Jameson considera típicas do "pós-moderno". Aqui, o espírito é mais paródico e corrosivo.

Não dá para contar muito da história, mas a graça do filme (como é freqüente nos irmãos Coen) está na mistura entre canalhice e inocência, entre a falta de escrúpulos dos personagens e sua credulidade. O chantagista frio é também um crente em discos voadores, o advogado esperto parece tatear numa névoa de informações científicas mal assimiladas, e o comerciante suspeitíssimo tem um sonho singelo: investir (estamos nos anos 40) no ramo promissor e desconhecido da lavagem a seco.

Nos velhos filmes *noir*, o detetive encarnava um tipo desencantado, o ex-combatente da segunda guerra que se move no pântano da corrupção urbana, que já não tem ideais em nome dos quais lutar, mas preserva, com todo o ceticismo, sua integridade de caráter.

No filme dos Coen, tanto o ceticismo quanto a integridade desapareceram. Não estamos num ambiente metropolitano e fumacento, mas numa ensolarada e pacata cidadezinha americana, onde o padrão de vida rotineiro e medíocre são como que um atestado de honestidade pessoal.

O grande criminoso é burro demais para ter arquitetado o golpe; contra todos os indícios, ninguém pode duvidar de sua inocência, e ao longo do filme custamos a nos convencer do que se passa diante de nossos olhos.

É difícil, para um habitante do Terceiro Mundo, não relacionar a idéia do filme com a própria imagem dos Estados Unidos, sempre afirmando nobreza de propósitos quando se entrega às ações mais condenáveis. A inocência americana é o pressuposto inquestionável dos seus bombardeios.

Não digo isso pensando no Afeganistão ou para ter pena de Bin Laden; mas é como se cada investida bélica dos Estados Unidos precisasse de um álibi. De modo que o país parece se envolver em ações moralmente duvidosas exatamente para reafirmar sua inocência.

O Homem Que Não Estava Lá já traz, no título, essa ambigüidade. Lembrei-me de um poema *nonsense* de T.S. Eliot, sobre Macavity, o gato misterioso, que é o pesadelo dos policiais da Scotland Yard. "Pois", conta Eliot, "quando eles chegam à cena do crime, Macavity não está ali!" Os versos vão rimando: "*you may meet him in a by-street, you may see him in the square –/ But when a crime's discovered, then Macavity's not there!*" Em suma, ele é o maior suspeito, porque não deixa indícios de sua passagem.

É a mesma lógica, ou melhor, é a mesma lógica em forma inversa, que está a orientar um conto como "A Carta Roubada", de Poe: o melhor esconderijo é aquele lugar que está à vista de todos, pois ninguém pensaria em esconder nada ali.

Digo isso pensando em episódios recentes da campanha eleitoral. Fazem uma *blitz* na firma de Jorge Murad, assessor e ex-marido da presidenciável Roseana Sarney, do PFL; a candidatura sofre um abalo, mas – afirma-se – nada prova que algum tucano esteve por trás do episódio. Mais que isso: o benefício para o PSDB é tão claro, que "evidentemente" o PSDB não tem nada a ver com o caso. Ou, para adotar outro ponto de vista: rolou um escândalo na Sudam, há um bolo de dinheiro no cofre, mas tampouco temos aqui indício de alguma irregularidade.

Faz-se uma alteração séria no jogo eleitoral, mas até agora não está provado (nem o assunto foi estudado a fundo) que Serra se beneficia com isso. Supõe-se que. Acredita-se que. Há quem diga. Eu mesmo não sei.

Todas as personagens afirmam completa inocência. Todos se acusam mutuamente. Cada um está mais ofendido que o outro. Nunca vi tantos inocentes. É tanta inocência que tenho até medo de terminar sendo preso como o principal suspeito. Do quê? Mas, justamente, como é que eu posso saber?

A moral da história talvez seja dos filmes *noir* à moda antiga: tramóias e casos suspeitos se distribuem entre todos os personagens, trocam-se denúncias como tiros. Até para os mais honestos, os instrumentos da política vão se tornando claramente ilícitos, tal o custo das campanhas. Culpa do eleitor, que não facilita as coisas: enganá-lo não é difícil, mas tampouco é muito barato. Já perdeu a inocência, mas continua crédulo.

[20.3.2002]

PAULO COELHO E O “FUNDAMENTALISMO DE MERCADO”

Acho muito bom quando alguém picha o “padrão Globo de qualidade”, a voga dos livros esotéricos, a submissão da cultura aos mecanismos de mercado. O artigo de Walnice Nogueira Galvão, publicado no suplemento “Mais!” do último domingo, vai nesse sentido.[23]

A professora e crítica literária traça um panorama pessimista da atual cultura brasileira, que a partir de 1968 vai cedendo

23 “Musas Sob Assédio.” *Folha de S.Paulo*, “Mais!”, 17/3/2002.

cada vez mais às imposições do lucro, da produção em massa, do "facilitarismo", da degradação. Um verdadeiro "fundamentalismo de mercado", diz Walnice, se faz sentir na área cultural. Não há como discordar desse diagnóstico.

O problema é que, lendo esse artigo, comecei a ficar em dúvida. Tendo a achar que as críticas ao "fundamentalismo de mercado" correm o risco de se tornar fundamentalistas também. Não raro, o estilo apocalíptico se transforma em nostalgia.

"Uma certa concepção de alta cultura – e de alta literatura – que tínhamos até há pouco pereceu", afirma a autora. Arte e literatura, acrescenta, "hoje só existem na conjugação do pretérito". São frases tão veementes que fica até ridículo perguntar se não haveria algum exagero nelas.

Walnice reconhece, porém, "a democratização que se operou paralelamente ao lento esboroar-se da alta cultura". Continuo lendo e tenho uma surpresa. Essa democratização, "resultando na criação de um mercado de trabalho para os artistas e na transformação da obra de arte em mercadoria", teria começado com a invenção da imprensa.

Se a identificação da obra de arte com a mercadoria começou há séculos, por que terá perecido só agora a "concepção de alta cultura" que "tínhamos até há pouco"? A autora faz um salto: "A partir dos anos 60, o mercado foi ampliando seus domínios, até impor a hegemonia da indústria cultural, televisão à frente".

Não sei se o mercado era menos dominante no século 19: basta pensar nos grandes artistas – Baudelaire, Van Gogh – que morreram na miséria e na imensa quantidade de autores medíocres, hoje esquecidos, que obtiveram sucesso de público.

Artistas que ficaram pobres, artistas que ficaram ricos, autores que tiveram êxito, autores fracassados, autores de folhetim que fizeram grandes romances, poetas cultíssimos que nada fizeram que prestasse, há exemplos para tudo – e a maior ou menor dominância do mercado em determinado período não diz nada a respeito da qualidade estética de uma obra individual.

Pode-se e deve-se, é claro, julgar a qualidade de uma obra pelo que nela existe de puro comercialismo, de óbvia intenção de agradar ao público etc. Outra coisa é dizer que, a partir de um certo momento, toda a cultura se reveste dessas características.

Será que é isso o que Walnice Galvão está querendo dizer? Há trechos de seu artigo em que parece ser assim. No Brasil, depois de 1968, tudo piorou. "O horizonte artístico das cercanias de 1968, embora deitasse raízes na euforia nacional-desenvolvimentista do governo Kubitschek, mostra a última vez em que nossa cultura medrou com uma tal opulência e em todos os campos."

A tentativa de provar essa tese consome grande parte do artigo. Não é uma tarefa das mais fáceis. Sem dúvida, o teatro e a MPB tiveram momentos altos nas "cercanias de 68". Mas por que as artes plásticas, "enveredando por uma temática neofigurativa influenciada pela *pop art*", como diz Walnice, estariam em situação melhor do que a que vivem nos dias de hoje?

Na literatura, as coisas se complicam ainda mais. No período em que "medrava a opulência", tínhamos romances "que discutiam a tirania e como derrubá-la": Walnice lembra *Quarup*, de Antonio Callado. Será plausível dizer que depois disso a mercantilização tomou conta da literatura?

É arriscado. Certamente, as seqüelas de Rubem Fonseca ou os romances de Jô Soares são produtos para o mercado. Mas Walnice acaba citando Moacyr Scliar, Raduan Nassar, Valêncio Xavier, Ana Miranda e Ruy Castro, além de outros tantos, em seu panorama. Como submeter casos tão diferentes ao mesmo diagnóstico histórico?

É que pertencem ou ao ramo do "hipermimético" ou ao do "hipermediado": "a prosa tornou-se ou tão temerosa de fantasia que toma uma pretensa reprodução da realidade como seu objetivo" ou "elege a intertextualidade, a citação, a colagem [...] enfatizando tanto os meios que se arrisca a perder de vista os fins".

É estranho terminar dizendo que experimentalismos e intertextualidades atestam a dominância do mercado. Também é estranho sugerir que, de Antonio Callado a Milton Hatoum ou Raduan Nassar, há uma imensa queda de qualidade.[24]

Por último, vem a chave de todo o diagnóstico sombrio a respeito da cultura brasileira: Paulo Coelho. Esse autor é exemplo da combinação da indústria cultural com a globalização que Walnice, com razão, critica.

Mas será que a existência de Paulo Coelho diz tudo sobre a situação cultural do Brasil e do mundo? Por que, aliás, incluí-lo no campo da literatura, quando de fato pertence ao mundo da auto-ajuda e do esoterismo?

Não sei se faz sentido concluir alguma coisa do fato de que ele vende muitíssimo. Dale Carnegie, Lobsang Rampa, Norman V. Peale e Carlos Castañeda também venderam muitíssimo em tempos passados. Pensar que isso diz alguma coisa a respeito da literatura hoje é, no fundo, tomar a lista de *best-sellers* como um retrato fidedigno de uma época e, com isso, cair no erro que se critica – o de tomar como cultura aquilo que o mercado diz que é.

24 Citaria hoje, como exemplos de prosa não-comercial: Zulmira Ribeiro Tavares [ver 20/9/1998], Jean-Claude Bernardet, Vilma Arêas, Lourenço Mutarelli [ver 3/11/2004], Modesto Carone [ver 19/8/1998].

[3.4.2002] REALITY SHOWS

A graça da Torre Eiffel, dizia Roland Barthes,[25] está no fato de que ela é inútil; mais do que isso: não pretende significar nada. E, não significando nada, podemos interpretá-la como quisermos. É quase um signo vazio, uma metáfora de qualquer coisa: símbolo de Paris, da modernidade, do século 19, ponte entre a terra e o céu, pára-raios, falo, inseto, que importa?

Estou longe de achar desimportantes as discussões em torno de *Big Brother* e congêneres. As interpretações são muito variadas, o que é normal. Mas, se o fenômeno televisivo pode ser interpretado de infinitas maneiras, talvez seja porque o conteúdo do programa em si – aquilo que as câmeras registram dentro da famosa casa – não significa absolutamente nada.

É o que sugere Ciro Marcondes Filho, no caderno "Mais!" do último domingo: "de nada adianta discutir o conteúdo na série. Críticas teóricas, análises de conteúdo, tudo inútil. O segredo está na superfície".

25 *La Tour Eiffel*. Paris: Delpire, 1964.

Tendo a concordar com essa opinião. Só que, logo em seguida, vemos que para o autor essa "superfície" não é tão superficial assim. Por trás dela, ou no fundo dela, haveria uma pulsão: "a pulsão do se mostrar, do abrir sua intimidade ao outro." Como bem diz Marcondes Filho, a internet reflete isso: "diários íntimos multiplicam-se na internet, pessoas expõem seus sentimentos mais interiores, seus sentimentos mais escondidos".

O artigo de Ivana Bentes, na mesma edição, também se refere a isso. Há "uma hipertrofia do campo do privado e da intimidade, uma supervalorização do indivíduo", que coloca a confissão no centro do debate.

De outro ponto de vista, Jurandir Freire Costa escreve que a intimidade "caiu do pedestal"; perdeu sua "atração moral e emocional". Os *reality shows* não desrespeitam a privacidade; "simplesmente a retratam sem os ideais que, até então, tornavam-na sublime". Pode ser.

Pensei em outra coisa. O jornal noticiou outro dia que há um *site* na internet que transmite, 24 horas por dia, o cotidiano de um gato. Quase nada acontece. O bicho foi atropelado e está em recuperação. Anda um pouco, dorme, toma leite. O site é um sucesso.

Não é a intimidade do gato, imagino, o que está em jogo. Muito menos se trata de voyeurismo nosso ou de exibicionismo do animal. Ignoro por que tanta gente visita o site. Faço uma suposição, contudo. O site é visitado exatamente porque não há nada lá.

Esse motivo não é tão absurdo assim. Um das características mais óbvias da televisão, do cinema popular, dos *videogames*, da própria tela da internet, é a produção ininterrupta de estímulos. A publicidade faz tudo para chamar nossa atenção; o ritmo das cenas de um filme policial já parece por si mesmo um tiroteio.

É fácil encontrar na Bienal alguma dessas instalações com uma TV no meio, e na TV aparece, por exemplo, um sujeito mascando chiclete horas a fio, ou preso durante dias numa redoma de plástico. E é também fácil encontrar um ensaio dizendo que, com isso, se pretende discutir a questão da temporalidade etc. Andy Warhol filmou o Empire State horas e horas – exortando o espectador, sem dúvida, a parar de ter pressa, a fixar os olhos no nada.

Claro que um *reality show* não é obra de vanguarda; claro que, obedecendo à lógica do entretenimento, precisa causar sensação. Silvio Santos outro dia teria dado uma bronca nos participantes de *Casa dos Artistas*: estava faltando intriga, sexo, emoção, ibope no programa. A notícia da tal bronca, de qualquer modo, foi mais comentada do que qualquer acontecimento dentro da casa.

Voltando ao início. Tenho dúvidas de que muita intimidade esteja sendo devassada em *Big Brother* (aquilo, aliás, é justamente o oposto de uma família comum). Acho verdade, por outro lado, a tendência para a auto-exposição e para fazer confissões em público.

Se isso ocorrre, cabe entretanto perguntar se a esfera do inconfessável, do íntimo, simplesmente não mudou de lugar. Creio que não se está mais à procura de nudez, de sexo, nem mesmo de perversão: o que se quer, de fato, é a banalização de tudo isso. O interesse das confissões, dos diários na internet, dos *reality shows*, é que nada é tão interessante assim.

O que excita, o que escandaliza, o que é, digamos, "explorado pela mídia" em *Big Brother* e *Casa dos Artistas* é a burrice dos seus participantes. O que mais dá *frisson* não é o corpo perfeito da Fulaninha, mas a última gafe que ela cometeu. Do mesmo modo, todos vibram quando os universitários do *Show do Milhão* caem na esparrela.

Adolescentes adoram o trash. Nenhum comentarista, creio, cometeria a ingenuidade de perguntar: "mas como é que eles gostam de uma coisa tão ruim?" Sabemos que eles sabem que é ruim.

O que é que se passa na cabeça de quem assiste a um *reality show*? Talvez nada; não sei. Talvez quem assista não tenha como responder. O gosto de mandar gente embora do programa? Sonho de ser um participante do programa? Sentir que não há diferença entre um e outro lado da tela? Sentir que há diferença? Fugir da própria intimidade? Reencontrá-la? As duas coisas ao mesmo tempo? Necessidade de fugir de questões importantes? Necessidade de fugir do frenesi publicitário e da irrealidade de tantos outros programas?

Estamos diante de um mistério. É essa a intimidade que, inconformados, queremos devassar. O público desses programas (assim como os adolescentes, ou os adeptos de uma seita fundamentalista, ou os eleitores de Enéias, ou os "outros", enfim) resistirá à nossa inquietação com toda a passividade, com toda a espessura de seu espírito. "O senhor pode me desprezar. Mas aqui dentro de casa o senhor não entra."

[10.4.2002]

O INVASOR

O Invasor é Paulo Miklos. Mesmo quem não viu o filme de Beto Brant já terá topado com anúncios e cartazes mostrando a cara feia do rapaz. Miklos faz o papel de Anísio, um matador profissional que, contratado por dois empreiteiros, acaba tomando conta da vida deles.

Termina tomando conta do filme também. Anísio é repulsivo, engraçado e fascinante. O interesse do espectador fraqueja um pouco quando o drama dos empreiteiros corruptos (Gustavo Borges e Marco Ricca) está em primeiro plano. Basta aparecer Anísio que a platéia se agita.

Não que o personagem de Paulo Miklos tenha algo a ver com o tipo clássico do bandido charmoso e rebelde, crítico do "sistema" com pinta de galã. É verdade que Anísio consegue seduzir a adolescente bonitinha e milionária. Mas ele não tem nenhum *sex-appeal*. Sua magreza, seu olhar, são os de um asceta, de um fanático, de um alucinado.

Ou de um ET. O "invasor" que se infiltra no meio burguês e acaba por dominá-lo vem, de fato, de um outro mundo, o da periferia de São Paulo. As cenas noturnas em alta velocidade, ao som de *rap*, nas quais se atravessa de carro a cidade inteira, dos bairros ricos aos miseráveis, lembram uma viagem espacial, um filme de ficção científica.

Em certo momento, Paulo Miklos aparece de perfil, inclinado sobre a mesa do empresário: só vemos um olho enorme, e a sobrancelha arqueada como numa caricatura de vilão. Lembrava aquele feiticeiro de *Fantasia*, de Walt Disney, que surge ameaçando Mickey, depois de toda a confusão com as vassouras encantadas.

A figura de Anísio é, evidentemente, mais sinistra do que isso. Se faço associações com ETs e personagens de desenho animado, é porque de alguma forma o registro, o estilo de interpretação de Paulo Miklos é, não digo caricato, mas intencionalmente irrealista. Não, irrealista também não é o termo. Anísio parece real, mas é real como um quadro pop, como uma obra de Andy Warhol; o personagem está como que iluminado por uma lâmpada fluorescente.

No filme de Beto Brant ocorre não apenas uma perigosa mistura entre dois pólos extremos da sociedade, mas também uma coexistência entre diversos estilos de atuação. A presença esquizóide de Paulo Miklos convive com o realismo de Gustavo Borges e Marco Ricca, bastante convincentes no papel de empreiteiros.

E há também pessoas que não estão atuando de jeito nenhum: os arquitetos discutindo uma planta, a cabeleireira num salão de periferia, o operário da construção comparecem no filme de modo totalmente desajambrado e corriqueiro, despidos, por assim dizer, de qualquer técnica interpretativa.

A coexistência de estilos heterogêneos não aparece apenas no trabalho dos atores. Do mesmo modo, cenas realistas e diálogos dramáticos se alternam com alguns números musicais e passagens de pura vertigem visual, como parênteses interrompendo o avanço do enredo.

A impressão que se tem, assim, é a de um filme descontínuo, aos pedaços. Mas essa descontinuidade é, ao mesmo tempo, uma das coisas mais interessantes de *O Invasor*. Em tese, o filme trata apenas de explorar a promiscuidade entre o mundo do crime e o dos negócios. Há a ascensão "darwiniana" de Anísio – o bandido da periferia em pouco tempo está à vontade numa casa com piscina – e a decadência da classe alta, cada vez mais metida com drogas e pistoleiros.

Resumido a isso, o filme tem muito de moralista. Parece estar dizendo que tudo estaria bem se a classe dominante mantivesse um pouco de compostura. Pode-se especular, entretanto, se não há mais coisas em jogo.

Imaginemos que o ideal, do ponto de vista político, fosse diminuir o abismo entre as classes no país. No mundo real, diz *O Invasor*, os extremos só se tocam pelo caminho da criminalidade, das drogas, da corrupção.

Esse risco de "contaminação" entre as classes é, entretanto, negado pela própria linguagem do filme, toda ela em desníveis, intervalos, descompassos. Vazios e obstáculos se interpõem a todo momento no fluxo da narrativa e no jogo entre os atores.

O Invasor certamente não escandaliza muito com a história de um sócio mandando assassinar o outro. A grande transgressão do filme, obviamente, é a de mostrar a absoluta cara-de-pau com que um sujeito da periferia passa a mandar nos empresários que o contrataram, além de transar com uma filhinha de papai. Essa transgressão torna o filme inquietante e engraçado ao mesmo tempo. O medo do público (nem tanto o de ser assaltado, mas o de ser "invadido" pela periferia) é exorcizado pelo histrionismo gélido de Paulo Miklos. Anísio é tão sério que dá vontade de rir.

Por outro lado, os empresários parecem se comportar como uma dupla cômica, de tão atrapalhados que são. Só que o problema deles é sério. Poderíamos considerá-los canalhas da pior espécie, mas isso não ocorre. É como se, no fundo, fossem tão inocentes quanto o aprendiz de feiticeiro.

O Invasor resulta, assim, de uma série de desencontros, não sei se intencionais ou não. Há o desencontro entre a falsa inocência dos empreiteiros (representada de forma realista por Gustavo Borges e Marco Ricca) e a real vilania do bandido (representada de forma "irreal" por Paulo Miklos). Há o desencontro entre a tensão narrativa e as constantes interrupções da ação. Ou ainda: entre lição de moral (não se meta com a bandidagem) e denúncia política (empreiteiros e bandidos são a mesma coisa).

São ambigüidades que, a meu ver, não se resolvem, o que termina comprometendo o filme. Quem "conduz" a história é o pistoleiro, mas quem "vive" a história são os empresários. A única maneira de resolver essa oscilação seria adotar o ponto de vista de um ou de outro lado da história. Convenhamos que a escolha é difícil. O filme procura ficar neutro. Mas é assim que Anísio termina tomando conta de tudo – e que Paulo Miklos rouba a cena.

UMA NOVELA LATINO-AMERICANA

[19.6.2002]

"Confesse, querida. Você está me traindo." O marido usa aquele tonzinho calmo que ela já conhece. "De novo esse papo, Reginaldo?" Ele insiste. "Está traindo ou não está traindo?" Ela suspira. Diz, pela milésima vez, que é fiel.

Reginaldo não está convencido. "Quero provas, Fabiane. Quero uma declaração solene de sua parte." Fabiane repete: "Sou fiel". Reginaldo muda de tática. "Vai ser sempre fiel? Nunca vai me trair com ninguém?" Fabiane abaixa a cabeça. Ajoelha-se. "Nunca, Reginaldo." O marido dá um risinho de triunfo. "Então escreva. Escreva no papel. Que não vai me trair nunca." Fabiane sai de cena, à procura de papel e tinta, se é que declarações desse tipo se fazem com tinta, e não com sangue.

Reginaldo fica um pouco mais calmo. Pelo menos até o próximo capítulo da novela.

Mas não era novela o que eu estava vendo na semana passada. Era uma entrevista coletiva do ministro da Fazenda Pedro Malan, depois de anunciar um pacote para "acalmar o mercado". Pela milésima vez, autoridades do mundo financeiro explicavam a Lula o que ele deve fazer. Deve dar garantias claras ao mercado. Deve jurar que não vai sair da linha. Deve prometer fidelidade irrestrita aos compromissos assumidos. Respeito aos contratos, acima de tudo.

Como acontece sempre que assisto a uma novela, fiquei pensando se todo mundo é idiota ou se eu é que não estou entendendo nada do que se passa. Mas me parece estranhíssimo que tudo dependa de uma ou duas frases de Lula.

Está bem que ele diga: "Não darei o calote, não mudarei as regras do jogo". Claro que, em si, a frase nada significa. Em 1989, muita gente votou em Collor, contra Lula, porque Collor jurava que não ia mexer na poupança. E foi isso a primeira coisa que Collor fez.

Collor era mais "confiável" do que Lula. Deu no que deu, mas nem por isso Lula se tornou "confiável". Ele não é "confiável" e ponto. Ora, se ele não é confiável de nascença, por que alguém iria acreditar nos compromissos dele?

Não adianta: as juras de Fabiane não satisfazem Reginaldo. Reginaldo não quer ficar calmo; quer é ver Fabiane desesperada, de joelhos, fazendo novas juras, que ele vai menosprezar. A situação é de novela mexicana e, às vezes, o ministro da Fazenda – com toda a sua distinção acadêmica e senhorial – deixa que seus olhos filtrem a essência vingativa de uma divindade asteca.

Não se é latino-americano impunemente. Aliás, as exigências do mercado ao candidato do PT evocam não apenas uma novela ou os folhetins de Nelson Rodrigues, mas também outro modelo: o da confissão extraída sob tortura. Há como que o ímpeto sádico de fazer que Lula se dobre e se humilhe diante das ameaças de qualquer entrevistador, de qualquer comentarista econômico.

Nesse ponto, as coisas para mim ficam ainda mais difíceis de entender. O candidato favorito nas pesquisas está forçado, é claro, a fazer concessões, a pensar em governabilidade e a usar de pragmatismo.

Fico em dúvida se uma aliança de Lula com Quércia ou com o PL ajuda nessa direção. Mostra muita flexibilidade, não há dúvida; só não sei se flexibilidade no lado certo. Não é com o apoio de um empresário do setor têxtil ou de um político avesso a purismos doutrinários que Lula conquistará a confiança dos investidores. E como haveria de conquistá-la, se há outros candidatos mais vocacionados para isso?

O que se desenvolve, sobretudo, é um espetáculo de poder. Desfruta-se da transformação de Lula; uma personagem antes ameaçadora e descontente começa a aprender "o que é bom para a tosse" – nem que sejam charutos de primeira qualidade – e é obrigado a recitar, como um aluno de escola, suas promessas de bom comportamento.

Exorciza-se não a ameaça de um grande colapso econômico – coisa que pode acontecer, creio, com qualquer outro candidato –, mas a idéia de uma alternativa ao modelo em vigor.

"Viram?", diz o torturador exibindo sua vítima. "Aqui comigo acaba toda valentia." Apresenta também a sala de interrogatórios e declara: "Este é o mundo real".

É para convencer-se disso – de sua capacidade de humilhar e de abater os antigos adversários do neoliberalismo – que o mercado exige de Lula novas "garantias". Sabe que nem Lula nem ninguém pode oferecê-las. Mas também sabe que Lula ou os economistas do PT em romaria por Washington podem oferecer outra coisa: o espetáculo, aliás bastante reprisado na América Latina, em que somos informados a respeito de quem manda por aqui.

ARTE RUSSA [26.6.2002]

É bom tirar um capote do armário. Não que o inverno tenha chegado com tanta força assim, mas quem quiser visitar a exposição dos 500 anos de arte russa em cartaz na Oca, no Parque do Ibirapuera, tem de agüentar um ar-condicionado terrível.

Vai ver que foi de propósito. Assim como os cartazes da exposição, cujos letreiros trazem os R e os N escritos ao contrário, o frio deve ser para dar idéia de que tudo é bem russo mesmo.

Há também anúncios no rádio. Puseram um sujeito vociferando com um sotaque que parece mais alemão do que russo. O homem convoca o ouvinte para ir à Oca, num tom cada vez mais imperativo e rápido, o que supostamente remete ao totalitarismo soviético.

Mas terminam aí os estereótipos da mostra. Nem mesmo aquele outro clichê romântico, o da alma russa, com melancolias e balalaicas, se confirma nessa exposição que é pura vitalidade, alegria e deslumbramento.

Verdade que há todo um andar dedicado às imagens religiosas, que por uns bons 200 ou 300 anos refazem os mesmos martírios e solenidades dos seus santos e patriarcas. A atmosfera dessas salas é decerto mais sombria. Mas é a própria austeridade desses ícones, sempre rústicos mesmo quando cobertos de ouro e prata, o que lhes dá um parentesco com os objetos da arte popular cotidiana – rocas de fiar, bonecas de madeira, brinquedos, arcas, estampas humorísticas – que vemos em uma ou duas salas do andar de baixo.

Alguns passos adiante, e estamos em Chagall. "Passeio", de 1917, é um quadro grande, claro e arejado. Retrata o próprio pintor, ao ar livre, num piquenique, tendo ao fundo uma cidade verde; Chagall está de mãos dadas com sua mulher, Bella. Ela está voando. Ou melhor, está sendo agitada ao vento; "como um estandarte", diz o catálogo da exposição. A tela só não é totalmente eufórica porque se deixa vazar, também, por uma intensa, quase abstrata austeridade.

E é esse espírito de agitação, de comemoração e de rigor ao mesmo tempo o que dá o tom da grande maioria das obras de vanguarda dessa época. Uma das coisas interessantes da exposição é ver, além dos nomes mais conhecidos de Malevitch e Rodchenko, a quantidade de outros artistas – homens e mulheres – também às voltas com cubismo, futurismo e suprematismo: Olga Rozánova, Liubov Popova, Nadiejda Udaltsova, Vladimir Liebedev, para mim tudo foi uma descoberta.

Com a vantagem de que a mostra não é tão gigantesca nem exaustiva assim. Mas desconfio que estou fazendo muita propaganda do evento; e queria justamente falar do seu aspecto mais polêmico.

Pensei que, com o fim do regime soviético, tivessem queimado todos os quadros e painéis dos tempos do realismo socialista. Aquelas pinturas ultrafotográficas dos anos 30 e 40, mostrando Stálin como Pai dos Povos, iluminado e sorridente... será que alguém ainda tem estômago para ver esse tipo de coisa?

Um andar inteiro da exposição está reservado ao realismo socialista e aos cartazes de propaganda. Claro que, com o passar do tempo, aqueles painéis mostrando esportistas e personalidades exemplares do regime soviético deixam de ter conotações políticas mais sinistras (eu não diria o mesmo da arte nazista, contudo).

Há outro efeito dessa passagem do tempo. Vejo um cartaz com o rosto de Stálin, ou um quadro de desfile cívico em Leningrado, e aquilo me evoca menos o totalitarismo russo do que os anúncios de sabonete Eucalol, as capas de *Seleções do Reader's Digest*, um retrato de Getúlio Vargas.

A mesma linguagem ultra-realista, idealizada, oleográfica, glaceada está presente na arte oficial soviética e na arte oficial brasileira ou norte-americana daquele tempo. Há coisa de uns 30 anos, era totalmente desinformado o sujeito que gostasse de Norman Rockwell, com suas ilustrações fotográficas do *American way of life*. Hoje, Rockwell é objeto de retrospectivas consagradoras e artigos que o levam a sério. A sério demais, na minha opinião.

Há uma lei de valorização cultural por trás disso: Rockwell e os realistas socialistas entraram na moda simplesmente pelo fato de que estão fora de moda. Atributos sentimentais, perversidades de gosto, fastio e esgotamento da vanguarda sobrepõem novas camadas de interesse àquilo que foi execrado há tempos.

Mesmo entre os realistas da exposição, em todo caso, há diferenças notáveis de espírito e de qualidade. Ao lado de quadros puramente propagandísticos, pintores figurativos como Alexander Samokhválov ("Setor de Tecelagem", "Operária do Metrô"), ou Deineka ("Corrida") apresentam uma linguagem sóbria, com direitos de cidadania garantidos, por assim dizer, na arte do século 20.

Mas é como se esses artistas, querendo representar o "povo", se afastassem da arte popular, da arte folclórica, mais áspera e festiva; e esta, por sua vez, é que se aproxima da vanguarda, tão... impopular na sua época.

Talvez este descompasso entre o popular, o impopular e a vanguarda seja o verdadeiro tema da exposição; e é um descompasso que serve como resumo não só da arte, mas da política do século passado também.

BANDIDOS E MOCINHOS

[18.9.2002]

Nos tempos em que o melhor carro à venda no Brasil era o Ford Maverick, e a propaganda eleitoral era regida pela Lei Falcão (só podia aparecer a foto, o nome e o currículo de cada candidato), havia um seriado policial na TV Bandeirantes chamado *Canon*.

O herói era um sujeito gordíssimo, careca, com um bigode que combinava com as costeletas, um terno mostarda por cima da camisa de voal azul-marinho e um olhar que não era dos mais argutos. O anúncio do seriado dizia o seguinte: "Esse é o mocinho que o 13 apresenta hoje à noite. Imagine a cara do bandido."

Essa foi uma das primeiras campanhas publicitárias inventadas por Washington Olivetto, que é entrevistado por Manuel da Costa Pinto na revista *Cult* de setembro [de 2002]. A revista traz na capa uma foto de Marx: artigos e entrevistas discutem a atualidade de seu pensamento.

Mas voltemos ao anúncio de *Canon*. Na época, lembro-me de ter gostado do uso daquele tom humorístico na publicidade.

Hoje em dia, reconheço com bastante náusea um certo estilo espirituoso nos *outdoors*, que foi passando dos anúncios da *Playboy* para os de algumas revistas semanais e agora promove todo tipo de produtos, de remédios a cursos de inglês.

O fato é que esse estilo vai me irritando, especialmente quando estou parado num congestionamento e leio, pela quarta ou quinta vez, a mesma piada. Não sei se o que me incomoda é a intenção publicitária de dirigir-se a um público supostamente "inteligente"; há algo de invariavelmente adulatório nesse humorismo, que nunca perde a ocasião para uma "fina ironia" – não importa se sobre Auschwitz ou sobre os novos tratamentos para a queda de cabelo.

É como se estivessem permanentemente piscando o olho para o consumidor, numa espécie de cumplicidade genérica e indulgente; "sei que você é esperto demais para ser enganado", parecem dizer esses anúncios; "mas pelo menos temos algo em comum..."

Nessa cumplicidade está, sem dúvida, o principal mecanismo com que se foi construindo a identidade ideológica da famosa "classe média" urbana, um conceito suficientemente amplo para incluir todos aqueles que não dependem dos serviços públicos – transporte, educação, saúde, e mesmo segurança – em seu cotidiano.

É provavelmente essa condição – a de contar com previdência privada, ter os filhos estudando em escolas particulares etc. – que funciona como uma espécie de atestado de inteligência para o destinatário da publicidade humorística; congratulamo-nos pela astúcia, pela finura – aliás brasileiríssima – com que nos situamos acima da vala comum. Afinal, quem olha o mundo da sacada do edifício já tem concepções mais arejadas do que quem está lá embaixo, no ponto de ônibus.

O que mais me incomoda na propaganda humorística, entretanto, é uma certa impertinência: um ar de quem veio sem ser chamado, mas que se julga automaticamente merecedor da atenção do público. Em outros tempos, essa atenção era conquistada aos berros. São assim os velhos anúncios, bem diretos, bem merecedores do antigo nome de "reclames", que podemos ver recolhidos num livro [de Samuel Gorberg] editado há pouco, *A Propaganda no Brasil Através do Cartão-Postal, 1900-1950*.[26]

Na verdade, há todo tipo de cartão-postal nesse livro, desde lembranças do Carnaval de 1905 em Manaus até santinhos de Getúlio Vargas. O que mais me fascina são os anúncios de remédio, de tão diretos nas suas promessas, de tão honestos na própria hipérbole.

A começar pelos nomes: se é um remédio para a pele, chama-se "Epidermol". Se para a tosse, é "Pulmotil". Um fortificante se chama "Vigoron", e seus anúncios mostram um touro sendo vencido na arena.

Outro, contra a asma, arrisca uma metáfora: vemos a imagem de um senhor de vastos bigodes, assomando à janela, de garrucha em punho. Fugindo dos tiros, está um gato preto. Não o deixava dormir. Sobre o dorso do gato, um letreiro: "A ASMA". Para combatê-la, Kraemina.

Os laxativos exigem mais sutileza publicitária. O cartão de Bromo Quinina ilustra suas próprias virtudes, ou os males de que é a cura, com uma paisagem das eclusas do canal do Panamá.

Inúmeros os exemplos – sabonetes, conservas, carros, tecidos – em que simplesmente se grita: "o melhor".

É por gostar desse tipo de coisa que tenho sensações ambíguas quando vejo o horário eleitoral. Toda aquela estética publicitária de classe média, com suas propostas "inteligentes", vai por água abaixo na parte dos candidatos a deputado. É o momento em que sujeitos muito feios, mal pronunciando o pró-

26 Rio de Janeiro: Edição do autor, 2002.

prio nome, aparecem hirtos diante da tela, às vezes com dois ou três assessores que parecem tirados das páginas de Lombroso.

É tão ruim que até parece verdade. Poderiam dizer: se esses são os mocinhos, imagine a cara do bandido. Mas o bandido não precisa mais ser imaginado. É Fernandinho Beira-Mar; sua ascensão no noticiário como inimigo público número um coincide com uma trégua, não sei se duradoura, no processo de demonização da esquerda. Pouco importa. Seja quem for o bandido, o importante – numa sociedade tão cindida, tão desfigurada e assustadora como a brasileira – é preservar a inocência geral.

EDIFÍCIO MASTER

[11.12.2002]

Há várias coisas inquietantes em *Edifício Master*, o documentário de Eduardo Coutinho sobre um prédio em Copacabana onde moram cerca de 500 pessoas, encapsuladas em 276 apartamentos tipo quitinete.

Claustrofobia, evidentemente, é uma das primeiras sensações que o filme provoca. Com certa insistência, Eduardo Coutinho mostra a própria equipe de filmagem se espremendo no elevador ou nos corredores do prédio, antes de bater à porta de algum dos entrevistados.

Parece não haver muito espaço para a movimentação de tantas câmeras e refletores, e também não há espaço para todas as histórias e todas as emoções que cada pessoa tem para apresentar no breve depoimento, na aparição sem retorno, no trecho de vida que o documentário lhe concede.

Não é bem que o espectador consiga "espiar", graças à câmera, aquilo que se passa dentro de cada apartamento ou da alma de cada morador. Não há em *Edifício Master* voyeurismo ou invasão de privacidade. É mais o movimento inverso: como se a câmera fosse uma janela que os entrevistados, muitas vezes levando uma vida solitária, e presos dentro de si mesmos, pudessem abrir para respirar.

Um aspecto curioso do filme, aliás, é que não se mostra nunca a fachada do edifício; estamos sempre "dentro" dele – no máximo, acompanhamos pelos monitores dos guardas a chegada de visitantes na portaria, ou então vemos, de uma janela, outras janelas de outros apartamentos, num mundo sem horizontes, sem saída.

Impressiona como está presente, em diversos depoimentos, a ameaça ou a tentação do suicídio: depois de sofrer um assalto, uma senhora abre a janela, pensa em atirar-se. Desesperada com os ciúmes do marido, uma outra quase se jogou também.

Na primeira entrevista do filme, ficamos conhecendo uma mulher que morou a vida inteira no Master. Mudou inúmeras vezes de apartamento, pulou de um andar para outro, mas nunca saiu de lá.

Ela conhece, claro, muitas histórias do edifício. A equipe de Eduardo Coutinho alugou um apartamento no prédio. Pois bem – a entrevistada hesita um pouco – nesse mesmo apartamento já teve tragédia.

A depressão atinge brutalmente uma jovem professora de inglês, que se fecha o quanto pode entre as paredes do apartamento. Outro morador, vítima de derrame, é salvo da morte pelo vizinho. E também há morte, simbólica ou fictícia, no depoimento de um ator aposentado, cuja carreira terminou no momento em que filmavam um assassinato com tiros de espoleta.

Mas o documentário de Eduardo Coutinho não é mórbido nem deprimente. O que *Edifício Master* exerce sobre o espectador – e este ponto já foi ressaltado, creio, por Inácio Araújo e Contardo Calligaris – talvez seja, antes de tudo, um efeito democratizante.

Podemos rir das esquisitices, das fraquezas, até do rosto ou das roupas deste ou daquele entrevistado; podemos nos comover com algumas histórias, sentir pena de muitos moradores, desdenhar de suas crenças, idéias ou preocupações. Há várias cenas no filme que não seria difícil classificar de patéticas, de pungentes, de ridículas.

Sim, tudo isso é verdade, mas funcionaria se estivéssemos vendo o filme e seus personagens de um ângulo externo, à distância, "de fora".

Mas, no momento em que estamos dentro da sala de cinema – ou melhor, "dentro" do edifício Master –, cada entrevistado aparece para nós mostrando o que tem de mais valioso, de mais importante, de mais vital.

Em cada depoimento vibra, por assim dizer, uma convicção simples, sem palavras, que é a convicção da própria vida. Acima de todas as estranhezas, diferenças, vergonhas que possamos sentir uns com relação aos os outros, é como se uma dignidade intensa e intocável se irradiasse de cada pessoa, quando esta se revela por inteiro.

É por isso, creio, que o clímax do filme é o momento em que um dos moradores, Henrique, canta entusiasticamente o sucesso "My Way" de Frank Sinatra, sublinhando a idéia de que cada um vale pelo que é, do que jeito que é. A cena a princípio me pareceu constrangedora, mas... como fiquei contente ao perceber que meu constrangimento ia acabando, quanto mais alto o homem cantava! Deveríamos ter batido palmas naquele momento.

O documentário de Eduardo Coutinho parece ter concentrado, em cada uma de suas cenas curtas, tal "coeficiente de verdade humana" – graus tão altos de temperatura e pressão existencial – que a gente sai do cinema num estado que é simultaneamente de exaltação e de humildade; o filme é claustrofóbico e libertador ao mesmo tempo.

Talvez seja essencial à democracia a sensação de que, sendo todos iguais, somos também totalmente diferentes uns dos outros. Sem dúvida, no edifício Master não estão em jogo apenas diferenças individuais, mas também de condição social, de idade, de educação.

O que há de "sociológico" no filme pareceu-me, contudo, acessório diante do que se destaca ali de "humano". Talvez porque, bem ou mal, o filme focalize a classe média, o que sempre facilita a identificação do espectador.

Mas há muitas classes médias naquele mesmo barco, isto é, naquele mesmo prédio. De certa forma, o filme nos convence de que também moramos nele – e que só morrendo a gente muda de endereço. Não sei se esta é uma conclusão muito verdadeira a se tirar de um documentário; mas foi a minha.

[13.11.2002]

O DR. SMITH

Como tenho muito medo de pegar vírus pelo e-mail, ignorei as mensagens que andei recebendo a propósito de um novo site na internet, dedicado à série *Perdidos no Espaço*. Achei que era algum tipo de armadilha — você clica, e todos os seus arquivos vão... ha ha, vão para o espaço.

Mas o *site* existe mesmo, e não oferece perigo nenhum: é o www.perdidosnoespaco.com.br, e fui parar lá na semana passada, depois que soube da morte de Jonathan Harris, ou melhor, do dr. Zacariah Smith, nome pelo qual o ator ficou universalmente conhecido.

Meu computador deve ser mesmo uma lata velha e enferrujada, porque não tive grande paciência para assistir aos trechos do seriado que o *site* põe à disposição do público. Contentei-me com o áudio — os típicos assobios interestelares de algum instrumento eletrônico anterior à invenção do sintetizador, a locução radiofônica anunciando o próximo episódio, os velozes glóbulos decrescentes de som agudo que toda nave emite ao ser catapultada para a quarta dimensão; também li a transcrição de reportagens sobre a visita do dr. Smith ao Brasil, lá pelo fim da década de 1960.

Ou talvez o início dos anos 70: o período que se situava, digamos, entre a última visita de Gina Lollobrigida ao Rio de Janeiro como convidada de honra do carnaval carioca e a primeira estada de Sylvia Kristel em Brasília, para liberar (lembro-me da foto dela conversando com o senador Petrônio Portella) a exibição de *Emanuelle* no país.

Jonathan Harris foi tratado com honras de chefe de estado; não eram muitos, aliás, os que visitavam o país naquela época. Deu entrevistas nos programas de Hebe Camargo e Sílvio Santos. Lembro-me de ter estranhado a recepção triunfal. Naquela época, eu ainda não sabia diferenciar direito entre o ator e o personagem; não achei justo o carinho que os brasileiros estavam dedicando a Smith.

Mas é claro que eu gostava dele também. Crédulo a ponto de odiar os vilões do *telecatch*, e de apavorar-me com as histórias insólitas de *Além da Imaginação*, eu não poderia banir a figura do dr. Smith do meu – vá lá o termo – universo moral. Desconfio que ele atendia a necessidades precisas na minha imaginação – e na de todo mundo, claro.

Num seriado como *Batman*, o herói e seus inimigos faziam parte de uma mesma natureza, meio animal, meio mítica, desvinculada daquele mundo real, insosso e apatetado do comissário Gordon e do mordomo Alfred.

Em *Perdidos no Espaço*, os diversos monstros, aventureiros e escroques interplanetários que ameaçavam o bem-estar da família Robinson eram igualmente "temáticos": num episódio, algo como gladiadores romanos; em outro, uma nave equipada como uma carroça do velho Oeste; na semana seguinte, homens-planta, vindos de algum planeta tropical.

Mas em *Perdidos no Espaço* não havia, a bem dizer, heróis. Eram fracos, ausentes: não me lembro do nome do chefe da família, muito menos daquele genro, vagamente entretido em consertar o motor da nave e namorar a irmã mais velha de Will

Robinson. O menino, protagonista da série, estava invariavelmente entregue à própria sorte – ou aos cuidados do dr. Smith.

Assim como a nave dos Robinson perdera contato com a Terra, Will e o dr. Smith a todo momento desgarravam da família, acompanhados mal e porcamente pelo robô – que, pelo que me lembro, logo era posto fora de combate.

Nessa situação arrepiante é que se configurava, imagino, a "significação moral", ou até o "prazer moral" que havia em assistir ao seriado. Traidor, afetado, parasita e poltrão, o dr. Smith era o único adulto a quem seria sensato, e sem dúvida recomendável, desobedecer.

Ainda que freqüentemente seduzido pela autoconfiança absurda do membro sênior da espaçonave – "nada tema, com Smith não há problema" –, o verdadeiro adulto da história era Will Robinson. Cada episódio da série o investia das qualidades que faltavam ao dr. Smith: a responsabilidade, a prudência, a lealdade, o senso de dever com o próximo.

Quanto a Smith, era capaz, como toda criança, de protagonizar grandes cenas de egoísmo e teimosia. Manifestava total resistência a qualquer aprendizado; e ridicularizava sem cessar os ideais clássicos da obediência – representados, obviamente, pelo robô.

Desse modo, *Perdidos no Espaço* fazia como que uma justiça poética com relação às crianças que o assistiam. Nada pior, para um menino de oito ou nove anos, do que ser tratado como uma criança. Creio que, nessa idade, o grande xingamento é ser chamado de "infantil". Medroso e imprevidente, chorão e gabola, o dr. Smith vinha encarnar essa infamante condição. Um adulto, fazendo um papel desses! Eu balançava a cabeça: estava sendo vingado.

Os vigias de prédio passaram a usar paletó e gravata. Todo restaurante passou a servir *petit gâteau*. Os manobristas foram engolidos pelo *valet service*. Farmácia, supermercado, academia, loja de materiais de construção: todo lugar tem cartão eletrônico.

Começaram a aparecer turistas em São Paulo. Pinacoteca. Daslu. Osesp. Perdeu a graça fazer compras no *free-shop*. Celular virou coisa de pobre. *Speedy*, *air-bag*, *palm-top*. E pensar que antes não tinha nem TV a cabo.

Mais do que qualquer outra coisa, os oito anos de Fernando Henrique representaram uma mudança drástica nos padrões de consumo das classes alta e média-alta das grandes cidades. Toda semana, a revista *Veja* vinha narrar epicamente essa transformação.

Lembro-me do justo desagrado que suscitou o modelito de dona Ruth, na festa da posse, em 1994. Oito anos depois, o país nota com euforia que Marta, na periferia de São Paulo, anda vestida para matar. Progrediu-se.

27 Este artigo, projetado para coincidir com o fim do último mandato de Fernando Henrique Cardoso, em dezembro de 2002, não foi publicado por razões técnicas.

Dólar, apagão, seqüestros, risco-Brasil não dissipam, nos estratos superiores de renda, a idéia de que "tudo melhorou". Essa sensação se combina, é certo, com o medo de uma crise terminal.

Uma coisa não exclui a outra, assim como passear num shopping não elimina a possibilidade de um assalto no sinal vermelho. Raciocina-se do seguinte modo. Se tudo melhorou, e ao mesmo tempo o colapso é iminente, isso só pode ser culpa da oposição – como se estas tivessem cavado o abismo sobre o qual paira o tucanato.

"Tucanato" virou xingamento, um pouco à moda de "neoliberal", e não é um termo preciso neste contexto. O mundo do PT light difere pouco das rodas governistas em matéria de gastronomia e elegância. O discurso pode ser catastrofista ou não, mas uma espécie de otimismo metabólico, protéico, impregnou-se em todos os setores.

Assim como fazer muito esporte produz endorfinas (é o que dizem), ascensão social produz otimismo. A democratização do país, a partir de 1985, significou um progressivo reajuste entre as forças políticas e as elites intelectuais. Durante o regime militar, professores universitários, artistas, arquitetos, editores, teatrólogos, economistas foram perseguidos por suas posições ideológicas. Do governo Montoro em diante, aqui em São Paulo, foram ocupando postos importantes no poder.

Os anos FHC representaram o auge desse processo ascensional. Julgando-se ainda de esquerda, cada vez mais pessoas adotaram idéias fortemente conservadoras e hábitos condizentes com essas concepções. Foi o arrivismo esclarecido, de cujo banquete não caíram só migalhas de pão, mas alguns respingos de molho de maracujá e ervas finas para o distinto público, que com isso se civilizou.

Quanto às parcelas da intelectualidade que se mantiveram na oposição a Fernando Henrique, sinceramente, não tenho muita curiosidade nem paciência para vê-las protagonizando um *remake* da mesma comédia, em escala municipal, estadual ou federal.

A sociologia do desenvolvimento dos anos 50 falava num misterioso "efeito demonstração", segundo o qual, pelo que me lembro, a prosperidade dos países ricos inspirava o resto da humanidade a seguir pelo mesmo caminho. Na era FHC, a tese foi nacionalizada e transposta para o plano dos destinos pessoais. O resultado foi que se encarou a ostentação como um ato civilizatório e pedagógico, indutor de desenvolvimento e, de quebra, revelador de profunda acuidade crítica.

Em resumo, tudo foi muito chique e sociológico. De fato, nunca a história de um país esteve tão perto de se tornar pura crônica social.

OS PALHAÇOS DE FELLINI

[8.1.2003]

Um grupo de pessoas rindo, afirmou o filósofo Theodor Adorno, já não passa de uma paródia, de uma caricatura da humanidade.[28] Escrita por volta de 1945, a frase era uma reação tanto à barbárie nazista quanto aos horrores da indústria do entretenimento, com a qual o teórico marxista era forçado a tomar contato em seu exílio norte-americano.

Os Palhaços, semidocumentário de Federico Fellini rodado na década de 1970, só agora estreou em São Paulo. No começo do filme, aquela idéia de Adorno parece ter sido posta de cabeça para baixo. Fellini lembra que, quando criança, tinha muito medo dos palhaços de circo: impressionava-o a semelhança que

28 Adorno e Horkheimer, *Dialética do Esclarecimento*. Tradução de Guido Antonio de Almeida. Rio de Janeiro: Jorge Zahar, 1985; p. 132.

tinham com algumas personagens reais, os loucos, os tarados, os mendigos de sua cidade natal.

Aqueles tipos ridículos e desgraçados eliminavam qualquer possibilidade de achar divertido um espetáculo de circo. As primeiras cenas do filme reconstituem um picadeiro paupérrimo, em que truques banais e figuras grotescas se alternam diante dos olhos assustados de um menino provinciano.

Reconstituem também algumas imagens da cidade de Rimini, que mais tarde viriam a ser imortalizadas em *Amarcord*, a obra-prima do diretor. Fellini recria com realismo o ambiente, os lugares, os personagens daquela pequena cidade italiana dos anos 30, enquanto que, no circo, as cenas mais implausíveis e as enganações mais baratas se sucedem pateticamente.

No picadeiro, um falso Tarzã agarra bufando um canhão de papel cinzento, enquanto "lá fora", no filme, uma cidade real, com sua estação de trem, seus cafés e calçadas é mostrada de modo persuasivo para o espectador. Mas é claro que a Rimini de 1930 não existe mais, e que o filme nos engana com seu realismo.

À primeira vista, assim, toda a nostalgia de Fellini com relação ao mundo do circo seria um tanto contraditória: lamentando a morte das formas ingênuas de espetáculo, *Os Palhaços* estaria também contribuindo para enterrá-las. O cinema, afinal, constrói ilusões muito melhores, muito mais fantásticas, reais e convincentes. Se há algo de comovente no circo, é porque com o tempo aprendemos a perceber a miséria de seus prodígios.

O bonito de *Os Palhaços*, entretanto, é que o filme inteiro vai minando essa conclusão. Fellini transforma o seu documentário numa vingança do circo contra o cinema, denunciando todos os truques "realistas" da linguagem cinematográfica.

O filme se apresenta como um documentário, com o próprio Fellini entrevistando palhaços e especialistas na história do circo. No estilo que, hoje em dia, nos acostumamos a ver nos documentários de Eduardo Coutinho,[29] a equipe de filmagem do diretor aparece explicitamente em cena, insistindo o tempo todo que, naquele filme, não há ilusão nenhuma, tudo é real, e que portanto o mundo das ilusões "autênticas" será ainda e sempre o circo.

Mas isso também é falso. Numa outra reviravolta, Fellini deixa entrever que aquela equipe de filmagem, o *cameraman*, o sonoplasta, até a secretária da produção, nenhum deles é de fato profissional do ramo. Encarregada de datilografar um texto, a secretária rasga o papel; um ajudante gordo dá topadas em todo lugar; o sonoplasta tem uma cara esquisitíssima; as próprias lentes da câmera, filmadas de perto por Fellini, se mostram feitas de celofane...

Sim, aquilo tudo é uma vasta palhaçada – e o espectador, que se comovia diante da primária e pungente farsa dos cirquinhos de província, não mais capazes de enganar ninguém, termina vendo que foi enganado o tempo todo, por artistas de circo "reais".

O que era uma elegia sobre o circo se transforma, então, em apoteose, num daqueles finais triunfantes que Fellini gosta de fazer.

Mas um momento: o filme ainda não acabou. Uma vitória do circo sobre o cinema seria, ela própria, falsa. As deslumbrantes imagens de um cortejo de palhaços, a princípio fúnebre, e depois carnavalesco, vão ficando mais frenéticas a cada minuto, a cena se prolonga, vai dando vertigem, os *clowns* vão caindo de cansaço.

Se o filme começava mostrando cenas pungentes, pobres e tristíssimas de um circo mambembe, e termina num esplendor de cores, roupas bizarras, marchas frenéticas e serpentinas, nem por isso se deixa de falar da mesma realidade, com a mesma angústia.

29 Ver acima o texto sobre *Edifício Master*, 11/12/2002.

Quando vemos aqueles palhaços do início, trocando marteladas na cabeça, tentando exercer o ofício de carpinteiros, barbeiros, cozinheiros, entregues à mais convulsiva incompetência, é sem dúvida a vida real – o cotidiano do trabalho manual e da violência física – que está sendo retratada no circo.

O cinema mais lírico, "poético" e "mágico" costuma ocultar com facilidade coisas desse tipo. Mas Fellini escapa das armadilhas do cinema "de arte". Pois as cenas mais exaltadas e fantasiosas do final do filme são também marcadas pelo ritmo cansativo, mecânico e escravizante daquelas atividades que os palhaços parodiam. Trabalho e sonho se misturam, miséria e magia se alimentam e destroem mutuamente.

Os Palhaços termina como que pelo esgotamento dos próprios recursos de ilusão e de ironia. E só então, quando ficção e realidade parecem ter rodopiado até morrer, uma perseguindo a outra, que o filme subitamente se aquieta, que a câmera passeia pela arquibancada escura e vazia.

Nesse momento, em que sono, cansaço e noite se abatem sobre a tela, os fantasmas coloridos e irreais do circo podem finalmente aparecer; só existem, parece dizer Fellini, quando fechamos os olhos.

CORPOS À BEIRA-MAR

[15.1.2003]

Sempre fui, sempre me considerei, um gordo. A frase é – hum – pesada demais. Chamar alguém de gordo é dos piores xingamentos que conheço, e no meu caso, posso mesmo assegurar que se trata de injustiça. Há tempos, fiz um regime bem-sucedido; observadores objetivos dirão hoje que pertenço, sem dúvida, ao time dos magros.

Mas sentir-se gordo – a culpa na balança, a desestima diante do espelho, a lembrança do peso perdido –, isso continua. Tudo se torna mais difícil no verão, é claro. A praia humilha demais os que têm barriga.

Ou melhor: o espantoso é que ninguém (exceto nós mesmos) está nem aí para o problema. Foi grande a minha surpresa, numa das primeiras vezes que fui ao Rio, encontrar na praia gente feia de todo tipo – e não a desdenhosa população de modelos e atletas que a fama da cidade fazia prever.

Passei uns dias no litoral paulista, num lugar que não é dos piores. Fiquei impressionado (e contente, admito) com a sem-cerimônia dos que são muito, mas muito mais gordos do que eu.

Um tipo clássico, instituído há décadas nas praias brasileiras, é o da mulher muito gorda que usa maiô inteiriço preto. O maiô molhado adquire o brilho daquelas câmeras de pneu de caminhão, por sua vez também clássicas nas represas, pesqueiros, rios e cascatas de nosso país. Por algum motivo a mulher corre rumo ao mar. Ela é muito branca; deve ser o calor. A corrida é dificultada pelas suas próprias pernas, cujo movimento obedece a eixos de rotação opostos; ela parece que vai cair. E de fato cai, ao choque da primeira onda: entrou na água, com êxito.

Pois bem, a gorda do maiô inteiriço preto hoje usa biquíni; também preto, é claro. E não há motivo para que não use.

Ela não é mais estranha, afinal, do que sua contrapartida masculina, conhecidíssima de Cabrália até Cananéia pelo menos: o homem grávido. Esse não entra na água. Caminha paralelo ao mar, de perfil; está sempre de perfil, aliás. As pernas finas, o rosto magro, os braços longos, tudo destaca a barriga de vários meses, que ele porta sem orgulho, mas também sem embaraço.

Bem diferente é o tipo do ex-magro. Trata-se de figura mais recente; pelo jeito de vestir, diríamos que remonta no máximo aos tempos do governo Figueiredo. Usa sunga e tênis com meia branca. É um sujeito muito esportivo, faz *cooper* o tempo todo, tem porte de atleta, mas de algum modo foi acrescido de 20 ou 30 quilos, que contudo não lhe pesam. Tem preparo físico, justamente, para carregá-los, e disso se envaidece.

Versão anterior dessa personagem é muito comum, creio, nas praias do Rio: falo de um tipo de militar aposentado, craque furioso da peteca, um tanto calvo, que talvez fosse mais gordo se não estivesse seriamente desidratado. Sua pele, com efeito, adquiriu um aspecto que não é do bronze, mas do couro curtido, do qual brotam tufos de pêlo branco.

Corpos, corpos, quantos corpos na praia, Deus meu! Costas cobertas de pêlos, de espinhas, de protetor solar... Colunas vertebrais, como pipas, inclinadas nos mais diversos ângulos. Há pescoços que se perderam nos entroncamentos da Piaçagüera ou da rodovia Pedro Taques; rolaram pelo acostamento e seus donos, já na praia, não perceberam ainda a dimensão do acidente.

Mulheres inteiras parecem se desfazer como castelos de areia no contato com o mar; há cabeças que sobrevivem a uma espécie de erupção vulcânica, boiando sobre lavas de carne; aqui e ali, passam homens como palafitas, que mal se equilibram sobre as canelas vergadas ao peso do conjunto.

E ninguém está ligando a mínima. Não digo que haja bem-estar, um cego contentamento com o próprio físico, mas o que se nota em quase todo mundo, na praia, é uma forma fundamental de inconsciência: aquela inconsciência que deriva do simples fato de existir.

Gordo ou magro, velho ou jovem, o sujeito está ali, ao sol. Considerá-lo "exposto" ao olhar alheio já é, de certo modo, um abuso, um atentado à privacidade. Quem está na praia não se sente o tempo todo sob a avaliação crítica de seus dessemelhantes. É fator de sobrevivência psicológica, sem dúvida, o dom que todos temos de nos esquecer de como somos.

Mas deve haver algo de errado numa população que corresponde tão mal a seus próprios padrões de beleza física. Passamos o dia vendo mulheres lindíssimas e homens perfeitos nas revistas, nos *outdoors* e na TV. Há academias e regimes por toda parte. A inconsciência de todos os corpos na praia logo se interrompe em vergonha, resoluções de ano novo, esforços de pedestrianismo, ou algum momentâneo impulso de correr – sim, talvez a isto estivesse entregue a gorda do maiô preto lá em cima.

Na praia é que vemos, na verdade, a enorme desadaptação da maioria da classe média, ou seja lá que nome tenha, à vida ao ar livre. Só os muito jovens ainda não sofreram alguma das deformações causadas pelo cotidiano. São tanto as deformações do trabalho – computador, telefone, escritório, carro – quanto as do ócio – comida, bebida, TV, por exemplo.

Não vou defender nenhum tipo de "volta à natureza", mas não deixa de ser irônico que tenhamos tantas invenções destinadas a poupar trabalho e energia, de um lado, e tantos recursos para evitar a subnutrição e o tédio alimentar, de outro, e que isso termine sendo fonte de descontentamento na grande maioria da classe média.

Infelizes com seus corpos, as pessoas depositam suas esperanças, sem muita persistência, é verdade, na adesão aos rigores do trabalho braçal e da fome. Claro que o nome é diferente: busca-se o trabalho braçal nas academias de luxo e a fome nos livros de regime para *gourmets*. Classe é classe. Perder peso, com sorte, até que dá; mas daí a perder posição social é outra história.

OS PRAZERES DE USAR XAMPU

[5.2.2003]

Em qualquer assunto, o pessimismo é sempre recomendável. Tende a ser mais estético e elegante. Mesmo sem querer, contudo, vemos o futuro com uma íntima confiança; tão íntima, que não nos damos conta dela.

Claro, existem ameaças em toda parte, de Bush ao buraco de ozônio, das armas químicas do Iraque às balas perdidas por aqui mesmo. É mais ou menos certo, entretanto, que nossos filhos e netos viverão mais tempo do que nós; que sofrerão menos no dentista, que haverá vacinas para todos ou que bens de consumo e alimentos, diga-se o que quiser, ficarão mais baratos ao longo do tempo.

Não sei se o argumento acima convence muito. Pode-se ser otimista quanto ao desenvolvimento da tecnologia e ainda assim pessimista no resto. Mas penso numa outra espécie de otimismo, um otimismo inconsciente, que toma conta da maioria de nós sem que estejamos pensando no que será o mundo daqui a dez ou 100 anos.

Veja-se o caso da Amazônia, para falar desse lugar onde nunca estive. Há uma crença geral de que ali repousam riquezas jamais vistas. A cura da Aids, sem dúvida, se esconde na seiva de alguma erva ignorada. Um amigo disse, há tempos, que além da cura da Aids deve haver na selva micróbios e insetos muito piores do que a Aids... mas disso ninguém tem medo.

E lembremos que uma das contribuições mais significativas da flora amazônica para a humanidade (além do guaraná, cujos efeitos são benéficos, mas não milagrosos) é o curare, que não cura nada. Cura-nos, no máximo, do desprazer de convivermos com nossos desafetos.

Não conheço maior otimismo – nem mais automático – do que o do consumidor médio num supermercado. Eu, por exemplo, sempre acredito nos rótulos de xampu. Os que prometem estancar a queda dos cabelos, em primeiro lugar; os revitalizantes; os que atuam sobre as pontas; os que nutrem a raiz... são todos irresistíveis.

Posso até dizer que, a rigor, não acredito neles. Mas não importa, pois ajo como se acreditasse. Sigo com razoável disciplina as instruções do rótulo, deixo-me guiar pelas cores do produto, e, sobretudo, pelas óbvias analogias que se traçam entre os componentes da fórmula e o efeito capilar anunciado.

Por exemplo: um xampu com limão é indicado para cabelos oleosos. Ninguém que tenha cabelos secos pensaria em usar limão; sugere-se amêndoa ou gergelim.

Passo por cima da questão de saber se meus cabelos são de fato secos, oleosos ou normais. Espero que normais. Não importa: as prateleiras do supermercado há variantes novas, como a dos oleosos na raiz e secos nas pontas, ou a dos cabelos que ficam oleosos no decorrer do dia.

Que dúvidas! Que combinações possíveis entre xampus e condicionadores, contraditórios e concordantes, cruzando-se como coordenadas e abscissas! Que química!

Coco ou pêssego, mamão ou damasco? Vai-se comprar xampu como a uma feira livre. Até coisas mais fortes, como leite, gema de ovo, "óleo de oliva" (não é azeite?) e, para maior impacto, o tutano de boi são apresentadas como benéficas ao couro cabeludo.

Claro que em tudo isso há a idéia de alimento, de nutrição; como se o cabelo devesse ser engordado, azeitado, fortificado, encerado, a exemplo de um bezerro, de um vaso de plantas, de uma pasta de couro ou de um piso de madeira.

Perdeu intensidade, contudo, a moda dos óleos, das frutas, dos cereais e iogurtes. Passou-se ao "meta-alimento", ao alimento mais sutil dos temperos: menta, tomilho e alecrim, por exemplo, acrescentam notas de vivacidade, eu diria quase de inteligência, ao nosso banho. O acicate da pimenta rosa, da canela e do açafrão, quem sabe, irá despertar para a vida as áreas de minha pele que já se resignavam ao sono eterno da calvície.

Gosto mais, e sempre, das substâncias amazônicas. Certa marca de xampu apresenta no rótulo, triunfante, um cacique enfeitado de penas de arara, como se cabelo não bastasse. Copaíba, guaraná, raspa de joá e jurubeba: não sei se isso faz nascer cabelo ou se é um coquetel afrodisíaco.

Que tal crajiru, taiuiá e bardana? Melhor o mais simples: apostei no jaborandi. Tentei ser coerente: comprei xampu e condicionador à mesma base. Não eram da mesma marca, mas seguiam o padrão desejado, a saber, um verde transparente, de caco de garrafa, no xampu, e sua versão esmaecida, leitosa, mais gorda, no condicionador.

Nunca vi um pé de jaborandi, não sei o cheiro que tem; só sei que o xampu tinha um cheiro de amêndoa, um pouco mais vivo, inquieto e silvestre. Abri o condicionador: veio um aroma um tanto abafado de limão e grama.

Senti-me vítima, é claro, de uma ilusão. Que o jaborandi não me fará menos careca, eu já desconfiava. Mas meu ceticismo aumentou: existirá jaborandi no xampu? Jaborandi real? E ainda: existirá O Jaborandi?

Li outro dia que diversas substâncias amazônicas já viraram marca registrada nos países desenvolvidos, de modo que para usar em rótulos as tantas e tão promissoras denominações da mata será preciso pagar *royalties* para alguma multinacional. Mas não acreditei muito nisso tampouco.

A Amazônia, afinal, continua nossa. Devastam-na; não sou pessimista. Não enquanto ainda tiver cabelo na cabeça – a cobrir de xampu, de condicionador, de flores, de ervas e de crenças.

VOLTA ÀS AULAS

[19.2.2003]

Acabou o horário de verão, para minha tristeza; mas acho que faço parte da minoria nesse assunto. Muita gente reclama, até manda cartas para o jornal, só porque durante algum tempo o sol começa a se pôr às oito da noite.

A anomalia, para mim, se cerca de cansaço e de doçura, como se o dia quente se despedisse em grande estilo, devagar, com sobras largas de tempo. Parece-me um ganho, também, olhar no relógio e ficar espantado com o fato de que ainda é dia. Talvez os adversários do horário de verão considerem isso uma injustiça, uma fraude. De minha parte, simpatizo mais com o universo do "ainda" (ainda dá tempo, ainda não escureceu...) do que com as exclamações e os sustos do "já": já são oito, já estamos em fevereiro!

Já estamos em fevereiro! O trânsito na cidade ficou terrível de novo (não que antes estivesse bom, mas a gente se esquece de como pode piorar) e vivemos a época, para mim sempre traumática, da volta às aulas.

Lembro-me da angústia com que, em finais de janeiro, via nos jornais de domingo os primeiros anúncios das lojas de departamento. "Volta às aulas é no Mappin!" Desenhos de crianças de uniforme e ofertas de material escolar ocupavam páginas e páginas. Sapatos Vulcabrás. Caderno espiral. Caderno brochura. Meia três quartos. Era sinistro.

Outra coisa que me deixava doente, aliás, era o material escolar. Meu sonho era chegar no primeiro dia de aula já com todas as compras feitas, com a lista de livros atendida; e isso não dava certo nunca. Faltava o livro de geografia; o de matemática tinha chegado, mas todos os exemplares já tinham sido vendidos; o de português era aquele mesmo, mas só que da sétima série, não da sexta.

Quando tudo finalmente entrava nos eixos, já tinha perdido a novidade. As sombras do precário, do improvisado, do "logo mais se arranja", tiravam o brilho do material comprado, das capas dos livros cortando de tão novas, das primeiras páginas da agenda, que estalavam, intactas de lições.

Nesse quadro de angústia e prejuízo, havia contudo uma coisa agradável, que era voltar para casa depois de passar muito tempo fora de São Paulo. As férias naquele tempo eram enormes; eu ficava meses no litoral. Cito agora outro texto de Theodor Adorno, do mesmo livro de que falei no artigo anterior (12/2/2003).[30] Peço desculpas pela repetição, mas *Minima Moralia* fornece assunto que não acaba mais.

"A criança que volta das férias", diz Adorno, "reencontra um apartamento que lhe parece novo, limpo, em festa. Não é que alguma coisa tivesse mudado enquanto a criança estava fora. É que ela simplesmente esqueceu as obrigações que cada móvel, cada janela, cada abajur guarda consigo. A casa reencontrou a paz do *shabbat* [do dia do descanso] e, durante alguns minutos, a criança é acolhida num universo único de quartos, de aposentos

30 Ver também 17/9/2003.

e corredores, de tal modo que a vida inteira, depois disso, parecerá mentirosa ao aparentar reproduzir essa sensação."

O filósofo marxista continua: "não será de outro modo que, um dia, o mundo irá aparecer, quase inalterado, sob a luz perene de um feriado, quando não estiver mais submetido à lei do trabalho; para os que chegarem de novo em casa, a lição de casa será fácil como uma brincadeira das férias".

Eis um dos raros momentos utópicos na obra de um filósofo geralmente tido por muito pessimista. A imagem dos móveis e dos objetos "em paz", liberados da associação que habitualmente mantêm com os deveres e com o trabalho, é bem a de um mundo de conto de fadas, em que as coisas parecem ter vida própria, e fingem ignorar nossa presença.

É provável que toda criança tenha tido a impressão (não lembro se o próprio Adorno não fala nisso) de que, fechando a porta, todas as coisas de um quarto comecem a se mover, dancem como num desenho animado, e que só retornem à quietude se novamente olharmos para elas. Um pouco como se fossem alunos fazendo bagunça na ausência do professor. E quando abrimos de novo a porta do quarto, as coisas, embora silenciosas e imobilizadas, ainda parecem reprimir um risinho; mostram um bom comportamento que mal segura a euforia que elas encontravam no fato de existir.

Esse risinho secreto é, sem dúvida, o equivalente fantástico do prazer que, inconscientemente, encontramos ao reconhecer as coisas como são. Imagino o que seja para um bebê, por exemplo, deparar-se com um brinquedo colorido (o mesmo de ontem e de anteontem), e sentir intensamente que aquele brinquedo é... o mesmo!

Imagino que o bebê, embora sinta que o brinquedo é o mesmo, não sabe, não tem instrumentos intelectuais para lidar com a identidade do que vê. Talvez sinta uma duplicação, uma triplicação do objeto, não no espaço, mas no tempo... Mais ainda:

como o bebê não tem palavras, seu espanto mudo diante da não-novidade se transfere para o brinquedo, para a coisa; então, é como se aquele carrinho, aquele boneco, aquela caixa de plástico amarela, azul e vermelha falassem em seu lugar. O que estariam falando? Não temos como reproduzir isso em linguagem; mas sabemos o que é.

Antes que este artigo fique metafísico demais, termino com um comentário rápido.

Esse mundo do conto de fadas, dos objetos que se movem sozinhos e estão prontos para nos servir, é também o mundo da tecnologia. Só que, em vez de liberadas, as pessoas parecem cada vez mais presas a seus compromissos e deveres. As férias, certamente, não começaram ainda.

A DIFICULDADE DE SER FELIZ

[12.2.2003]

“Não se entra no país das maravilhas”, diz o poeta Antonio Cicero, “pois ele fica do lado de fora,/ não do lado de dentro”. Cito os primeiros versos de um poema publicado em *A Cidade e os Livros*, lançado há pouco tempo.[31]

É melhor transcrever o poema por inteiro. Fico um pouco sem graça ao fazer isso, porque os hábitos de leitura contemporâneos desaconselham os parágrafos muito longos, ainda mais no começo de um artigo. Mas vamos em frente.

“Não se entra no país das maravilhas,/ pois ele fica do lado de fora,/ não do lado de dentro. Se há saídas/ que dão nele, estão certamente à orla/ iridescente do meu pensamento,/ jamais no centro vago do meu eu.”

31 Rio de Janeiro: Record, 2002.

"E se me entrego às imagens do espelho/ ou da água, tendo no fundo o céu,/ Não pensem que me apaixonei por mim./ Não: bom é ver-se no espaço diáfano/ do mundo, coisa entre coisas que há/ no lume do espelho, fora de si:/ peixe entre peixes, pássaro entre pássaros,/ um dia passo inteiro para lá."

Há poemas muito bonitos no livro de Antonio Cicero, e não digo isso como um elogio meio a esmo. Pode-se admirar a grandeza, a inteligência, a graça, e até a... "poesia" de um poema, sem que necessariamente nos chame a atenção o que há de bonito nele.

Mas *A Cidade e os Livros* suscita com freqüência essa reação, a de dizer: "que bonito!" ao fim da leitura. Talvez porque os poemas de Antonio Cicero tenham uma espécie de acabamento clássico, uma fluência, uma textura "lisa", que torna muito acessíveis o pensamento, a "idéia" que o autor quer expressar.

De fato, os poemas de Antonio Cicero não são do tipo que procura apenas fixar imagens, instantâneos da sensibilidade, numa sintaxe enxuta. Têm um caráter mais expositivo, mais filosófico, mais argumentativo. Chego ao ponto de dizer que são poemas (o que é meio raro hoje em dia, acho) com os quais se pode discutir; com os quais se pode concordar ou não.

"O país das maravilhas fica do lado de fora, não do lado de dentro": ainda que se possa interpretar de muitas maneiras esses versos, tendo a acreditar no que eles dizem. Vale aproximá-los de um raciocínio do filósofo Theodor Adorno, no seu livro *Minima Moralia*.[32]

Adorno observa que não é possível estabelecer, com a felicidade, uma relação de posse. Não é certo dizer "temos felicidade", "somos donos de uma coisa chamada felicidade". Não a temos, diz Adorno, "mas sim *estamos* dentro dela".

32 Trad. Luiz E. Bicca, rev. Guido de Almeida. 2ª ed. São Paulo: Ática, 1993.

Ele continua: "a felicidade é sentir-se envolvido, é uma reminiscência do ventre materno. Por isso, quem é feliz nunca pode saber que o é. Para dar-se conta da felicidade seria necessário sair de dentro dela. Quem afirma ser feliz está mentindo, e, ao invocar a felicidade, peca contra ela. Só quem afirma: 'fui feliz' é fiel à felicidade. A única relação da consciência com a felicidade é a da gratidão: nisto consiste sua incomparável dignidade".

O raciocínio, como costuma acontecer nos textos de Adorno, é meio vertiginoso, e me deixa com uma dúvida. Será possível dizer, de uma pessoa que afirma "sou feliz", que ela está enganada? Que ela pensa ser feliz mas não é? Como tendo a ser meio dono da verdade, minha primeira impressão é de que sim. Fulano acha que é feliz, mas (pobre dele!) está errado.

Tento transferir, contudo, esse raciocínio para a primeira pessoa. Posso perfeitamente declarar que, no presente momento, sou feliz. Estarei mentindo para mim mesmo? Talvez. O mais exato seria dizer: estou passando por cima de algumas coisas; faço uma generalização, e de certa maneira estou conciliando uma avaliação genérica sobre o meu estado de espírito e a consciência de uma série de descontentamentos e imperfeições com que convivo.

Se, para Adorno, a única relação da consciência com a felicidade é a gratidão, não haveria nessa frase uma ingratidão para com o momento presente? Na tragédia de Goethe, Fausto experimenta um instante de plenitude e pede que aquele instante, tão belo, perdure eternamente: "*verweile doch, du bist so schön*". Nesse momento, é claro, ele mergulha no abismo.

Entrar no "país das maravilhas" de que fala Antonio Cicero seria, talvez, essa entrega absoluta ao momento presente. Esse lugar em que sou "peixe entre peixes, pássaro entre pássaros", que está "do lado de fora", e não "do lado de dentro", seria justamente um estado de inconsciência, sem memória, de completa comunhão com o instante.

É por isso, talvez, que o passado nos parece sempre mais feliz. Recordamos do passado como se o tivéssemos vivido em estado de plena e total imersão em cada minuto. Pensamos que naquela época só existia o presente para nós. Evocamos um dia feliz do passado, mas não nos lembramos daquilo que lembrávamos naquele dia. Ou seja, esquecemo-nos da memória que tínhamos, e que nos pesava certamente.

Termino com outro poema, da portuguesa Adília Lopes (sua *Antologia* acaba de ser publicada).[33] O poema chama-se "O Luna Parque" – o que, no português do Brasil, pode ser traduzido (!) por "*Play Center*".

"Eu julgava que aquilo era/ um Luna Parque/ saía-se como se entrava/ e não acontecia nada irreversível durante/ é o que é um Luna Parque/ quando se é adolescente/ mas não/ quando dei por mim/ já lá estava dentro/ e não me lembrava/ de ter entrado/ quando disse agora quero-me/ ir embora/ riram-se ah minha rica/ deste Luna Parque não se sai/ quem cá vem não volta/ não se volta atrás/ então comecei a pensar/ que ia passar o resto dos meus dias/ no Luna Parque/ acabas por aprender vais ver/ a fazer das tripas coração/ habituas-te vais ver/ nos primeiros tempos dói/ dá vontade de vomitar/ depois percebe-se que/ no Luna Parque que é/ um sítio triste/ pode não se ser triste/ sai muito caro/ mas poder pode-se".

Não sei como concluir este artigo. Melhor dizer: vou saindo dele. Até o próximo.

33 São Paulo: Cosac Naify, 2002.

TEATRO DA RESSURREIÇÃO

[26.2.2003]

Elogiando o talento de Rossini, um crítico afirmou que ele era capaz de transformar em ópera até um rol de lavanderia. A primeira parte de *Os Sertões*, de Euclides da Cunha, está muito longe de ser um rol de lavanderia; é um texto de beleza arrebatadora. Mas ao transformar aquelas páginas, repletas de terminologia rebuscada, num espetáculo com mais de 20 atores, muita música e pouquíssimos recursos cênicos, José Celso Martinez Corrêa fez mais do que uma brilhante proeza técnica.

José Celso foi genial. Assistindo à peça no teatro Oficina, domingo passado, senti que estava vivendo um dos grandes momentos da cultura brasileira, nesta ou em qualquer outra época da nossa história.

Agora sinto que o leitor recua, se intimida um pouco, porque nem todo mundo tem disposição para aderir ao mundo hiperbólico de Euclides da Cunha, de Zé Celso e dos críticos que se entusiasmam com ambos. Emocionei-me a valer com a peça. Tento aqui analisá-la mais friamente.

Já é uma proeza, como eu estava dizendo, pôr em cena um trecho como este: "Três formações geognósticas díspares, de idades mal determinadas, se substituem, ou se entrelaçam, em estratificações discordantes, formando o predomínio, exclusivo de umas, ou a combinação de todas, os traços variáveis da fisionomia da terra. Surgem primeiro as possantes massas gnaisse-graníticas..." (etc. etc.).

Isso é recitado ou cantado ou gritado, conforme a hora, pela massa dos atores do Oficina, como se o relevo brasileiro se tornasse, de repente, um grande coral de corpos nus. Eles carregam três faixas coloridas, representando as "três formações geognósticas", e as entrelaçam, misturam, carregam-nas em triunfo.

Até aí, contudo, a encenação do texto euclidiano seria mais um espetáculo de mímica ou de dança do que a "obra de arte total", para usar o conceito wagneriano, que, na verdade, é. Em pouco tempo, as descrições geográficas de Euclides deixam de ser simplesmente "traduzidas" em linguagem corporal e se transformam em metáforas cada vez mais ricas, mais cheias de significado.

Dou um exemplo. O texto descreve de que modo os maciços rochosos do sudeste se encontram com o oceano Atlântico. Na peça, isso vai sendo feito, imperceptivelmente, por meio do encontro entre os atores e o próprio público, que é convidado a dançar, a dar-se as mãos, e a engrossar, num vaivém, um colorido desfile de gente no estreito espaço do teatro.

Vi a peça bem do alto, no último andar do Oficina, o que achei vantajoso, pois essa perspectiva "aérea" é justamente a adotada por Euclides da Cunha nas primeiras páginas do livro. As filas paralelas e entrelaçadas dos espectadores e dos atores, vistas de cima, formavam bem o traçado do litoral ou então o desenho de um rio; o "conflito secular entre os mares e as terras", de que fala Euclides, era também o conflito entre público e companhia teatral, entre espectadores em trajes urbanos e atores cobertos de trapos e de pó.

A própria geografia brasileira é assim humanizada, torna-se metáfora do confronto histórico, da guerra... e também da festa, da utopia, do congraçamento. Esse aspecto já está presente, sem dúvida, no texto de Euclides da Cunha, mas é obra de Zé Celso trazê-lo à tona, com impressionante economia de meios e, ao mesmo tempo, com enorme efusão.

A peça também opera um movimento inverso, talvez ainda mais interessante. O texto de Euclides da Cunha é cheio de metáforas; Zé Celso consegue "desfazer" essas metáforas, restituindo-lhes o sentido próprio, original. Assim, logo no começo de *Os Sertões*, alguns acidentes do relevo brasileiro são comparados a "um palco majestoso", a um "anfiteatro"... À medida que a fala dos atores ressalta essas comparações, todo o relato de Euclides se atualiza, se corporifica na experiência do público, que está justamente num teatro de verdade.

Euclides da Cunha diz que o Brasil é uma "região privilegiada, onde a natureza armou sua mais portentosa oficina". A última palavra, recitada com ênfase pelos atores, em pleno e ameaçado teatro Oficina, abandona tudo o que poderia haver de metáfora puramente literária, para se tornar real. Canudos, diz Zé Celso, é aqui. A ponto de caber um *rap* em favor da liberação da maconha quando o texto fala do famoso morro da Favela.

A linguagem técnica, virtuosística e espetada de Euclides sofre assim um processo de "nacionalização"; é reconquistada para o nosso dia-a-dia. O vocabulário científico do autor é entoado em coro, como se viesse do povo; e certas palavras de uso comum, muito brasileiras, como "favela", "cacimba", "canudo", "capoeira", são elevadas a um grau máximo de voltagem simbólica na encenação.

Outro achado de Zé Celso é fazer com que, às vezes, os acidentes geográficos, e a própria Terra, sejam encarnados por atores que passam a falar na primeira pessoa. O tom descritivo, obviamente em terceira pessoa, do livro euclidiano é subvertido. O Brasil passa a falar com sua própria voz.

Os mortos, as vítimas, os massacrados ressuscitam, portanto, a partir da terra, do pó em que se tinham transformado. Talvez todo o teatro de Zé Celso seja, aliás, um teatro da ressurreição.

Da luta contra Silvio Santos ao livro de Euclides da Cunha, do governo Lula à denúncia do desmatamento, da descrição de um mandacaru à reinterpretação de uma melodia caipira, várias camadas de significado se articulam no espetáculo; não se dispersam porque, no fundo, o diretor está falando de uma coisa só.

Como sempre nas peças de Zé Celso, o espectador tem a impressão de que há vários finais sucessivos. Quando tudo já estava acabando, o espetáculo começa de novo, como se o diretor hesitasse entre o final trágico e a apoteose otimista. Mas também nisso há metáfora: a peça (como Canudos, como a utopia, como a natureza nordestina, como o Brasil) parece extinguir-se, mas renasce. Parece perto da derrota, mas não se rende. Zé Celso tampouco.

AEROPORTOS

[5.3.2003]

Simpatizo com aeroportos. Talvez porque não os freqüente muito. Para quem usa a ponte aérea várias vezes por semana aquilo deve ser de enlouquecer. Não bastassem as filas, a espera, a rotina, há um monte de formalidades insuportáveis.

Por exemplo: aquele cartão de embarque, grande demais para caber no bolso, e que não sei se posso dobrar; a passagem, com várias páginas, redigida como um contrato; as etiquetas, uma para cada mala, que a atendente gruda na passagem, e não sei o que me dá mais medo, se perder a bagagem ou a etiqueta.

Há tempos fui ao Rio num vôo supereconômico, e achei bem melhor. Tudo deveria mesmo ser simples como passar numa catraca. Deram-me um tíquete como se fosse uma entradinha de cinema, tirado ali mesmo na caixa registradora, e bai-bai. Nenhuma falação a respeito do prazer que tinham em me ter a bordo.

Com perdão do trocadilho da última frase. Não, não sinto prazer especial em estar a bordo de nenhuma "aeronave", como eles gostam de dizer. Mas aeroportos são outra conversa.

Chego com muita antecedência, e gosto de passear por aquelas lojas na certeza de que nada vou comprar. O corredor de

Congonhas, por exemplo, forma para mim uma espécie de *shopping* sem consumo; as vitrines parecem estar ali com o único propósito de me fazer passar o tempo.

Outra coisa agradável dos aeroportos é que neles se experimenta certa igualdade social. Prenuncia-se um pouco o ambiente dos países desenvolvidos que iremos visitar. Diferenciados pela nacionalidade, pelos distintos graus de informação a respeito do embarque, pelo trajeto, pela companhia aérea, até mesmo pela "classe", se turística ou executiva, o fato é que todos partilhamos de uma condição econômica, de um status social comum. É o que faz a aeromoça nos oferecer, durante o vôo, uma taça de vinho branco (ruim ou bom, que importa?) e não *cynar*, rabo-de-galo ou tubaína. Já é socialismo, ou está perto disso.

Pelo menos, filas não faltam. Obrigam-nos a uma virtude que, em nosso país, costuma ser típica das classes mais baixas: a paciência. Mais que paciência, passividade. Ninguém duvida que, num aeroporto, é melhor obedecer.

As fotos de Claudia Jaguaribe, na mostra "Aeroporto" (Instituto Tomie Ohtake), iluminam de modo emocionante esse ambiente de aglomeração e de ordem, de formalidade e pressa, de urgência e de cerimônia a que nos submetemos antes de embarcar.[34]

São fotos de tamanhos diferentes, criando um efeito de "instalação" nas paredes do centro cultural. Assim, vemos uma seqüência de retratos de aeromoças (ou melhor, de balconistas de companhia aérea), tomando a metade inferior de uma parede. Há rostos de perfil, de frente, de costas, levemente inclinados, às vezes olhando para o alto. Mas o que chama a atenção, sobretudo, é o penteado das moças, quase sempre um coquezinho impecável, emblema de limpeza, capricho, disciplina e concisão.

34 As fotos da exposição foram reproduzidas no seu livro *Aeroporto* (São Paulo: Códex, 2002).

Por cima da fileira de aeromoças, surgem quatro fotos bem maiores; em duas delas, um aviãozinho mal se distingue num céu portentoso, cheio de nuvens grandes como continentes. As inclinações dos coques parecem movimentos de decolagem; e cada rosto se revela tão artificial quanto o vôo daquela intrépida máquina de aço.

Outra foto notável é a de uma pista de pouso, tirada bem de perto, em tons de sépia e de laranja, como se a pista fosse de terra e não de asfalto. Flechas, letras e números cabalísticos estão pintados ali, lembrando os documentários do gênero "eram os deuses astronautas?". Algum mistério se esconde nesses sinais, que só os pilotos podem ler. Para nós, evocam justamente a mistura entre incompreensibilidade e ordem, entre razão e incerteza, que experimentamos a cada viagem de avião.

Mas Claudia Jaguaribe destaca sobretudo o tempo e o espaço vazios: as salas de espera, os corredores de metal, as mesas de fórmica das lanchonetes, os passageiros tentando divisar as malas na curva que faz a esteira rolante de borracha, a explosão de um vaso de flores sobre o balcão da companhia.

Não há tristeza, muito menos sugestões patéticas, nessas imagens. É como se a desumanidade do aeroporto fosse vencida a cada foto; não porque o "pitoresco", o "humano", o "anedótico" venham a ser privilegiados pela artista, mas sim porque ela investe precisamente no contrário disso.

Há uma foto em que se mostra, nas cores mais vibrantes, o interior irreconhecível de uma maleta de mão, tal como aparece nos aparelhos de raio-x da polícia. "Objetos de uso pessoal", para usar a terminologia aduaneira, surgem como que radioativos também: uma carteira, um vidro de perfume, um par de óculos, uma tesourinha de unha sobrevivem, deturpados, embolados e perdidos, ao processo de vistoria e de transporte pelo qual passaram. Como nós.

Na outra sala da exposição, projeta-se o filme de uma gigantesca turbina de avião girando em silêncio. O que há, na verdade, é uma ambientação sonora muito leve, feita de sons típicos de aeroporto (como as mensagens da Infraero ou o vaivém das portas automáticas), só que ouvidos muito de longe; do alto; pensei que talvez os anjos, com um sorriso, percebam desse modo toda a nossa correria, todos os esforços humanos, toda a ciência e organização implacável que nos custa o simples ato de voar.

[12.3.2003]

OS MUITOS LADOS DE UM NARIZ

Stephen Daldry não tem muita sorte com os críticos de cinema. *Billy Elliot* foi acusado de apelativo e sentimental.[35] De tão injusta, a opinião me pareceu quase ininteligível na época. *As Horas*, seu novo filme, também foi pichado. Gostei, mas sem especial entusiasmo.

O filme tem coisas desiguais. Ed Harris no papel de poeta soropositivo – com direito a típicas neuroses de gênio ressentido – não tem a densidade de Julianne Moore, inesquecível no papel de uma típica dona-de-casa nos Estados Unidos dos anos 50, que se descobre não tão típica assim.

35 Ver 4/4/2001.

Mais do que típicas, entretanto, são puro clichê as cenas em que Nicole Kidman, no papel de Virginia Woolf, vive dificuldades para iniciar seu mais famoso romance.

Vemos a moça fumando bitucas de cigarro sem filtro, rodeada de folhas de papel, tentando garatujar as primeiras linhas, que sabemos clássicas, de *Mrs. Dalloway*. São sempre forçadas essas representações cinematográficas do "drama de um espírito criador".

Juntando três histórias (a de Virginia Woolf, a da dona-de-casa na década de 1950 e a do poeta com Aids), o filme tem elementos de sobra para interessar e comover o público. Eu, pelo menos, fiquei interessado e comovido, sem me sentir um pateta irrecuperável por causa disso.

Também soube de gente que saiu deprimidíssima do cinema, dizendo que nunca viu coisa mais triste em toda a vida... Não tive essa sensação. Bem, tanto faz. Passemos ao mais importante.

O que realmente achei curioso, nas conversas, nos comentários e nas notícias sobre *As Horas*, foi o destaque dado ao nariz postiço de Nicole Kidman. Ninguém fala do filme sem se referir à prótese. Até numa passeata contra o bombardeio ao Iraque houve menções ao nariz.

Acho que era uma passeata de orgulho *gay* na Austrália. Alguém apareceu com a réplica de um míssil entre as pernas, dizendo que aquele era o nariz da Nicole. Não entendi direito. Será que era um míssil Cruise? E já nem sei se Nicole Kidman está ou esteve casada com Tom Cruise, ou se era outro com outra... Bruce Willis? Meg Ryan? Mel Gibson? Qual era a namoradinha da América?

O fato é que Nicole Kidman já andava passando por um processo de siliconização qualquer; tinha visto fotos dela meio estranhas, com cara de Margaret Thatcher, de vilã do Batman ou coisa parecida.

Arrisco então uma primeira explicação sobre o nariz: no papel de Virginia Woolf, Nicole Kidman teve de ficar mais frágil, mais curvada, mais "escritora", sem nada a ver com o padrão da mulheraça americana, daquelas de vestido decotado que vemos na festa do Oscar.[36] Ao mesmo tempo, a atriz ficou desglamourizada e masculina, com um olhar penetrante de pássaro. Fizeram de Nicole Kidman uma intelectual, e uma intelectual bastante ambígua na sua sexualidade. Stephen Daldry não trata muito do homossexualismo de Virginia Woolf, mas de alguma forma espalha-o por todas as outras personagens do filme.

O nariz postiço corresponderia, assim, a um disfarce invertido. Pensa-se, em geral, no *gay* ou na lésbica que ocultam sua sexualidade, fazendo-se passar por heteros. Aqui é o oposto: lesbianizaram Nicole Kidman, só que discretamente, sutilmente... E a brincadeira da passeata *gay* parece ter sido a de escancarar, num paradoxo, o componente agressivo, ianque e pneumático de sua sexualidade feminina real.

Outro aspecto seria o da flagrante inverdade daquele nariz. Tive a impressão, vendo o filme, de que ele mudava de forma. E quanto mais Nicole Kidman ficava parecida com o rosto real de Virginia Woolf, mais inconvincente se tornava, porque parecia uma réplica de Virginia Woolf querendo o tempo todo me convencer de que não era uma réplica de Virginia Woolf.

O efeito levemente ridículo de tudo isso só poderia se agravar à medida que a situação da personagem se vai revelando de fato dramática e insuportável. Quem pensaria em suicidar-se usando um nariz postiço?

Mas vem daí uma outra explicação para o fenômeno. Todo mundo comentou a prótese porque o pormenor anula, de algum modo, a tragicidade do filme. E também porque assim se expõe, mais uma vez, o ilusionismo hollywoodiano. Os destinos mais pungentes são vividos pela famosa e invejável estrela de cinema;

36 Ver 12/3/2003.

a mulher deprimidíssima e esfarrapada, que é também a escritora genial, é antes de tudo Nicole Kidman.

Como o de seu predecessor mais famoso, Pinóquio (esqueçamos Cleópatra), o nariz de Nicole Kidman é também um índice de que a mentira está bem próxima. A ligação disso com o movimento contra a guerra no Iraque não é difícil de fazer. Por certo, Saddam Hussein esconde muita coisa. Mas é Bush que, obviamente, não convence ninguém.

Por essas e outras, o filme mais importante a ser visto no momento é *O Americano Tranqüilo*, baseado num romance de Graham Greene sobre o começo da intervenção americana no Vietnã. Retrata-se ali aquela perfeita mistura de cinismo e de honestidade, de convicção idealista e de criminalidade desenfreada, que tantas vezes se repete na política externa norte-americana.

Quem viu o filme vai achar moderado o vocabulário que acabo de empregar. A história de *O Americano Tranqüilo* é absolutamente demolidora. Não é de espantar que o filme não esteja à altura do seu conteúdo. A timidez e o convencionalismo da produção tratam de encobrir todas as vilanias em jogo. Até mesmo a canalhice dos personagens anti-americanos fica esmaecida também. Mas o que vemos na tela é o bastante para nos fazer esquecer, provisoriamente que seja, de Nicole Kidman e seu momentoso apêndice facial. Vale a pena.

[26.3.2003] A CNN, BUSH E HOLLYWOOD

Uuór, nhórm, mwór, mórlm, wnhórw: é a TV que está ligada na CNN, e a falação em inglês não desgruda dos meus ouvidos. Vou ficando saturado dessa espécie de chiclete verbal; imagino o planeta inteiro coberto com os fios de uma matéria pegajosa e indigerível, composta de todos os boletins de guerra, todos os discursos de Bush e Donald Rumsfeld, todas as cotações do Dow Jones se cruzando na engrolação de um sotaque que já não sei se é texano ou mundial.

Chego a um estado de saturação. Sinto falta de que a humanidade invente uma outra língua, outro idioma para se comunicar. Quem não sabe alemão pode ouvir o mais belo poema de Goethe e confundi-lo com um xingamento nazista. O idioma inglês hoje em dia me parece inteiramente concebido como um veículo de dominação cega, de paranóia espetacular, de propaganda histérica e sentimental.

Não ignoro que é também em inglês que se divulgam as mensagens pacifistas e as críticas à política norte-americana; que nos Estados Unidos, e não no Iraque, há liberdade e democracia. Basta lembrar essas palavras na atual conjuntura, entretanto, para que pareçam falsas, como um cenário hollywoodiano. E, se alguém fala em *free country* e peace perto de mim, creio que não seja preconceito de minha parte se penso num comercial de cigarro ou num bombardeio.

Todo mundo com quem converso reage de forma parecida à simples menção do nome de Bush. "Um louco" – eis, de longe, a palavra mais pronunciada a seu respeito. Não sinto dessa forma. Falta ao presidente americano a chama destrutiva do delírio; seu rosto é inexpressivo demais para denunciar qualquer forma de volição.

"Arrogância imperialista"? O termo, muito utilizado, aplica-se talvez ao secretário Rumsfeld, esse sim o tipo clássico do falcão dos anos 60. Mostra prazer no comportamento agressivo, quando o vemos na TV com o rosto inclinado para a frente, o dedo em riste, o bom humor implacável no trato com os repórteres.

O presidente Bush, curiosamente, não ri demais. Parece sempre um pouco atarantado, como se a luz o incomodasse, com os pequenos olhos ao rés do rosto, piscando muito – e, se do movimento miúdo das pálpebras resultar alguma lágrima, tanto melhor.

A semelhança óbvia de Bush é com o Alfred E. Newman de Mad. Mas um Alfred E. Newman regredido, ainda na primeira infância; ei-lo aos cinco anos de idade, choramingas, como se alguém tivesse arrancado de suas mãos o sorvete de creme, o algodão-doce ou o brinquedinho de plástico. Esse alguém, esse vilão – os bigodes não mentem – é obviamente Saddam Hussein.

Daí que o mais assustador, no pequeno Bush, é justamente a desproporção entre seu poder e sua aparência. Nenhuma decisão de Estado – bombardeios, assassinatos, atos de prepotência e de ilegalidade internacional – resultaria da sua própria vontade; ele tem algo de teleguiado, de amestrado, de oco.

Quando vemos reuniões do ministério iraquiano na TV, é espantoso como todos os acólitos de Saddam Hussein são cópias do original. Não é à toa que se fala tanto no exército de sósias com que o tirano conta para despistar seus inimigos. Por sua vez, George W. Bush é um sósia sem original; suas feições são a réplica, muito distante, de um molde já gasto, como naquelas famílias que abusaram de casamentos consanguíneos. Não tem cara de louco; no máximo, passa por mentecapto.

É nesse sentido que, a menos que eu esteja enganado, Bush desperta menos ódio do que inconformismo. Há algo de inacreditável nele – de inconvincente, de precário, de malresolvido do ponto de vista da lógica hollywoodiana. O diretor do filme trocou de protagonista; não conseguiram contratar Ronald Reagan, chamaram Ronald Golias. Houve um claro erro de *casting*.

Cansado de todo o noticiário de guerra, mudei de canal. Era domingo à noite. Topei com a festa do Oscar. Minha náusea diante dos Estados Unidos se intensificou. A primeira cena que vi foi um número musical em que aqueles dançarinos de sempre imitavam o ritmo de uma metralhadora. Era a música-tema de *Chicago*.

Assim como o "nhowr, wór, mworlw" do sotaque americano vinha fazendo uma maçaroca indistinta em meus ouvidos, uma espécie de goma de mascar visual plastificava e identificava tudo. As sobrancelhas depiladas em ponta de Nicole Kidman faziam-na irmã gêmea de Jack Nicholson; Caetano Veloso, cantando uma falsa música mexicana, assemelhava-se vagamente ao ex-presidente Cardoso; os astros do passado, enfileirados numa gigantesca bancada para as homenagens de praxe, pareciam os vilões de Dick Tracy; Mickey Mouse, ao vivo, apresentava o vencedor do prêmio de animação, enquanto Pateta permanecia a postos no outro canal.

Eis que Michael Moore, o vencedor do Oscar de documentário, fez um discurso contundente contra Bush. Disse que, como documentarista, não gostava de presidentes fictícios, vencedores de eleições fictícias, envolvidos em pretextos fictícios para bombardear outro país. Mais tarde, o Oscar de melhor canção foi dado ao *rapper* Eminem, que não compareceu à cerimônia. Almodóvar ganhou o prêmio pelo melhor roteiro original; Roman Polanski, figura non grata na América, ficou com o de melhor diretor.

Pronto: lá estava eu torcendo no Oscar. Minha náusea tinha passado. Tinha passado depois de uma *overdose* de *marshmallow* com creme de amendoim, aos goles de Coca-Cola com muitas pipocas boiando em cima. Serão pipocas ou cadáveres? Já não sei mais.

Sei que o próprio Saddam, quando quis fazer um filme contando suas proezas de herói nacional, contratou um cineasta americano (não lembro o nome), autor de memoráveis sucessos de James Bond. Por essas e outras, não há antiamericanismo que resista.

"O poder, se não corrompe, amansa." E é por isso que "os próprios liberais, inconformistas nas suas origens, submergem no jogo institucional, guardando do passado apenas reminiscências vagas, o apagado fermento e a nostalgia difusa, confundidos os velhos ideais com os irresponsáveis ardores da juventude".

A frase é de Raymundo Faoro, em *Os Donos do Poder*.[37] Ele está descrevendo a traição de Antônio Carlos Ribeiro de Andrada e Bernardo Pereira de Vasconcelos aos velhos ideais progressistas, nos idos de 1837. Mas poderia estar falando de coisas ocorridas 100 anos depois: "no jogo inconseqüente das manobras de cúpula, o 'homem providencial', formado nas entrelinhas da ideologia colorida de utopia [...] encarna o condutor das transformações, em rumos novos. Muitos de seus seguidores lamentam, é verdade, a cautela dos seus passos, o temor de abrir as velas aos ventos".

37 3ª ed. São Paulo: Globo, 2001 (1ª ed. 1976).

É então, continua Faoro, que "os detentores do poder, oriundos das categorias socialmente superiores e das situações políticas dominantes, correm para o mito em gestação [...], instrumento pragmático, que salva os dedos sem sacrificar os anéis". O trecho citado analisa o golpe de Getúlio Vargas em 1937.

Nada de novo sob o sol, portanto. E nada de novo em 1709, quando a Coroa portuguesa determina a centralização das milícias locais: "o Estado sobrepôs-se, estranho, alheio, distante à sociedade, amputando todos os meios que resistissem ao domínio [...] é uma espécie de carapaça disforme, vinda de fora, importada". Contra isso, "cria-se, em toda parte, o sentimento de rebeldia informe, que se traduz em estranho conflito interior, com a vontade animosa na propaganda e na palavra, débil na ação e arrependida na hora das conseqüências. O inconfidente é bem o protótipo do homem colonial: destemperado e afoito na hora da conspiração, tímido diante das armas e, frente ao juiz, herege que renuncia ao pecado, saudoso da fé".

Muito menos eram diferentes as coisas em 1385, no reinado de D. João I, quando surge, segundo Faoro, o modelo político de que até hoje somos herdeiros. Trata-se de um Estado que não emana da dinâmica entre as classes sociais, mas que as controla de cima para baixo. "Junto ao rei, livremente recrutada, uma comunidade – patronato, parceria, oligarquia, como quer que a denomine a censura pública – manda, governa, dirige, orienta, determinando, não apenas formalmente, o curso da economia e as expressões da sociedade, sociedade tolhida, impedida, amordaçada."

Essa comunidade política, esse grupo formado de bacharéis, funcionários públicos, doutores, economistas, juízes, é o que irá compor, ao longo dos séculos, aquilo que Faoro chama de "estamento burocrático".

O nome é bem feio e estranho, mas justamente visava a descrever uma entidade monstruosa, disforme, anônima e onipresente, a esmagar a sociedade. Cito as últimas frases de *Os Donos do Poder*: "A cultura, que poderia ser brasileira, frustra-se ao abraço sufocante da carapaça administrativa [...] velhos quadros e instituições anacrônicas frustram o florescimento do mundo virgem. Deitou-se remendo de pano novo em vestido velho, vinho novo em odres velhos, sem que o vestido se rompesse nem o odre rebentasse".

E o célebre final: "O fermento contido, a rasgadura evitada gerou uma civilização marcada pela veleidade, a fada que presidiu ao nascimento de certa personagem de Machado de Assis, claridade opaca, luz coada por um vidro fosco, figura vaga e transparente, trajada de névoas, toucada de reflexos, sem contornos, sombra que ambula entre as sombras, ser e não ser, ir e não ir, a indefinição das formas e da vontade criadora. Cobrindo-a, sobre o esqueleto de ar, a túnica rígida do passado ineuxarível, pesado, sufocante".

Raymundo Faoro morreu na semana passada, e não é só no espírito de uma homenagem póstuma que, a meu ver, esses trechos de *Os Donos do Poder* devem ser citados tão longamente. O estilo, a fraseologia, a gesticulação (se assim podemos dizer) do texto de Faoro são tão essenciais ao argumento quanto a grande massa de erudição histórica mobilizada em seu livro.

O gosto de Faoro pelos sinônimos em série – "manda, governa, dirige, orienta", "pano novo em vestido velho, vinho novo em odres velhos" – tem, sem dúvida, o efeito de dar às análises do livro o mesmo ar de inevitabilidade, de insistência e de repetição histórica que inspirava a sua avaliação da política brasileira. E parece revelar, também, uma consciência quanto à incredulidade que sua tese pode despertar no leitor.

Seiscentos anos de domínio do estamento burocrático? Lembro-me do misto de assombro com que, capítulo depois de capítulo, fui acompanhando a visão, quase o pesadelo, de Raymundo Faoro, quando li *Os Donos do Poder* em 1976. Ao mesmo tempo, o tema essencial de seu livro – o divórcio entre Estado e sociedade

– era uma realidade indiscutível e cotidiana naqueles tempos de declínio do regime militar.

A "sociedade brasileira", naquela época, parecia sacudir aos poucos o manto que a sufocava; era o tempo em que os sindicalistas de São Bernardo apostavam na organização autônoma das massas, e numa democratização profunda do país.

Vemos hoje, com o PT no poder, mais acordos, apostasias e rendições ao pragmatismo do que seria de esperar. Não sei se, com isso, é a tese de Faoro que se confirma mais uma vez. Seria simplista (com a tese, não com a realidade) usá-la assim de chofre. *Os Donos do Poder* é um livro dramático, mas não fatalista. Digamos que, de 1976 até hoje, vivemos um processo de democratização crescente no país. Só que cada conquista parece ter o efeito para deixar tudo como está.

PLACAS E CARTAZES

[2.7.2003]

Tudo bem que muitas pessoas não saibam se "ascensão" se escreve com s ou c-cedilha, mas alguns erros de português são de doer. Tenho especial pavor dos erros com lh: "familha", "sandalha", "mobilha". Não é para qualquer um.

Oswald de Andrade falava da "contribuição milionária" (milhonária?) de todos os erros, e talvez haja algo de perverso em apreciar, como um vinho raro, os acidentes a que a norma culta é submetida num país com um sistema educacional tão ruim como o nosso. Mas um livrinho recém editado, *O Brasil das Placas*,[38] vai muito além de flagrar os barbarismos espalhados pelos cartazes e indicações de estrada nos quatro cantos do Brasil.

O livro tem fotos de José Eduardo Camargo e pequenos poemas, no estilo de cordel, de L. Soares, com projeto gráfico de Crystian Cruz. Há coisas de assustar. Em Poconé, Mato Grosso, pode-

38 São Paulo: Abril/Superinteressante, 2003.

mos ver uma placa indicando a "Lanchonete 2 Irmões". A foto inspira o seguinte poema de L. Soares: "Ao entrar na lanchonete/ expliquei pros dois irmões/ que o plural estava errado/ meus esforços foram vões/ vi que não adiantava/ e lavei as minhas mões".

Como a placa é até bem pintada, não dá tanta pena quanto uma outra, de Tabatinga, São Paulo: "orta d'cove/ aperte/ a campainha/sera atemdida/ 5 pe de aufase/ 1 reau e cove". O cartaz está pregado num poste, ao lado de um interruptor do tipo "Pial", que todo mundo tem em casa. Vendo essa foto, comecei a entender melhor o espírito do livro.

Talvez não se trate apenas de coletar, como peças de folclore, as placas engraçadas que existem por aí. O interessante na foto é a coexistência do precário com o já moderno, do penoso manuscrito com a impessoalidade do chamado elétrico, e isso, claro, diz muito a respeito do processo de desenvolvimento que se deu no Brasil.

O contraste é agudo nas áreas turísticas, onde natureza e estrada, população local e forasteiros se defrontam bruscamente. Tentativas de coibir os ataques à ecologia aparecem de forma tosca, antipática e frágil ao mesmo tempo. "Proibido farofeiros", informa um cartaz em Itaúnas, ES. Em Cabo de Santo Agostinho, PE, o que está proibido é "trafégo de bugre", o que não deixa de resumir 500 anos de história brasileira.

Não é preciso nenhum erro de português para que, nas placas mais interessantes do livro, esteja presente a idéia de um mundo tradicional jogado de uma hora para a outra nas relações de mercado. Em Igatu, BA, a loja do Amarildo pede simplesmente: "ENTRA AQUI, E COMPRE ALGUMA COISA".

Sem dúvida, não é que houvesse antes um mundo tradicional intacto e, depois, a chegada súbita do capital. Mas uma rodovia asfaltada é coisa que aparece mais ou menos de repente na paisagem, e com ela os turistas, as pousadas, os loteamentos, os condomínios. Poderiam pensar em escolas também: mas é isso o que não chega tão depressa.

Voltando a Oswald de Andrade: querer tudo lisinho, sem erro, perfeito e limpo seria besteira. Topar com essas placas rudimentares dá uma sensação de alívio também. Verificamos que algo ainda resiste ao mundo excessivamente regrado e asséptico da civilização urbana. Outra não foi a razão para que os artistas modernos do começo do século 20 se interessassem pela arte africana ou indígena.

Há um tipo de placas que me deixa completamente hipnotizado. São as que têm um desenho, uma ilustração bem simples do produto que está à venda. No livro de José Eduardo Camargo há uma ou duas desse tipo: "Temos carne de boi" –embaixo há o desenho de um boi – "e carne de porco" – e, embaixo, o desenho de um porco, rosado, incompleto e sorridente.

Pizzas, rosas, sapatos, *milk-shakes*, cortes de cabelo: uma arte popular urbana exercita-se em cada lanchonete, em cada vendinha ou barbearia do Brasil, lutando contra dois inimigos ao mesmo tempo. Importa, de um lado, garantir que a palavra seja bem lida, que o analfabetismo não retorne e vença, que nas três letras de "boi" se entenda a presença do animal desenhado junto. De outro, importa que aquele boi desenhado seja de fato parecido com um boi, o que não é nada fácil.

Tudo se torna, assim, ao mesmo tempo literal e intransparente; unívoco em seu sentido, mas obscuro, rugoso, áspero na execução. Significante e significado, as linhas do desenho e o produto à venda, tentam reforçar-se mutuamente; o artístico, aqui, se nota no árduo embate com o material da representação. Coisa que os artistas eruditos, modernos, sem dúvida procuraram imitar.

Uma das últimas fotos do livro resume bem esse esforço. Trata-se de um bar em São Raimundo Nonato, Piauí, que ostenta o nome de "LEGÍVEL". Estranho nome para um bar. Mas vai ver que o dono do bar mandou o cartazista escrever legível. Isso também não é das coisas mais fáceis.

[3.9.2003] XAROPES

Andei afônico na última semana, e com todos os sintomas correlatos: garganta irritada, tosse, obstrução das vias respiratórias (para falar como as bulas de remédio) e, sem dúvida, fortes sinais de impaciência. A sensação que eu tinha era de estar gritando o tempo todo, sem que ninguém me ouvisse, e de tanto gritar a gente corre o risco de ficar furioso.

Sou um grande consumidor de remédios, em especial os que não servem para nada e os que servem para tudo; há prateleiras especiais nas farmácias para comprimidos à base de berinjela, alcachofra ou cascas de crustáceos. Não sei o que curam, o que previnem; na pior das hipóteses, devem ser bons para o fígado. Todo brasileiro acha que sofre do fígado, aliás. Eu não sofro, mas compro. Comprar faz bem para o organismo em geral.

A tosse me deu pretexto para entrar no mundo dos antigripais e dos xaropes. Meus experimentos nessa área seguem critérios estritos. Procuro os remédios de nome mais simpático, óbvio e popular. Nada de comprimidos de AAS, por exemplo, se posso recorrer a um clássico como Melhoral. Ou o mais recente Doril.

Melhoral é imbatível. Com seu otimismo gradualista, vago, quase modesto, é o remédio dos remédios; promete melhoras. Eis um nome que resume toda a medicina. Doril, sob esse aspecto, é até mais científico. Restringe-se a uma moléstia precisa, a dor; talvez a dor aguda, a dor fina, que se expressa no "i" do nome.

Faça-se aqui uma homenagem ao mais vago de todos os nomes de remédio, que nem de remédio é: Sonrisal, algo entre o sol e o sorriso, flutuando branco num copo do mais puro e expansivo bem-estar.

Em resumo, gosto dos remédios que já são a própria receita; os remédios cujo rótulo é a própria bula; os que trazem dentro de si a doença e a cura. Os produtos para emagrecer, por exemplo: Magrix, Obesonon. Entre a respiração e o resfriado, Resprin. Para azia, dor de estômago, Estomazil: recomendo o sabor abacaxi, que traz à língua uma sensação de acidez neutralizada. Mas Digesan também serve.

Um médico contou-me que, em tempos idos, lançaram na praça um produto chamado Diarrhon. Não sei se é verdade, mas como para hemorróidas existe o Anusol, tudo é possível.

O capítulo dos expectorantes e antitussígenos é, certamente, o mais extenso. Por que comprar um xarope tão neutro e lacônico como o M.M., e mesmo o drummondiano Bromil, se há nas prateleiras o Pulmomel? O Bronquivita? O Mucotoss?

Alguns até exageram na simplicidade. Um dos mais populares é o Tiratosse, mas aí se perde toda a poesia da coisa. O Melagrião é honesto, só que doméstico demais. Tudo fica melhor quando o nome do remédio tem uma ponta de inexplícito, operando pela aproximação; ao eliminar uma vogal, ou reservando um x para o fim, consegue-se o efeito de sugerir algo de técnico, de químico, de laboratorial. Broncoflux, por exemplo; ou Mucoflon, ou Expec.

O mais elegante, nessa linha, é o Fluimucil, quase abstrato na sua referência a muco e a fluir. O mais rude, obra de engenharia industrial, é o Bronxol. Sabor menta, incolor, sem açúcar. Coisa de macho.

Se considero todos esses nomes divertidos, e mesmo tocantes, é porque parecem registrar, no ambiente asséptico e estéril das farmácias, os traços de uma cultura popular, ingênua, transparente em suas intenções de significação.

Tudo é o que é: o remédio que tira a tosse se chama Tiratosse, do mesmo modo que, numa padaria, um pão é chamado de pão, e quem pedir um pão com queijo terá um pão com queijo. Em outro artigo já falei dessa utopia de transparência, de literalidade absoluta.[39] Dos cartazes de beira de estrada aos nomes de remédio, existe um sistema de representações que aparentemente desconhece a obliquidade, a ironia, e talvez a... arte.

Pelo menos se entendermos como mais "artístico" tudo aquilo que foge da réplica do real. Um nome de xarope como M.M. é a arte abstrata, a arte erudita da farmacopéia pulmonar. Os Tiratosses e Estomazis são a pintura figurativa, a presentificação quase mágica do puro significado, da referência sem espessura, do real.

A diferença entre um Melhoral e um AAS talvez seja a diferença entre a pintura acadêmica e a arte moderna. Se isso for verdade, creio ter encontrado nas prateleiras da farmácia os primeiros exemplares do pós-modernismo em matéria de nome de remédio.

É que surgiu um descongestionante nasal de nome simples, irresistível mercadologicamente, e ao mesmo tempo irônico, oblíquo. Trata-se do Snif. Existe mesmo. Snif. Um nome desses vale um resfriado. Substituiu-se o realismo figural (Nasoflux, que sei eu) pela onomatopéia.

A referência às histórias em quadrinhos, apesar de reconhecível, não é ingênua, mas sim irônica. Um nome de remédio irônico... há outro, um pouco menos, mas que vai na mesma linha: são pastilhas para tosse, do tipo Benalet, mas que tem o nome de Endcoff.

39 Ver a crônica sobre placas: 3/7/2003.

Uma nova transparência de significados – que presume, entre outras coisas, o traquejo com os códigos da cultura de massa e a familiaridade globalizada com o inglês – surge aqui, pós-modernamente, carregada de subentendidos e sem nenhum traço de rusticidade popular. Ao mesmo tempo estéril, asséptico, e imediato, sem rodeios, sem mistérios, Snif é o nome de remédio do século 21. Que se cuidem os Sonrisais e Digesans.

NO CENTENÁRIO DE ADORNO [17.9.2003]

Comemorou-se na semana passada o centenário de nascimento de Theodor Adorno. Tentei escapar desse tema. Adorno tende a amedrontar até mesmo os seus admiradores. É que seus textos são em geral muito difíceis.

Como leitor, é comum que eu me sinta desnorteado. Às vezes me lembro mais ou menos bem de uma frase, de uma idéia, desta ou daquela passagem de um livro de Adorno. Mas, quando vou conferir o trecho, para ver se faço a citação correta, abro o livro e não consigo encontrar mais o que estava procurando. O trecho parece ter sumido, parece ter sido engolido pelo torvelinho dialético do raciocínio. Outros parágrafos, outras frases vêm à tona: não mais as que eu estava procurando.

Mais uma coisa intimida bastante neste centenário. O autor parece ter-se tornado uma espécie de superego do intelectual de esquerda. Associa-se a Adorno, não o que possa haver de liberador no seu pensamento, mas uma lista de proibições. Jazz não pode, MPB é barbárie, literatura policial é desprezível, televisão dá câncer. Ai de quem gostar dessas coisas! É preciso reconhecer a importância das críticas de Adorno à indústria cultural, claro, mas não dá para seguir à risca os seus padrões de julgamento. O mais comum é dizer que ele tinha razão, mas que era excessivamente radical...

Lembro-me de um retrato de Adorno, já no fim da vida, careca, rechonchudo, com os olhos muito arregalados. Foi reproduzido na contracapa de não sei que livro dele. A foto exerce um efeito paralisante, ameaçador; é uma espécie de Medusa do pensamento crítico, a que se contrapõe outra imagem dele, também muito reproduzida: é a de seu rosto de perfil, como uma máscara, um selo, uma moeda. O autor, congelado pelo ar das alturas, com as pálpebras pesadas de enfado e desalento, ignora nossas inquietações.

Não quero sugerir que Adorno perdeu a atualidade. Mesmo suas análises mais "antipáticas" sobre a indústria cultural são atualíssimas. O que mudou, sem dúvida, são as preferências, as disposições, o grau de tolerância, o tipo de formação cultural dos próprios intelectuais de esquerda, das próprias pessoas que o lêem.

São poucos os que aceitam integralmente suas críticas ao cinema hollyowoodiano, sua condenação da música popular, sua defesa intransigente da cultura erudita. Nesses três pontos, todo mundo respeita Adorno, mas prefere outro tipo de enfoque.

No que diz respeito ao cinema de Hollywood, por exemplo, é preciso levar em conta que mesmo um filme *blockbuster* possibilita diferentes interpretações, e não se resume a uma mensagem ideológica única. A ideologia de Hollywood não é necessariamente o que acaba sendo absorvido pelo espectador. A mensagem oficial vem acompanhada de outras mensagens, "não-oficiais", por assim dizer, que são justamente o que torna o filme mais atraente para o público. Mesmo no cinema dos anos 50, em que triunfavam o moralismo sexual, a apologia do casamento e dos bons costumes, havia um "subtexto" bem menos conservador. Para atingir os espectadores, os filmes de Hollywood acabam se impregnando dos antagonismos da sociedade. Não há como sustentar que sejam unívocos.

Sobre a música popular americana, também não dá para insistir na tese de que tudo é tosco e sem sofisticação. Qualquer obra de Mozart, Haydn e Beethoven é ritmicamente mais simples do que a mais rotineira música de jazz. Melodicamente, vários *hits* da música americana são mais difíceis de seguir que a maioria das melodias de Haydn, por exemplo. Harmonicamente, a oferta de acordes dos assim chamados clássicos é, invariavelmente, mais limitada do que o de qualquer compositor de musicais da Broadway.

Apostar todas as fichas na manutenção da cultura erudita, como se isso fosse um refúgio diante da barbárie dominante, também não faz muito sentido hoje em dia. É uma atitude um tanto conservadora, como a pessoa que, querendo aplicar no mercado financeiro, estivesse procurando um investimento seguro. Muitos entusiastas da alta cultura se parecem se comportar como colecionadores de preciosidades, procurando sempre a peça mais rara, mais "difícil". Com isso, vai-se criando um culto quase religioso da Cultura, dos Gigantes do Espírito, como se a cultura estivesse separada da vida das pessoas.

Os argumentos acima me parecem razoáveis, e se afastam do famoso "elitismo adorniano". O leitor de hoje certamente se sente mais à vontade com os três últimos parágrafos do que com os raciocínios tão inflexíveis do nosso homenageado.

Só que... bem, peço desculpas pela vulgaridade, mas esses parágrafos "anti-elitistas" eu tirei, com algumas alterações, da própria obra de Adorno. O trecho sobre as ambiguidades do cinema está em "Notas Sobre o Filme", o parágrafo sobre

Mozart e o jazz está em "Sobre Música Popular", e a crítica aos entusiastas da cultura erudita está em "Crítica Cultural e Sociedade". Todos constam da antologia de textos de Adorno organizada por Gabriel Cohn.[40]

É verdade que forcei um pouco a argumentação, mas espero que isso seja pelo menos um convite a ler Adorno sem tanto preconceito, depois de passados os terrores de seu centenário.

40 G. Cohn (org.), *Theodor W. Adorno*. São Paulo: Ática, 1986.

AMARELO MANGA

[1.10.2003]

O gato lambe o vômito da dona-de-casa. O homem que trabalha no matadouro guarda uma bisteca no bolso da calça imunda. A gorda asmática engasga com o arroz servido na pensão. O bar oferece porção de moela com Baré-Cola.

Come-se muito, e come-se muito mal, no filme *Amarelo Manga*, de Claudio Assis. As "condições de moradia", como se diz, também são de assustar. Boa parte da ação se concentra entre as paredes descascadas do Hotel Texas – uma casa de cômodos infecta no centro velho de Recife. Quando a câmera sai pelas ruas, o que vemos são barracos, cães vadios e gente paupérrima vivendo de biscate.

Lembro-me de ter reclamado do quanto os filmes brasileiros, aí pelo fim dos anos 70, eram repulsivos, pródigos em vômito, moscas e pelancas. Naquele tempo, vivia-se a ressaca das pornochanchadas. Um cafajestismo sistemático acompanhava a avacalhação final do regime militar, que começara coberto de moralismo e santimônia. A opção pelo grotesco parecia imitar a tática política do "quanto pior, melhor", presente em alguns cálculos da oposição. No fim, era difícil decidir se aqueles filmes constituíam apologia ou retrato crítico da esculhambação reinante.

Amarelo Manga é outra história. Mostra-se muita coisa repugnante, feia, baixa e miserável no filme. Mas sem aquela espécie de voluntarismo sacrificial, de militância, de ênfase escolar no lixo e na degradação, que a meu ver caracterizavam alguns filmes brasileiros mais antigos.

Aqui, as cenas podem ser pesadas, mas a edição é rápida. Claudio Assis não se demora na apresentação do feio como se estivesse testando a nossa resistência. As diversas histórias se cruzam com agilidade; aposta-se mais no interesse intelectual do espectador do que no seu desconforto físico.

Pelo que me lembro, naqueles filmes dos anos 70, a câmera demorava a desgrudar-se da cena constrangedora, do mesmo modo que o país – assim parecia – não se livrava nunca do regime militar. Em *Amarelo Manga*, a sensação é de muito maior urgência, e de impasse mais acentuado.

A miséria em que vivem os personagens é, ao mesmo tempo, crônica e insuportável. A dona do bar, vivida pela atriz Leona Cavalli, passa o dia brigando com fregueses bêbados e abusados; sabe que o dia seguinte será igual ao anterior. Pior que isso, sente que cada dia, depois que nasce, "não pára": continua implacavelmente até que chegue a hora de dormir. Faz uma aposta no jogo do bicho: mas não tinha sonhado com nada, ou melhor, sonhou apenas com a repetição do seu cotidiano, e o único número que lhe vem à mente é a data estampada no calendário.

Emparedados na miséria, todos os personagens parecem na iminência de um colapso mental. Não, a palavra é fraca. Trata-se de possessão demoníaca. Os acessos de fúria e de desejo, as crises de asma, as crises de raiva, as crises de ciúme são, a rigor, a única forma de ruptura à disposição dos personagens. Ocorrem numa zona intermediária entre o psicológico e o físico; não se trata de revolta, mas de engulho, revulsão.

As tentativas de bom comportamento, de compostura, de ordem em meio à pobreza, representadas no filme pela fé evangélica da mulher traída (Dira Paes), serão triunfalmente abaladas no que parece ser a única cena "otimista" do filme. A personagem, para entregar-se a um desespero ativo, teve, entretanto, de "morrer por dentro", como ela própria diz.

O que não deixa de ser um movimento religioso, uma espécie de conversão ao contrário, neste filme que joga com as sombras de Sartre, Nietzsche e Dostoiévski. Às imagens de entusiasmo e vertigem registradas num templo evangélico a pleno vapor, Claudio Assis contrapõe uma igreja católica fechada, onde um padre rumina fiapos de existencialismo.

Morre um velhote. Trata-se de seu Bianor, personagem desimportante e sem graça na trama do filme. O padre filosofa. "Quem sabe a morte de seu Bianor não é um sinal... um sinal das mudanças que todos desejamos para o nosso país..." Pára um pouco. E completa: "Ou quem sabe não é sinal de coisa nenhuma".

Essa desesperança de *Amarelo Manga* não é sem parentesco com o utopismo de Zé Celso em *Os Sertões*. O presidente Lula andou pedindo paciência ao respeitável público; só que se acumulam manifestações de crispação e pressa no horizonte.

Sinal de que alguma coisa pode acontecer. Ou sinal de coisa nenhuma, quem sabe.

Será que precisamos ficar tão desanimados quanto os personagens de *Amarelo Manga*? Inventaram agora a "raspadinha da cultura". Ou seja, a parcela mais pobre da população, que costuma cair nesse tipo odioso de jogatina oficial, ajudará a financiar nossos filmes, recitais, balés e exposições. Nós merecemos.

UMA SECRETÁRIA EXEMPLAR

[8.10.2003]

Ela era uma mocinha simpática e obediente. Família opressora, educação antiquada, cidade do interior. Trabalhava num escritório como datilógrafa. Apareceu a oportunidade de ir para um poderoso escritório da capital. Talvez, na cidade grande, fosse possível ter aulas de dança, o sonho da jovem era ser bailarina. No novo emprego, instituem um concurso: as datilógrafas mais rápidas seriam selecionadas para trabalhar diretamente com o Chefe. A mocinha é escolhida.

A cidade é Berlim, o ano é 1942, e o chefe dela era o próprio *Führer*. *Eu Fui a Secretária de Hitler*, documentário em cartaz, consiste em duas ou três longas entrevistas que a senhora Traudl Junge, já com 80 anos, resolveu finalmente conceder sobre esse período tenebroso de sua biografia.

Logo nas primeiras frases, vemos que ela não tem nada de nazista. Considera o genocídio um ato hediondo, o nazismo uma aberração inqualificável e chama Hitler de monstro. Suas palavras, seu olhar e seu rosto são firmes e sinceros.

A câmera quase não se move, e deixa ver apenas alguns detalhes do apartamento de Traudl Junge: dicionário e bons livros na estante, um belo quadro de flores com moldura discreta, uma estatueta moderna. Trata-se de senhora de bom gosto, que mais tarde teve sucesso profissional como jornalista na área de ciências e que confessa, com lucidez e culpa, todo o seu espanto: como fui ter admiração e carinho por Adolf Hitler?

Ela conta seu primeiro encontro com o *Führer*. Estava nervosa. Outra candidata no concurso tivera crise de choro incontrolável ao deparar-se com o tirano. Quem surge é um senhor afável, mais velho do que nas fotos, acolhedor e paternal. Para acalmá-la, Hitler diz com voz suave, bem modulada: "Não se preocupe. Por mais erros que você cometa ao datilografar, não serão tantos quanto os meus".

Analisada retrospectivamente, a frase tem o mesmo tipo de humor cínico e sinistro que se vê em algumas passagens de *Moloch*, filme de Alexander Sokúrov sobre um ameno fim de semana de Hitler com a namorada e seus auxiliares mais próximos.[41] Para a pequena secretária, sem dúvida, o efeito daquelas palavras era confortador.

Em toda explosão, diz Traudl Junge, há um núcleo que permanece imóvel, pacífico e seguro. Crises constantes de fúria? Gesticulação caricatural? Poses histéricas? Obsessão com judeus? Anormalidades, esquisitices? Não, afirma a datilógrafa, nada disso eu presenciei. Ela ficou com Hitler até o final.

41 Ver acima, 14/3/2001.

Podemos, claro, imaginar que a secretária tenha omitido alguns fatos que a incriminassem. Cuidava apenas da correspondência pessoal do *Führer*, de assuntos burocráticos: afirma que conversas decisivas, documentos importantes não estavam a seu alcance.

O documentário não mostra nenhuma imagem da época: a câmera fixa-se apenas no rosto da entrevistada. Um letreiro nos informa que Traudl morreu um dia depois da estréia do filme. Dá para ficar pensando se essa secretária existiu de fato, ou se tudo não seria uma armação, uma impostura. Seja como for, a sensação de que estamos diante de algo inacreditável não se deve à estranheza do depoimento; não há pormenores bizarros nem informações surpreendentes. Tudo parece insólito por ser, afinal, mais simples, mais compreensível, mais humano e coerente do que deveria.

É muito provável que sempre exista uma espécie de "efeito humanização" no convívio com esses tiranos. O monstro pega o guardanapo, espirra, queixa-se de dor de cabeça; já é o bastante para que isso pareça uma gentileza, um ato generoso de sua parte. O cotidiano na corte de Stálin, segundo o historiador Simon Montefiore em livro recentemente publicado na Inglaterra,[42] era familiar e caloroso: crianças eram ninadas ao som de canções georgianas, dançava-se e ria-se bastante.

Ninguém é herói para seu camareiro; ninguém é genocida tampouco. Será preferível assim? A conclusão pode ser reconfortante: no fim das contas, não haveria pessoas integralmente perversas... todos têm seu lado bom. Penso no contrário. A "humanização" de Hitler agrava, e não diminui, o peso de seus atos. A própria entrevistada não se deixa perdoar. Comenta que nem toda mocinha de sua idade estava cega diante do nazismo.

42 Agora também editado no Brasil: *Stálin: a Corte do Czar Vermelho*. São Paulo: Companhia das Letras, 2006.

Julgar os atos e pensamentos da jovem secretária de Hitler não é, naturalmente, o mais importante. O documentário não nos interessa pelo que possa esclarecer a respeito de Traudl Junge, mas, sim, a respeito de nós mesmos.

É muito difícil verificar o quanto ela sabia a respeito do genocídio, o quanto de voluntário e de involuntário havia em seu fascínio pelo líder. No mínimo, as pessoas sabiam das incontáveis violências cometidas contra os judeus. Não sabiam, claro, de tudo, mas sabiam o suficiente.

A questão não é exatamente "saber", ter informação mental a respeito deste ou daquele ato de barbárie. Existe uma diferença entre o simples ato de saber e o ato de "conscientizar-se", o de integrar esse conhecimento à nossa vivência real. Nesse aspecto, o caso de Traudl Junge não é tão estranho ou isolado quanto possa parecer.

Todos nós sabemos, por exemplo, que coisas horríveis se passam na Febem, nos presídios, nas delegacias. Sabemos, mas não "incorporamos" a informação. Alguém teria razão em perguntar, daqui a 100 ou 200 anos, como pudemos nos manter indiferentes. Claro que sou contra o que acontece. "Mas você não fez nada?" Bem, contribuo com a Abrinq e não costumo votar em pessoas comprometidas com a tortura, com o extermínio, com a violência policial.

Vivemos num Estado democrático; nossas autoridades não são, de modo geral, nazistas, nem eu. Para um rapaz a quem espancam com barras de ferro porque foi abandonado na rua desde o nascimento, esta ressalva é bem pouco significativa.

[19.11.2003] UM DEBATE IRREAL

Diante do horrível, fazemos tudo para desviar o nosso olhar. Aconteceu isso depois do assassinato dos namorados Felipe Caffé e Liana Friedenbach. Segundo a polícia, a quadrilha responsável por esse crime tem como líder um rapaz de 16 anos. Todas as atenções logo se voltaram para um debate relativamente secundário – o da maioridade penal –, uma vez que o fato em si parece suspender nossa capacidade de reação.

O abalo experimentado pela opinião pública não se deve simplesmente ao fato de que as vítimas eram de classe média ou média alta. Eis um clichê bastante impiedoso, aliás: "Na periferia, jovens são assassinados aos montes e ninguém liga...". Correto. Mas, se a tragédia acontece com pessoas mais próximas de nós, é natural que a comoção seja maior.

Há outra coisa em jogo. Os dois jovens não foram mortos na saída do colégio ou num assalto comum. Estavam vivendo uma aventura romântica, uma experiência quase mitológica, ou melhor, arquetípica: o namoro escondido dos pais, a fuga para uma pequena cabana na floresta, a intrepidez com que ignoraram as advertências dos mais velhos... tudo estava planejado para ser um conto de fadas.

A poucos quilômetros de São Paulo, existiria uma espécie de bosque encantado, ao alcance dos adolescentes que conhecessem o caminho; mas o assassinato de Liana e Felipe veio destruir essa construção idílica, que retrospectivamente compartilhávamos com eles enquanto líamos a notícia nos jornais. Nenhum esconderijo na mata: aqueles que quiserem sair de uma cidade dura, feia e inabitável encontrarão apenas... a periferia, com sua realidade de pobreza e violência e seus menores infratores.

A idéia de reduzir para 16 anos a maioridade penal talvez tenha, assim, um significado oculto – o de que passou o tempo dos contos de fadas, das histórias românticas, e que cabe agora encarar a dura realidade.

Mas é o próprio debate que me parece, no fundo, bastante irreal. Vi o ministro da Justiça na TV, pronunciando-se terminantemente contra a mudança da lei. Jogar um garoto de 16 anos na prisão seria selar o seu destino para sempre: sabemos que os estabelecimentos penais são verdadeiras escolas de crime...

Que o próprio ministro da Justiça aponte a falência do sistema carcerário não tem nada de espantoso. Márcio Thomaz Bastos, advogado esclarecido e liberal, sempre denunciou esses híbridos de campos de concentração e quartéis-generais do crime organizado que a estupidez do poder público espalhou pelo território brasileiro.

O espantoso é achar que, deixando o garoto na Febem, seu destino vá ser diferente. Metido numa instituição em estado tão falimentar quanto qualquer presídio, o "menor infrator" há de ter mínimas chances de recuperação. Trata-se, na verdade, de outro problema: quanto tempo se consegue deixar o assassino entre as grades – pouco ou nada sendo feito (todos sabemos disso) para "reabilitá-lo para o convívio social".

Quanto eufemismo! A solução proposta pelo governador Alckmin vai nessa direção. Deixa-se o garoto na Febem, ou que nome tenha, Carandiru, Gulag, Auschwitz, Birkenau. Mas por mais tempo! O importante é que não volte às ruas quando fizer 18 anos.

Um aspecto curioso nesse debate é que algumas autoridades parecem mais preocupadas com a incapacidade do sistema prisional do que com a segurança pública propriamente dita. "Menores de 18 nas cadeias? Mas se aqui já está tudo lotado!" Nos últimos anos, o problema da segurança está se resumindo à necessidade que o Estado tem de proteger a si mesmo (com as delegacias e os policiais sendo atacados por bandidos), mais do que a de proteger os cidadãos. Estes, quando podem, protegem-se por conta própria, em condomínios fechados e com vigias e sistemas de segurança independentes.

Quando vejo as operações da polícia em favelas do Rio, o paralelo que se impõe é com as ações de Israel sobre os acampamentos palestinos. Não faltará muito para que joguemos mísseis em alguns barracos onde supostamente estariam escondidos os traficantes e mandatários de atentados.

Se crianças e velhos morrem na operação, tanto melhor. Alguém já disse que, no Brasil, a classe média e a classe alta se acostumaram a pensar nos pobres como lixo. No mínimo, um obstáculo, um incômodo, uma atrapalhação — estaríamos em plena Bélgica se eliminássemos a Índia.

O raciocínio foi mais ou menos explicitamente ventilado durante os anos FHC. Nos anos Lula, o tema do lixo volta à baila, em registro doméstico, decorativo e intimista. Refiro-me aos cestos de lixo "em madeira freijó" — como se diz — ao custo de R$ 476 a peça, que estão sendo comprados para os gabinetes do Planalto.

Muitos se escandalizaram com o preço. Mas, para saber se é caro mesmo, teríamos de conhecer as dimensões de cada cesto.

Talvez sejam enormes: há muita coisa – planos, programas, discursos, idéias, compromissos, papelada inútil – que este governo trata de jogar no lixo. O cesto vai ficar tão abarrotado quanto uma cela da Febem.

[24.12.2003] SANTOS DO BRASIL

Um presentinho de Natal bonito, mesmo para quem não for religioso, é a coleção Santos Populares do Brasil.[43] São livros de bolso, com pouco mais de 40 páginas, muito bem ilustrados. Já saíram os volumes dedicados a Santo Expedito, aos Reis Magos, a Santa Luzia, a São Sebastião e a Nossa Senhora Aparecida.

A pesquisa de imagens, feita por Andréa Villela de Almeida, é preciosa – embora não muito extensa, dadas as dimensões de cada livro. O de Santa Luzia, por exemplo, traz a reprodução de um quadro clássico de Francesco Pagani, mas também os convencionais "santinhos" da mártir, além de fotos variadas. Passo os olhos por uma embalagem de marmelada que homenageia a santa, por ex-votos do Museu de Arte Sacra de Angra dos Reis, pelas insígnias de uma ótica no Rio Grande do Norte e de uma oficina mecânica em Goiás, pela capa de uma história em quadrinhos

43 São Paulo: Planeta, 2003.

feita em Mossoró e, claro, por algumas imagens modernas, de plástico ou resina, à venda em qualquer loja de artigos religiosos.

O artista plástico Alex Cerveny fez para cada santo uma pintura em estilo *naïf*, além de assinar o lindo desenho das letras maiúsculas utilizadas na abertura dos livros. O "A" com que começa o texto sobre Nossa Senhora Aparecida aproveita no vértice a forma triangular da Padroeira, encontrando espaço para deixar dois minúsculos pescadores de joelhos, mais embaixo, junto aos pés da letra.

Os capítulos contando a história dos santos também assumem um tom deliberadamente ingênuo. Suprimiram-se quaisquer piscadelas e ironias para o leitor sofisticado, mas é certo que não estamos diante de um narrador devoto.

Em 1717, os pescadores João Alves e Felipe Pedroso colheram na rede a imagem de uma Nossa Senhora. Eis como o livro narra o episódio.

"Era uma imagem de barro escuro, suja de limo. Dava para perceber que era mesmo de santa. Tinha as dobras de um manto, as mãos estavam postas em oração e via-se a carinha de um anjo junto a seus pés. Mas ela não tinha cabeça."

João Alves lança a rede novamente, e...

"Quando a puxou, tirou uma coisinha delicada de sua malha. Era uma cabecinha. João a levou para mais perto dos olhos. Tinha um penteado com tranças, flores em relevo e um diadema na testa [...]"

E a pescaria, que não estava sendo boa, torna-se um sucesso. Quando puxam novamente as redes, os pescadores vêem que "dezenas de peixinhos prateados se debatiam entre suas malhas. Domingos soltou um grito, atirando o chapéu para cima. Lançaram as redes mais uma, duas, três vezes, e eram tantos os peixes que eles ficaram com medo de afundar as canoas".

É nítido o tom *naïf* da narração. O milagre haveria de ter mais impacto, e a ceia, de ser mais farta, se peixes enormes tivessem acorrido ao barco. Mas quando o autor fala de "dezenas de peixinhos prateados", não está descrevendo uma cena "real". É como se na verdade estivesse descrevendo um quadrinho, uma pintura popular, onde alguns toques de tinta prateada já são suficientes para representar a vasta pescaria.

Tudo parece, assim, diminuir de tamanho, buscando a graça do infantil, do simples, do popular. O livro sobre os Reis Magos cita uma crônica de Guimarães Rosa sobre o Natal, em que o autor lembra o presépio da casa de sua avó: "geografia miudamente construída, que deslumbrava, à alma, os olhos do menino míope".

As crianças não podiam mexer no presépio. Mas as imagens dos Reis Magos eram exceção. Como estavam indo visitar o Menino Jesus em Belém, "de dia em dia, deviam avançar um tanto, em sua estrada, branca na montanha. Cada um de nós, pequenos, queria o direito de pegar neles e mudá-los dos quotidianos centímetros". Funcionavam, percebe-se, como brinquedos.

Qualquer criança sabe perfeitamente que seu ursinho de pelúcia, sua boneca, seu dinossauro de borracha não têm vida real. Trata-se, não de "imaginar" literalmente que estejam vivos, mas de "fazer de conta"; de encenar, de representar um pequeno teatro no qual eles pudessem viver. Daí que em inglês e em francês, por exemplo, um único verbo (*to play*/ *jouer*) designa ao mesmo tempo "brincar" e "atuar".

As histórias e imagens reproduzidas em Santos Populares do Brasil tampouco se situam num universo a ser aceito ou rejeitado em termos literais. Certos prodígios narrados numa história como a de Santa Luzia não são apenas difíceis de acreditar. O difícil é acreditar que alguém acredite neles. Mas, precisamente, não está em jogo "acreditar" ou "desacreditar" – a questão é de "representação", nos diversos sentidos que a palavra possa ter: tanto a necessidade de traduzir visualmente uma idéia, quanto o impulso de encenar uma seqüência de ações profiláticas e exercícios de exorcismo.

Do mesmo modo, para grandes parcelas da população brasileira parece mais exato falar de "religiosidade" do que de "religião", e os livrinhos organizados por Marcelo Macca e Andréa de Almeida parecem celebrar o que há de infantil, de ingênuo e natalino nessa atitude. Que assim seja.

UM ANO DE LULA

[28.12.2003]

Nem sei se vale a pena dizer alguma coisa. Eu, você, todo mundo sabe o que foi este primeiro ano de governo. Daria até para fazer um artigo equilibrado: não aconteceu nenhuma tragédia, afastou-se a ameaça de caos econômico. Quanto ao resto, os desacertos são normais, deu-se o necessário ajuste entre utopia e realidade, entre o velho sonho petista e as possibilidades concretas de mudança.

O artigo seria equilibrado, mas injusto. Durante os últimos 20 anos, o PT sempre acusou os governantes de inércia, de conformismo, de "falta de vontade política", de submissão aos interesses do FMI.

Bastava alguém mencionar o mundo econômico real, a ética da responsabilidade, o devagar-com-o-andor, o Roma-não-se-fez-num-dia e outras patranhas do tipo para que Lula partisse para o ataque, de dedo em riste, falando em nome dos milhões de desempregados e excluídos.

Não é justo tolerar no governo Lula o que ele considerava intolerável nos governos anteriores. Mas tudo isso já foi dito e redito. Cai no vazio. Os índices de popularidade do presidente e do seu governo continuam muito altos; vive-se ainda um período em que toda crítica, por mais pertinente que seja, simplesmente não encontra repercussão política real.

Torna-se birra de jornalistas, de intelectuais e dos poucos "radicais" que sobram no partido. Exigir do governo, não digo coerência ideológica, mas certo pudor de atitudes, parece inócuo por enquanto.

Sempre que Lula se candidatava a alguma coisa, tanto seus adversários quanto seus adeptos mais fervorosos concordavam num ponto. Era notório que Lula não iria pôr em prática nem metade do que dizia.

Na última campanha presidencial, esse consenso tornou-se supérfluo. Lula já havia parado de dizer coisa com coisa. Seu discurso era vazio, uma espécie de *jingle* sem produto, fusão lacrimejante de Xuxa com Nelson Ned, papo-cabeça do Supla com o bispo Macedo, resumo de Khalil Gibran com os restos inaproveitados da última campanha malufista.

Agora, Lula está cumprindo rigorosamente o que não prometeu.

Imagino que sua popularidade se deva a esse fato: o de corresponder finalmente à ampla e majoritária vontade de não-mudança que, ao longo de décadas, impedira-o de se eleger.

Há um alívio generalizado. Era difícil confessar que se votou em Lula por hábito, sentimentalismo, desfastio, comodidade mental, cristianismo atávico – ou seja, por todos os motivos, especialmente os imaginários, mas nunca pela expectativa de mudar o país. Ao renegar qualquer vestígio de petismo, o governo sacramentou a idéia de que nada do que se afirma em política deve ser levado a sério.

Gostar de miséria é coisa de intelectual, dizia Joãosinho Trinta; mas não só isso. Gostar de programa partidário, gostar de coerência, gostar de criticar, gostar de não gostar, tudo isso sempre foi coisa de intelectual, especialmente de intelectual fora do poder.

O PT livrou-se dos seus intelectuais e se instala no poder. A maioria da população assiste embasbacada a esse conto-de-fadas, a esse milagre sublime: pela segunda vez em uma década, o grande inimigo do povo, o Intelectual de Esquerda – grilo falante ridículo e importuno, a postar-se de dono da verdade, ordenando-lhe que faça a revolução, que faça a greve, que faça a reforma social, que faça o diabo a quatro – pois bem, esse inimigo foi duplamente derrotado e humilhado.

Da primeira vez (no governo Fernando Henrique) um intelectual frio, vaidoso, irônico e sem coração encarregou-se de desprezar seus pares. Agora, em ato supremo de justiça social, um homem do povo, um operário sem instrução, cheio de amor para dar, liberta-se do resto dessa escumalha universitária, desses fracassomaníacos, desses especialistas do negativismo, e entrega-se ao mundo maravilhoso dos carros oficiais, dos palácios de Brasília, dos banquetes, das viagens e das festas de casamento.

Enquanto o presidente e dona Marisa cumprem o *script* desse conto de fadas, outros dois segmentos tratam de se vingar dos intelectuais do PT: a burocracia partidária, que carregava o piano enquanto os teóricos brilhavam, e os marqueteiros, que entraram tarde no barco, mas mostraram como é que se vence uma eleição.

Livres, sem lastro, sem compromissos, Lula e seu núcleo de *apparatchiks* se mostram os felizes protagonistas de uma novela de ascensão social; ingressaram com algum atraso ao clube que, oito anos antes, abrira suas portas ao tucanato. É o segundo capítulo da integração final ao estamento burocrático dos elementos perseguidos pelo regime de 64.

Não é que seu governo esteja fazendo o mesmo que o de Fernando Henrique. Há diferenças.

Mas são como as diferenças entre a Globo e o SBT. Lula faz o fernandohenriquismo dos pobres. O falso brilho professoral foi substituído por uma didática pequeno-burguesa, travestida em sabedoria popular, em pronunciamento memorável do líder: "é preciso plantar para depois colher", "é devagar que se vai ao longe" etc.

De FHC a Lula, o narcisismo bom-de-bico dá lugar a um contentamento de churrascaria; a arrogância no estilo da revista *Veja* cede às emoções mais autênticas de *Caras*, e o cinismo ilustrado se desmancha em lágrimas de pura parvoíce.

A direita estava mentindo, quando dizia temer um governo feito de guerrilheiros radicais conduzido por não sei que tipo de Cristo ou Dom Quixote. Na verdade, pensava-se no advento de um Exército de Brancaleone dominado por algum personagem de Peter Sellers. A realidade é outra: tem-se uma camarilha de burocratas e propagandistas profissionais fingindo que quem manda é Sancho Pança.

SÃO SILVESTRE

[31.12.2003]

Não sei se ainda existe o hábito de dizer "São Brás!" quando alguém engasga ou tem uma crise de tosse. Quando eu era criança, não falhava. Vinham os tapinhas nas costas e o nome do santo, que eu não entendia direito: era algo como "sombrás", ou "assombrás".

O substantivo fazia-me pensar numa estatal em que trabalhassem, talvez, os parentes malvados do Gasparzinho. Mas aí a palavra teria de ser usada em casos de soluço; e não me constava que engasgos também se curassem com susto. Mistérios da infância. De indubitável, acho, apenas a ineficácia do recurso.

Falei sobre santos no artigo da semana passada, mas não tive espaço para citar um livro importante e muito bonito, que foi lançado este ano com tradução direta do latim por Hilário Franco Jr. É a *Legenda Áurea*, de Jacopo de Varazze,[44] arcebispo de Gênova, que viveu, acredita-se, entre 1229 e 1298. São mais de mil páginas, contando as histórias de uma multidão de santos, dos mais famosos aos mais obscuros.

44 São Paulo: Companhia das Letras, 2003.

O leitor encontrará as vidas de São Gordiano e de São Jorge. De São Paulo e de Santo Abdão. De Santa Dária, de São Forseu e de Santa Praxedes (o nome, aqui, é feminino). Do silencioso e proustiano São Lupo e do não tão desconhecido São Juliano, o Hospitaleiro, que além de matar o pai e a mãe inspirou um conto de Flaubert.

A mistura do maravilhoso e do simples, da crença ingênua e da complicação teológica, do horrível e do bom, faz da *Legenda Áurea* uma obra acolhedora, misteriosa e vasta como uma catedral. Leio a história de São Brás.

Devido a sua doçura e santidade, foi eleito bispo. Claro, aquela era uma época de perseguições. Brás refugiou-se numa caverna, onde passou a viver como eremita.

Por mais que jejuem, mesmo os santos precisam se alimentar. Os passarinhos, narra Varazze, traziam-lhe comida no bico; o que não devia ser muito, mas bastava. E só voltavam para seus afazeres depois que o santo os abençoasse.

Talvez seguindo os pássaros, mas isso o livro não diz, os soldados do imperador Diocleciano acabaram encontrando o eremita. Foram recebidos com bom-humor e com a brandura que já estava contida em seu nome: "Sejam bem-vindos, meus filhos, vejo que Deus não me esqueceu".

Omito os detalhes medonhos do martírio; é como se o texto representasse, pelo rápido contraste entre o horror e a delicadeza das cenas sucessivas, o abismo a separar inferno e paraíso.

Os milagres de São Brás não são dos mais dignos de nota. Interessa-nos o que vai assim narrado: "uma mulher levou até ele seu filho, que estava morrendo por causa de uma espinha entalada na garganta, e pediu-lhe em lágrimas a cura do menino. São Brás colocou as mãos sobre a cabeça dele e fez uma prece para que aquela criança, assim como todos os que pedissem o que quer que fosse em seu nome, tivesse saúde, e no mesmo instante o menino ficou curado".

Logo em seguida, atendendo a outra mulher desesperada, São Brás tratou de recuperar-lhe um porco, que havia sido levado por um lobo. Tempos longínquos, em que o sumiço de um suíno desencadeava a intervenção de um santo...

Seja como for, São Brás notabilizou-se na proteção aos engasgados. Mas hoje, 31 de dezembro, é dia de São Silvestre, e a *Legenda Áurea* nos conta o principal milagre desse santo, ocorrido exatamente à meia-noite.

Depois de muitas arbitrariedades, o prefeito romano Tarquínio ordenou a Silvestre que homenageasse os deuses pagãos. Caso contrário, passaria pelos mais diversos suplícios. A resposta do santo foi dura: "Insensato, você morrerá esta noite, depois sofrerá tormentos eternos e assim, quer queira, quer não, reconhecerá o verdadeiro Deus que adoramos".

Silvestre foi preso e Tarquínio foi jantar. "Ao comer", registra Jacopo de Varazze, "ele ficou engasgado com uma espinha de peixe que não conseguiu nem expelir nem engolir. Ele morreu à meia-noite, e Silvestre, que era amado tanto pelos cristãos quanto pelos pagãos, foi libertado para grande alegria de todos".

Outro engasgo, então?! E de funestas conseqüências desta vez... Achei curiosa a simetria entre as duas legendas, que se prolonga em outro pormenor. São Brás recuperou um porco; já Silvestre, em outra ocasião, conseguiu ressuscitar "um touro ferocíssimo", que havia sido vitimado por um encantamento. Silvestre falou palavras cristãs ao ouvido do touro; "ele levantou-se, e mansamente foi embora".

Certamente, animais como porcos e touros deveriam constituir bens preciosos na época. E quanta gente, hoje em dia, não pede ajuda aos santos para recuperar um carro roubado ou uma agenda perdida? Fiquei em todo caso pensando nos engasgos. Talvez fossem mesmo comuns – e perigosos – numa época de penúria alimentar e de maus modos à mesa.

Não há como não sorrir diante da ingenuidade do texto. Mas por pouco (acho) não caí eu mesmo em ingenuidade. Lembrei-me que um dos símbolos de Jesus Cristo é justamente o peixe – de modo que engasgar com uma espinha, no caso, deve estar significando mais a rejeição espiritual ao Evangelho do que alguma irritação na epiglote.

Quem sabe se o porco fugido e o touro ressuscitado não seriam imagens da alma pecadora, que santos como Silvestre e Brás conseguiram recuperar? O colorido medieval e rústico dessas imagens não elimina as ambigüidades teológicas.

Ocorre-me, entretanto, uma outra coisa. Esse touro feroz, abatido a poder de sortilégio, e renascido manso por milagre, talvez simbolize também cada ano atribuladíssimo, que finalmente passa – e que ressurge, depois de São Silvestre, mais tranqüilo.

É o que sempre esperamos; fica o meu voto, pelo menos. Mas se isso for pedir demais, que pelo menos ninguém morra de engasgo nos excessos do *réveillon*.

DENTRO DA MENTE DO LÍDER

[28.1.2004]

Pelo que sei, a *Harvard Business Review* é das mais respeitadas publicações de administração em todo o mundo. Imagino que o bom executivo deva tê-la sempre em mãos – ou pelo menos carregá-la na pastinha. Para minha surpresa, existe uma versão brasileira da revista. Topei com um exemplar da edição deste mês. Seu tema é "a mente do líder".

Um dos pontos altos desse número é uma entrevista com o psicanalista Manfred Kets de Vries. Ele atende num belo consultório em Paris, além de ser *professor of Leadership Development* na cidade histórica de Fontainebleau.

O trabalho desse terapeuta, diz a revista, "o aproximou de muitas das melhores corporações do mundo". Concluo que muitos executivos de multinacionais já visitaram o seu divã. Será isso? O texto se vale de uma formulação mais cuidadosa: "Executivos de empresas como Heineken, BP e Nokia recorreram a seu *know-how*".

O que observa o psicanalista? Que muitos líderes não têm inteligência emocional. Falta-lhes capacidade de auto-reflexão, e nisso a psicanálise pode ser de grande ajuda. Mas atenção! Se você não se dispõe a ouvir os outros, a mudar de idéia, a reconhecer os próprios erros etc., isso não o impedirá – a revista tem um espírito bastante otimista – de chegar ao topo. Ao longo dos anos, diz Kets de Vries, "conheci executivos de grande sucesso e nada auto-reflexivos. Eram realizadores por excelência".

De todo modo, há outros motivos para que um executivo faça análise. Para De Vries, a verdadeira liderança tem seus aspectos obscuros. Poucos executivos percebem que "na verdade, o comportamento irracional é comum na vida organizacional". O psicanalista afirma que a saúde mental de um alto executivo é assunto mais sutil, mais complicado "do que a de um interno em hospital psiquiátrico". Afinal, "ele não pode ser louco demais, do contrário não conseguiria chegar à cúpula, mas é alguém extremamente impetuoso".

Executivos também sofrem de feridas no ego; procuram compensar a descrença e o desprezo que tiveram na infância cercando-se de "um público que o admire". Correm o risco, assim, de não ter muita autocrítica. Qual a solução para isso?

Ter um bobo da corte, sugere o especialista. Assim como os reis, os executivos precisam de alguém capaz de dizer-lhes a verdade, ainda que em tom de brincadeira. Caso contrário, perdem a visão das coisas em meio aos bajuladores.

Claro que ele não usa a palavra "bajuladores" – tampouco a palavra "chefes". Não há "chefes". Há líderes. E não há bajuladores: há um "público" de colaboradores. Não há nem mesmo psicanalistas e psiquiatras. Por que um líder haveria de procurá-los? O psicanalista e consultor organizacional Kenneth Eisold, em outro artigo, diz que nenhum executivo aceitará se lhe disserem que precisa de terapia. Melhor dizer sempre "você precisa conversar com fulano". Ele conclui: "os executivos têm *coaches*, e não psiquiatras". Soa melhor. Já outro colaborador, que é psiquiatra, afirma que no mundo das boas empresas não há medo do termo: "em vez de estimular o uso de coaches para executivos, algumas incentivam a alta gerência a buscar assistência psiquiátrica".

Será mesmo necessário? Claro que todo profissional sofre de *stress*, de insegurança, de algum tipo de desequilíbrio afetivo, e que qualquer um de nós ganhará bastante se dedicar um tempo a explorar sua própria psique. Mas a questão aqui é outra. Não se trata de fazer com que a pessoa tenha uma vida mais feliz, mas que obtenha promoção e poder na empresa.

Curioso que questões como culpa, indecisão, não tenham lugar nesses consultórios e instâncias de aconselhamento. É que a mente do líder, por definição, é bem focalizada, objetiva, não hesita jamais em tomar "decisões duras".

Outro artigo da revista, assinado por Bárbara Kellerman, fala com franqueza: chega de pensar que os líderes são necessariamente éticos e admiráveis. "É impossível negar que gente má, ou no mínimo indigna, ocupa com freqüência altas posições", diz a analista.

Ela dá exemplos ousados: "Certos líderes conseguem grandes feitos ao capitalizar justamente o lado sombrio de sua alma. Richard Nixon [...] foi capaz de iniciar relações diplomáticas com a China ao capitalizar sua famosa paranóia". Um passo a mais, e chegamos à seguinte frase: "Até mesmo um monstro pode dar lições de liderança. Hitler, por exemplo, foi um mestre na manipulação de informações".

Se a idéia da autora do artigo era ser franca e direta, acho que ela conseguiu, e merece ter grande êxito em sua carreira. A revista chega com isso a seu ponto culminante.

Creio que a estratégia de toda a conversa sobre liderança se resume ao seguinte: num primeiro momento, tratava-se de inventar um eufemismo. A prática real do comando – freqüentemente opressiva, arbitrária etc. – ganha o carismático nome de "liderança".

O problema é que o eufemismo era bonito demais; poucos chefes se viram espelhados em tão oleosa papagaiada. Cumpre, então, ser um pouco mais realista, e redirecionar o conceito para quem o consome. A revista passa a dizer a verdade, mas como se continuasse num conto de fadas. Você é irracional, desequilibrado, tirânico, talvez louco e sanguinário como Hitler? Merece nosso respeito. Você tem grandes chances de tornar um líder. Se ainda não é, procure um de nossos especialistas.

[25.2.2004] BINGOS

Só entrei num bingo uma vez na vida. Eu tinha ido a Porto Alegre, não sei a propósito de que acontecimento – na mesma semana transcorria a Feira do Livro e uma série de conferências sobre o genoma humano – e num domingo de chuva, 11 e tantas da noite, estava sem ter o que fazer num desses hotéis meio antigos em que, para alívio nosso e de nossos anfitriões, acabamos sendo jogados quando termina o compromisso a que nos convidaram.

Passeei por um calçadão estreito no meio das áreas congestionadas do centro. Naquela hora, só havia as lojas fechadas, um ar desolado de domingo e a água da chuva brilhando na pedra portuguesa; nada muito diferente do centro de São Paulo, afinal – o que não melhora a depressão de ninguém.

Encontrei então uma fachada iluminada, vasta, cafajeste, feita de aço, acrílico, veludo e vidro. Os espelhos pareciam ser cor de caramelo, o tapete era cinza e azul, e um grande lustre com pingentes de plástico iluminava a entrada. Uma sensação de luxo falso, de riqueza, não sei como dizer, de riqueza... barata tomava conta do lugar.

A atividade que lá se desenrolava, silenciosa e frenética, exigia muitas luzes e ao mesmo tempo uma névoa de cigarro, de anonimato e de segredo. Era um bordel sem sexo, um local onde se promove o único vício que não faz apelo aos prazeres da carne – o vício puramente intelectual e neurológico do jogo. Entrei no bingo.

Não lembro se me deram ou se comprei uma cartela. Uma voz distante anunciava os números. Nenhuma semelhança havia com os passatempos de infância: as jogatinas improvisadas com feijõezinhos na casa de praia, os sorteios intermináveis com as gordas rodelinhas de madeira que se tiravam do saco de plástico vermelho, os números que nunca saíam porque alguém tinha sumido com eles, a confusão entre o 66 e o 99, a história dos "dois patinhos na lagoa"...

Inocências paroquianas, distrações de tia velha, emoções diluídas a leite de pato, tudo, enfim, o que havia de moroso, emperrado, mecânico e incerto nos bingos da minha infância – também com o nome de tômbola ou de víspora (será o mesmo?) – tinha sido substituído por um sistema azeitado, adulto, onde garçons serviam bebida e números se sucediam com a rapidez dos impulsos eletrônicos.

Antes que eu marcasse a primeira pedra na cartela alguém já tinha completado tudo e saíra vencedor. Em menos de um minuto a brincadeira tinha acabado; eu nem mesmo chegara a experimentar alguma emoção que me levasse a tentar de novo o jogo. Ninguém dissera nada, e não havia nada a dizer. Voltei para o hotel, liguei a televisão, fiquei assistindo a um programa religioso. O pastor explicava uns versículos do Evangelho. Era, pelo menos, uma fala; ainda que vaga, fazia algum sentido, depois daquele meu breve, mudo e insípido encontro com o pecado.

Achei curioso que um deputado do PL, que também era bispo da Igreja Universal do Reino de Deus, tenha se envolvido no escândalo Waldomiro Diniz, que tantos estragos causou à imagem do PT e ao poder do ministro Zé Dirceu. Um líder petista, um pastor e um bicheiro, todos competentes e respeitáveis em suas respectivas áreas de atividade, vêem-se conjugados na mesma rede de acontecimentos, como se do velho saco de plástico vermelho da minha infância surgisse uma estranha, improvável seqüência numérica.

Talvez nem tão improvável assim. Claro, não me refiro aos fatos, às circunstâncias concretas do caso, que desconheço. Penso no que pode existir de simbólico na combinação.

Outro dia, num táxi, o motorista me fez passar um susto. Dirigia nervoso, brecou de repente, e deixou cair do console um monte de papeizinhos. Eram comprovantes da Mega-Sena. O rádio ia logo dar o resultado do sorteio. O taxista quis me explicar seu método de aposta, bastante complicado; desistiu, ao perceber meu desinteresse. Disse então uma coisa importante: "sei que é muito difícil ganhar. Mas o que não dá é para viver sem esperança".

De algum modo, o motorista gastava uns 20 e tantos reais por semana em troca disso – da esperança, sempre renovada, de mudar de vida.

Vejo agora que o pastor, o bicheiro e o político do PT não deixavam de oferecer ao público essa mesma mercadoria, a esperança. O dízimo que uma igreja costuma cobrar de seus fiéis pode voltar multiplicado em prosperidade material, em saúde, em milagres, em vida eterna. É uma aposta a preço módico, e Pascal não viu nenhum escândalo em avaliar as vantagens de uma conversão ao catolicismo como se se tratasse de um jogo de roleta.

Não digo que o PT tenha alguma vez prometido o paraíso ou a cura do câncer; prometia, contudo, um país diferente, uma mudança real na sociedade. Com o casal Lula e Marisa encenou-se um conto de fadas, ao gosto dos programas de Silvio Santos. O bingo televisivo da *Roda da Fortuna*, do *Show do Milhão* ou seja lá que nome tenha ganhou sua tradução oficial no noticiário de Brasília; é como se todos aqueles milhões de votos nada mais tenham formado senão montanhas de bilhetes da Mega-Sena, dos quais só um foi premiado – o que coube ao casal Da Silva. Os milhões de apostadores ficaram, de qualquer modo, contentes.

Mas o pragmatismo implacável de Palocci e Zé Dirceu parece obedecer a outro roteiro, que nada tem de encantado e de ilusório. É o mundo dos "operadores" – operadores de mercado, operadores políticos –, de onde justamente a esperança foi banida: só a realidade conta. Discursos, expectativas, bandeiras, funcionam como luzes coloridas na fachada de um cassino qualquer. Não têm valor para quem passou a pertencer ao mundo dos espertos.

Além de espertos, eles também se tornam desencantados. Isso os entristece, mas o poder sempre compensa. Não é como no bingo de Porto Alegre. No ministério há tapetes persas de verdade, os lustres não têm pingentes de plástico, e as portas são de madeira de lei... É o mundo real, não há dúvida.

MULHERES DE HOLLYWOOD

[3.3.2004]

O que era aquilo? Uma espécie de merengue dentuço, um coelho da Páscoa atolado no *marshmallow*, um carregamento de ricota embrulhado em celofane? Não. Era Renée Zellweger recebendo o Oscar de atriz coadjuvante, na primeira página da *Folha*.

Não é que seja uma mulher feia. Gostaria de saber o que acontece: as estrelas de cinema se tornam verdadeiros buchos na festa do Oscar. As roupas, certamente, contam muito. Na correria dos preparativos, muitas atrizes parecem ter se enrolado na cortina do salão de beleza e por pouco não entraram na festa arrastando escovas e secadores de cabelo na cauda do vestido.

Todos esses vestidos-cortinas – às vezes franzidos e leves, em cores claras, outras vezes grossos e solenes, em veludo verde ou grená – pressupõem o mesmo tipo de puxador, que é a própria estatueta do Oscar. As atrizes vencedoras seguram o prêmio como se fosse um pingente; usam em geral uma faixa larga do mesmo tecido em torno da cintura, e não raro há argolas em suas orelhas: são mulheres-janelas, num dia de bastante vento.

Poderíamos imaginar esses vestidos como a homenagem do cinema atual aos velhos tempos do teatro; as luxuosas cortinas que separavam o palco da platéia ressuscitam em cima daqueles mulherões. Não por acaso, a festa do Oscar é um dos raros momentos em que o público pode vê-las em carne e osso, como no teatro, e não projetadas na tela do cinema.

Lembro agora que a cena da cortina virando vestido pertence a um filme clássico, *E o Vento Levou...*, de modo que o cinema também se homenageia a si mesmo ao instituir esse tipo de indumentária.

Seja como for, as roupas representam só uma parte da história. Também o rosto das atrizes, com raras exceções, piora bastante na cerimônia do Oscar. A maquiagem lustrosa dá a impressão de que mesmo as mais jovens estão sob o efeito de quilos de silicone nas bochechas; camadas de make-up imitam a espessura de várias plásticas, e o sorriso de todas, absolutamente igual e simultâneo, parece ter sido acionado por controle remoto.

Não é apenas efeito da tecnologia cosmética. Nas imagens transmitidas pela TV, em especial as da entrada dos concorrentes no Kodak Theatre, há outros fatores que contribuem para essa impressão de artificialidade, de empastamento, de equalização fisionômica.

As atrizes são televisionadas ao ar livre, em plena luz do dia: percebo assim o quanto do seu charme nas telas do cinema se deve à iluminação, aos ângulos da câmera. É provavelmente por isso que as antigas deusas de Hollywood tinham mais – usemos a palavra – *glamour*. A fotografia em preto-e-branco permitia um uso de sombras, fumaças e nuances que o cinema colorido não comporta; muito menos a TV, com luz natural.

Ademais, como todas as atrizes estão nervosas com o veredicto e se sentem ameaçadas pelo contato direto com os fãs, teriam mesmo de transformar seus rostos em máscaras sorridentes, em produtos estandardizados. Na hora da entrega dos prêmios, é pior ainda: quem perde está obviamente impedido de manifestar qualquer emoção humana. Tarefa difícil para atrizes, suponho.

O enfeiamento de todas na festa do Oscar talvez encontre aqui uma outra razão. Fora das telas, sem roteiro a seguir, exceto o papelzinho em que estão escritas as palavras de agradecimento em caso de vitória, muitas atrizes terminam reduzidas a sua vulgaridade original.

Separadas de suas personagens, tornam-se pura matéria, coisa sem espírito, objeto sem forma; natural, assim, que os vestidos tratem de acomodá-las em armações descomunais ou de envolvê-las em embalagens frouxas, com fitas espalhafatosas e laços sobressalentes: cumpre evitar que todas se desintegrem, desmontem ou se desfaçam como gelatina sobre o tapete vermelho.

Talvez este artigo pareça fruto do brio nacional ferido, só porque *Cidade de Deus* não ganhou nenhum Oscar. Mas não acho que deveria. Gostei muito do filme; não sei se cresce ao se aproximar de Hollywood.

Também para evitar o risco da patriotada, observo que a famosa beleza da mulher brasileira sofre muitas vezes um processo análogo de pasteurização. As cenas do Carnaval são equivalentes às da entrega do Oscar: mulheres muito bonitas e de grande personalidade ficam todas parecidíssimas, com a mesma maquiagem, o mesmo sorriso, a mesma atitude.

De qualquer modo, os casos de enfeiamento mais extremo são os que ocorrem na revista *Caras*. O interesse despertado por esse tipo de publicação só pode ser malévolo: trata-se de ver pessoas famosas surpreendidas não apenas nos tropeços de sua vida particular, mas também nos seus piores momentos estéticos: bocejos, esgares, olhos arregalados, roupas absurdas fazem das páginas intituladas "Estilo", "Agenda" ou coisa que o valha, um verdadeiro catálogo de aberrações. Para quem não está entre os dez mais, é sempre um consolo.

BUROCRACIA PARTICIPATIVA

[17.3.2004]

Obrigado por ligar. Sua ligação é muito importante para nós. Se desejar serviços de instalação, tecle 1. Para reagendamento de visita, tecle 2. Para verificação de dados cadastrais, tecle 3. Para informações sobre plano de pagamento, tecle 4. Para falar com um de nossos atendentes...

Não, você não conseguirá falar com um de nossos atendentes. Mas poderá ouvir, durante 25 minutos ou mais, sucessos como "Moonlight Serenade" e o tema de *Golpe de Mestre*. Também, quem mandou você não ter em mãos o número de seu cartão eletrônico, de sua matrícula no SAA (serviço de atendimento ao cliente), de seu cadastro na Comunidade NetLig?

Muitas coisas mudam de forma e de nome, mas no fundo permanecem iguais. A peregrinação que temos de fazer de tecla em tecla é a mesma que, antigamente, nos levava a passar horas nas filas de uma repartição burocrática. Cada tecla, afinal de contas, não passa de um guichê, e o cartão que devemos ter por perto ou a senha que se impõe saber de cor equivale ao papel, à guia, ao documento que nos exigem e que nunca está a contento do funcionário. É a burocracia sem papel, a burocracia dos impulsos eletrônicos.

Claro, há vantagens: não é preciso sair de casa e, enquanto você espera atendimento, com o telefone encaixado entre o ombro e a bochecha, sempre poderá fazer alguma outra coisa. Sugestões: pôr os papéis em ordem na gaveta (você poderá encontrar o cartão de crédito cujo desaparecimento tentava comunicar); teclar alguma outra senha de acesso no computador, se tiver internet banda larga (se não tem, disque para nós hoje mesmo); alongar os músculos do pescoço e da nuca; ou entregar-se a outras atividades corporais cujo nome não seria conveniente declinar aqui.

De todo modo, a burocracia eletrônica segue os princípios da antiga. Quanto mais a instituição ou a empresa economizam, mais o usuário perde tempo. No hospital público ou na assistência técnica da máquina de lavar, sempre vigora a lei da seleção natural: eliminam-se os fracos, para que só os mais fortes, ou os mais desesperados, cheguem até o fim do processo.

Quanto mais procurado o serviço, maior a fila, é lógico. Se notamos tanta burocracia nas instituições públicas, é porque seu acesso é universal. Em inúmeras entidades privadas vemos a burocracia aumentar, justamente porque passaram a ser procuradas pelo grosso da população. Os planos de saúde particulares constituem o maior exemplo disso, mas bancos e cartões de crédito, cujo universo de clientes se ampliou muito, não ficam atrás.

Experimento reações contraditórias quando vou a um caixa eletrônico. Em comparação com a fila tradicional, sem dúvida ganho tempo. Mas sinto que estou também "trabalhando" para o banco. Passo a senha, digito, confirmo, conto o dinheiro: eis que sou um novo funcionário do caixa, trabalhando de graça, enquanto algum bancário foi despedido em troca.

Tudo bem. Gasto menos tempo no banco. Mas diminuiu também a minha impressão de perder tempo. Todo trabalho, por mais mecânico que seja, faz o tempo passar mais depressa do que a pura espera. Fala-se de democracia participativa, mas a "burocracia participativa" também deveria merecer os seus filósofos.

À medida que um serviço se generaliza, crescem as possibilidades de fraude. Quando uma empresa, pública ou privada, passa do âmbito de uma distinta clientela para o universo multitudinário e turvo da humanidade em seu conjunto, torna-se inevitável multiplicar as precauções contra os indivíduos de má-fé; isso significa mais burocracia.

O que é um antivírus, um *firewall* ou um anti-*spam* a não ser a burocratização do nosso computador? Eu costumava usar um antivírus que tinha rigores de fiscal de alfândega; parecia usar carimbos de Polícia Federal em dia de operação-tartaruga toda vez que se punha a examinar a mensagem que entrava e a mensagem que saía do meu Outlook.

Acontece que o computador, como tudo o que tem de atrativo na telinha (mistura de caça-níqueis, TV, videogame, caixa eletrônico) sempre oferece ao usuário algo de lúdico, de viciante, de hipnótico.

Já a burocracia telefônica (volto a ela) é muito pior. Seu maior pecado, a meu ver, está na confusão que estabelece entre as categorias de tempo e de espaço. Entre num desses sistemas de "tecle 5 se deseja isto, tecle 6 se deseja aquilo..." e tente corrigir uma decisão errada. Os sistemas mais extensos e irritantes usam a famigerada tecla 9 – "para mais opções" –, abrindo-se em alternativas que para serem conhecidas integralmente exigiriam a vida inteira. Tudo ficaria mais fácil se o sistema fosse visualizado no espaço, num esquema em árvore, num organograma, num menu de *website* – ou mesmo num mapa de repartição, com suas ramificações em corredores, departamentos e guichês. No máximo, ficaríamos andando de um lado para outro.

O problema do "tecle isto, tecle aquilo" é que ele se desenvolve no tempo, não no espaço. Somos forçados a prosseguir em alternativas que será sempre mais custoso reverter; avançamos em decisões tomadas no escuro, como se navegássemos num fluxo betuminoso, por rios e córregos cada vez mais estreitos, cada vez mais espessos, carregados de todas as opções já feitas, de todo o tempo acumulado e perdido naquela ligação, sem muita esperança de que, na extrema ponta do percurso, uma voz humana venha afinal falar conosco.

É assim que o sistema de ramais automáticos guarda incômoda semelhança com nossa própria vida adulta; tem algo de anacrônico, de auditivo, de analógico. Já as telas da internet, organizadas espacialmente, com seus cliques de *mouse*, seus compartimentos de todas as cores, seus guichês planificados e seus *pop-ups* imprevistos e festivos, são um modelo bem alegre em que mirar. Desde que a conexão não caia de repente.

BENJAMIM, O FILME

[14.4.2004]

Pessoas que sofreram grandes traumas – que sobreviveram a acidentes de carro, que presenciaram fuzilamentos, que foram estupradas – costumam sonhar repetidas vezes com o que aconteceu. Diz Freud que esses sonhos são a tentativa de recuperar o domínio sobre a catástrofe; vive-se a angústia "de novo", porque no momento do trauma isso foi impossível, e tudo o que não conseguimos absorver como experiência passada acaba teimando em retornar.

Leio essa teoria no conhecido estudo sobre Baudelaire escrito por Walter Benjamin[45] – mas é de seu xará, Benjamim Zambraia, que falo a seguir. Ele é o protagonista de *Benjamim*, filme de Monique Gardenberg baseado no romance de Chico Buarque.[46]

45 *Charles Baudelaire. Um Lírico no Auge do Capitalismo*. Tradução de J.C.M. Barbosa e H.A. Baptista. São Paulo: Brasiliense, 1989 e reeds.

46 São Paulo: Companhia das Letras, 1995.

A primeira cena do filme é justamente um sonho traumático desse tipo. O personagem volta à juventude, na época do regime militar. A tela está saturada de um verde transamazônico, enquanto os títulos do filme aparecem em grená. O jovem Benjamim Zambraia (Danton Mello), muito "tchép-tchuda" num ternozinho apertado e com os cabelos no mais legítimo corte jovem-guarda, caminha por uma estrada de terra na periferia; entra numa casa abandonada, homens de metralhadora o cercam e...

Corte para os dias atuais; Benjamim Zambraia acorda do sonho. Ele é agora vivido por um suave, diáfano Paulo José, que transita como um fantasma por um Rio de Janeiro predominantemente claro e frio, de restaurantes brancos e manhãs vazias no calçadão.

Paro por aqui. Só existe uma coisa mais chata do que ler a história de um filme no jornal: é ter de contá-la. No caso de *Benjamim*, daria bastante trabalho. O enredo não é dos mais simples, flashbacks não faltam, e quando o filme acaba ainda temos de "processar", como se diz, a informação recebida.

Reclamaram disso, aliás. Gostei muito do filme, e acho que certa dose de complicação na verdade o favorece. Arrisco-me a dizer que *Benjamim* irá melhorar com o tempo, valendo a pena assisti-lo mais de uma vez.

Numa coisa a maior parte dos críticos concordou: a estreante Cléo Pires é uma revelação. A atriz se mostra ao mesmo tempo irônica e simples, recatada e biscateira, carnal e esquiva no duplo papel de Ariela Masé e Castana Beatriz. A primeira é uma corretora imobiliária de umbigo de fora, pura carioquice suburbana, às voltas com o marido policial e com o fascinado Paulo José. A outra é uma modelo fotográfica em pleno governo Costa e Silva, filha de um milionário repressor, que vive com o mesmo Benjamim um romance apaixonado. Tudo indica que Ariela Masé na realidade é filha de Castana Beatriz; para Benjamim, é como se ele estivesse diante da mesma mulher, revivendo, digamos assim, o trauma que os separou. Eu disse que a trama era complicada.

Cléo Pires é filmada muito de perto, como se a câmera quisesse apalpá-la: é que Benjamim não sabe dizer se aquela moça, que reaparece em seu caminho várias vezes, tem alguma relação com o seu passado ou se é apenas uma aparição, uma armadilha criada por sua memória. Quanto mais real ela se apresenta no filme, menos certezas temos a seu respeito.

Fiquei desconfiado com o *slogan* promocional de *Benjamim*, um bocado romântico: "ninguém proíbe o amor". Para mim, trata-se de um filme político de ponta a ponta. Os personagens vivem diversos traumas ao longo da história, sentimentais, físicos, morais. Tudo parece entretanto ser a tradução, em situações pessoais concretas, de um único e mesmo trauma, que foi a repressão durante o regime militar.

O abalo que 1964 impôs ao Brasil não está superado. Voltando a Freud: o trauma precisa reencenar-se, assim como o caso de amor entre Benjamim e Castana Beatriz, porque não foi possível vivenciar plenamente – por meio do luto, da reparação, da punição ou da vingança – a angústia que causou.

O pior, e o que torna a trama de *Benjamim* mais interessante, é que, de fato, o filme coloca em ação uma vingança, um ato de compensação pelos crimes do regime. Acontece que algozes e vítimas, no desconcertante final da história, não trocaram absolutamente de lugar. O aparato repressivo continua funcionando. O poder patriarcal, antes representado pelo pai milionário da mocinha, hoje se torna mais sinistro. O sistema autoritário é substituído pela democracia – mas o comício eleitoral e o candidato a deputado que aparece no filme (Chico Diaz, no papel de Alyandro Sgaratti) não passam de uma farsa assustadora.

Nenhuma justiça histórica se faz, portanto; e talvez seja por isso que o final do filme nos pareça tão abrupto, tão difícil de engolir.

O teórico americano Fredric Jameson criticou a moda dos filmes de nostalgia dos anos 80, considerando-os sintoma de uma dificuldade tipicamente pós-moderna: o que se tenta, diz ele, "é pensar historicamente o presente numa época que já esqueceu como pensar dessa maneira".[47] Não se consegue situar o presente como resultado, como conseqüência do passado; tampouco a noção de futuro, de um vetor histórico a ser seguido, se coloca.

É possível que isso funcione para muitos filmes americanos. No Brasil, de forma nem um pouco "pós-moderna", o passado não se cristalizou. Em *Benjamim*, o contraste entre passado e presente – na fotografia, na fala dos personagens – não poderia ser maior. Os anos 60 não são objeto de evocação nostálgica, mas sim reencenados como farsa. A tragédia estaria no fato de que, por maiores que sejam as diferenças entre aquela época e agora, pouca coisa mudou de fato.

47 *Pós-Modernismo. A Lógica Cultural do Capitalismo Tardio.* Tradução de Maria Elisa Cevasco. São Paulo: Ática, 1996; p.13.

INVASÃO E EVASÃO

[21.4.2004]

Da janela do meu apartamento, vejo alguns edifícios do famoso "Espigão da Paulista", que ficam bem bonitos de noite, com as luzes acesas. Um deles, contudo, sempre me incomodou visualmente – é daqueles esqueletos de obra pública, grande volume de concreto cinzento e vazio, que se levantam no horizonte como uma advertência inútil contra o desperdício do dinheiro do contribuinte.

Aliás, só o fato de sugerir o lugar-comum que acabo de escrever já seria argumento suficiente para implodir esse prédio, que estava, se não me engano, projetado para ser um instituto em prol da Saúde da Mulher.

Vão retomar a obra. Mas enquanto isso não acontece, o artista plástico Eduardo Srur montou ali uma espécie de instalação vertical, a que chamou de "Acampamento dos Anjos". São umas 20 barracas de camping de várias cores, iluminadas por dentro com luz fria, saindo das sacadas do prédio; parecem lanternas japonesas, ou talvez uma decoração de Natal. Só que uma decoração de Natal seria muito mais carregada e em pisca-pisca.

Assimétricas e esparsas, as barracas ocupam o prédio com muita delicadeza e, mais importante do que isso, sem motivo – surgiram do nada, de repente, e se de noite, de longe, como as vejo do meu apartamento, têm algo de infantil ou de *naïf*, dão uma espécie de susto quando a gente as vê de perto.

Quem sai das imediações do estádio do Pacaembu e se encaminha em direção à avenida Paulista é forçado a subir um ladeirão, quase sempre congestionado, que se chama rua Major Natanael. É uma rua larga, entre duas espécies de abismo: à esquerda, a boca de um túnel, do qual saem carros em contramão; à direita, o compridíssimo muro de um cemitério.

Algum artista do passado lembrou-se de colocar, num nicho desse muro, a estátua de Cronos: um velho sentado, de barba comprida, tendo em mãos uma ampulheta. Seria para nos lembrar da Morte, da Velhice e do Tempo, mas como há um semáforo interminável no alto dessa ladeira, a tendência do paulistano que repara na escultura é das menos contemplativas: buzina e bufa, pensando no compromisso a que chegará, mais uma vez, com grande atraso.

Essa ladeira dá de cara com o prédio em que foi montado o "Acampamento dos Anjos" – e é então que a obra de Eduardo Srur provoca no motorista (quase não há pedestres por ali) seu maior impacto. Com os olhos grudados no carro em frente, tive uma sensação de surpresa muito feliz – uma surpresa de ordem "respiratória", por assim dizer – quando o tal edifício de repente pareceu atrair minha atenção. Levantei os olhos e vi aqueles andares, sempre vazios, como que habitados de forma ao mesmo tempo fantasmagórica e festiva.

Posso estar sugestionado, é claro, pelo título da obra. O próprio movimento do olhar, para quem chega no fim da ladeira, é ascensional; e que os anjos acampem num prédio logo em cima do cemitério, eis o que não deixa de ser boa notícia. Digo isso para esconjurar uma interpretação mais sinistra desse trabalho, que seria de mau gosto mencionar aqui.

O mais raro, de qualquer modo, é que num ambiente tão congestionado como a cidade de São Paulo seja ainda possível acrescentar alguma coisa. Qualquer nova intervenção, ainda que bonita, tende sempre a parecer uma poluição a mais, um distúrbio visual indesejado. Aquelas barracas vazias, suspensas no prédio, dão ao contrário uma sensação de leveza, de gratuidade, de oxigenação para os olhos.

E se barracas de acampamento — ainda mais nas imediações da avenida Paulista, palco permanente de protestos — evocam a idéia de uma invasão dos sem-terra ou dos sem-teto, há uma espécie de "gentileza" irônica, de mesura estética, nessa ocupação angelical.

Bem *punk*, ao contrário, e nada artística, é outra intervenção urbana que eu queria comentar. Está no elevado Costa e Silva, o popular "Minhocão". Passo com freqüência por esse outro tipo de monumento ao gasto público disparatado e predatório; uma longa extensão de prédios-fantasmas, de tugúrios inabitáveis, de redondezas degradadas, formou-se com a construção dessa via expressa — que apesar de tudo me fascina.

Os prédios à margem do Minhocão parecem servir para pouco mais além de suportar alguns *outdoors* modernosos, anúncios de cueca e mortadela. Eis que, no meio desses cartazes, uma verdadeira instalação foi concebida.

É um *outdoor* tridimensional, divulgando um aerossol para matar baratas. Construíram uma barata gigante, dentro de um cano de plástico transparente. Ela sobe e desce, como se tentasse sair pelo ralo. Ah, mas tampando o ralo está o poderoso Baratok, ou que nome tenha.

A barata volta às profundezas. A coisa é tão bem-feita que ocupa o flanco inteiro de um edifício, e o *outdoor* reproduz, para dar idéia do perigo que nos espreita do fundo de uma pia ou tanque de lavar, várias camadas do subsolo urbano: asfalto, pedrinhas, terra, raízes de árvores são retratadas com realismo. Pobre inseto! Quer sair, quer ver a luz, quer aflorar do encanamento como um inconsciente freudiano, ou como os habitantes humanos que se espremem ali mesmo, debaixo do viaduto.

Não poderiam ser mais diferentes o anúncio da barata e a instalação dos anjos; mas talvez estejam dizendo a mesma coisa. O que, exatamente? Penso numa palavra que combinasse as idéias de invasão e de evasão; algo que tivesse a ver com a vontade de fugir daqui – mas também com a esperança de descobrirmos aqui mesmo, de repente, que tudo se transformou num lugar novo, diferente, iluminado e mais bonito.

Acredito que instalações – obras de arte em geral – servem para isso. Mas sou forçado a admitir que inseticidas também.

O VAZIO NOS DESERTOS DO OCIDENTE

[12.5.2004]

Só de ver o presidente Bush na TV eu já costumo ficar irritado: seu ar de cômica inocência, os olhos ao rés do rosto, as certezas que ele procura transmitir, sem saber direito a propósito do quê. Mas nada se compara à figurinha da soldada Lynndie England – essa que apareceu humilhando prisioneiros iraquianos no presídio de Abu Ghraib.

As fotos já ficaram famosas. Lá está Lynndie, de camiseta cáqui, com o cigarro no canto da boca, apontando uma metralhadora imaginária para a fila de iraquianos nus, cobertos com capuzes de plástico. Parece estar se divertindo horrores.

O que me choca é esse espírito de convescote, de acampamento de adolescentes, que toma conta da cena; Lynndie parece não se envergonhar minimamente do que faz. É como se a fotografia tivesse sido tirada para servir de recordação, para ser distribuída pelo correio a amigos e amigas. Não muito diferente do que turistas costumam fazer em qualquer parte do mundo, arremedando os gestos de uma estátua célebre na Europa ou brincando, na África, com alguma fera capturada num safári.

Essa espécie de vandalismo simbólico e humorístico, típica de quem toma o mundo como um vasto *playground* – e os turistas, não só os americanos, em geral se comportam assim – ganha, é claro, dimensões deprimentes aqui.

Desde a primeira guerra do Golfo, tornou-se comum a observação de que os americanos encaravam tudo como um *videogame*, um tiroteio eletrônico do qual eles próprios não sairiam feridos. Com a ocupação do Iraque, e os atentados que se seguiram, viu-se que o jogo era um pouquinho mais sério.

Mas – talvez até pelo medo, pelo desgaste psicológico, pela imaturidade, pelo despreparo dos participantes e pela falta de sentido de toda a expedição – tudo continua a ser visto como uma brincadeira. Do *videogame* se passa ao *reality show*, ao rali Paris-Dacar, a um campeonato de esportes radicais: o Iraque é pura adrenalina, cara.

O virtual não contenta mais ninguém: nem os estrategistas do Pentágono, nem a nossa entediada adolescente de Fort Ashby, na Virgínia Ocidental, que assim se alistou no Exército americano e conquista a fama com suas fotos *hard core*. E como há adolescentes entediados nos Estados Unidos! Em toda parte, talvez. Mas lá alguém deve ter pensado: melhor que esses garotos fuzilem iraquianos, e não seus coleguinhas de escola. Não deixa de ser um tipo de intercâmbio, de *fellowship*, de viagem de estudos.

Claro que a adolescência não explica tudo nesse caso. Se em vez de Lynndie fosse um homem o protagonista das fotos, talvez seu efeito fosse diverso. A bituca, a camiseta, o cabelo curto: essa moça triunfa, muito modernamente, sobre a masculinidade dos seus prisioneiros. Deve ser isso, então: no primitivo Iraque, onde homens ainda usam bigode e o recato feminino é de lei, os rapazes e moças da 372ª Companhia ensinam – com certa afoiteza, admita-se – os civilizados princípios da igualdade entre os sexos.

Uma amiga observou – e também ouvi no rádio um comentário de Arnaldo Jabor nessa mesma linha – que aquelas fotos teriam tudo para constar de alguma revista especializada em sadomasoquismo. Numa primeira interpretação, haveria pelo menos uma lógica nesses abusos: alguém tirava fotos e fazia filmes pensando em vendê-los depois. Numa segunda interpretação, é a própria guerra do Iraque que se sexualiza, e dominação étnica, tecnológica, econômica e sexual se misturam, sadianamente, no conceito de Civilização.

O marquês de Sade contra os homens de Saddam: é um tremendo dum filme *trash* o que titio Rumsfeld anda programando para nossas sessões da tarde.

No penúltimo embate de civilizações de que tivemos notícia, o bloco soviético ruiu _o que era mais do que desejável_ em nome da liberdade e dos direitos humanos. Essas belas palavras conheceram uma tradução pragmática: Big Macs e Giorgio Armani. No mundo islâmico, provavelmente não será o consumo, mas o sexo, a grande questão em jogo.

Em tese, nada contra. *Fast-food* e pornografia barata são modos de caracterizar negativamente a abundância de mercadorias e a liberdade sexual. A diferença é que os russos e chineses de fato queriam hambúrgueres, aparelhos de som, bonés de Mickey Mouse; no plano dos costumes sexuais, entretanto, as coisas são bem mais demoradas.

E mesmo que se conseguisse implantar com sucesso, em todo o mundo, o real sistema de valores que conhecemos - esses ideais que se expressam, por exemplo, no "Big Brother Brasil", nas gôndolas dos supermercados Wal-Mart ou nas feiras de bugigangas eletrônicas de Tóquio e de Taiwan-, ainda assim ninguém ficaria contente. Basta ver Lynndie England e seus companheiros para saber o quanto de frustração, de vazio, de deboche e de miséria subsiste nos desertos do Ocidente.

NÃO DESISTO NUNCA

[22.9.2004]

Às vezes leio coisas na internet, esqueço de imprimir ou de anotar a fonte, e depois já não sei se a notícia era de verdade, se era trote, ou se foi puro delírio de minha parte.

Por exemplo: noticiou-se que já está escalado o novo personagem que irá simbolizar a tal campanha publicitária do "sou brasileiro, não desisto nunca". Trata-se de um jovem, ex-menino de rua, que agora estuda, trabalha e tem sucesso profissional. O que certamente constitui um bom exemplo para todos. Acontece que, antes disso, o rapaz se destacara por ter tentado fugir mais de 200 vezes da Febem.

Será que eu estava lendo algum *site* humorístico? Qual o maior exemplo de persistência cívica: superar as deficiências sociais de origem ou tentar fugir repetidas vezes da instituição, que supostamente cuida do "bem-estar do menor"?

Os publicitários poderiam até organizar uma cena bonita. Penso no encontro de dois brasileiros "que não desistem nunca" – a saber, o jovem fugitivo e o seu carcereiro, também dotado, imagino, de admirável tenacidade na manutenção da ordem prisional. Para terminar o anúncio, um *close* na bandeira do Brasil, com o lema tremulando: "ordem" (o carcereiro) e "progresso" (o trânsfuga, agora *self-made man*). Põe *self-made* nisso, aliás.

Não, eu devia estar delirando quando li. De qualquer modo, a campanha se presta a incontáveis aplicações e sugere muitos personagens. Contém sua dose de homenagem ao presidente Lula, que é brasileiro e só foi eleito depois de várias tentativas.

Desse ângulo, entretanto, o lema do "não desisto nunca" abriga generosamente políticos de todas as tendências: a célebre e em geral malquista obstinação de Paulo Maluf, por exemplo, passa a receber uma coloração bastante favorável.

Mais do que no mundo competitivo da política ou do esporte — onde o lema tem sido evocado a qualquer pretexto —, é no mundo econômico que a idéia do "não desisto nunca" parece fazer mais sentido. Não penso propriamente no cidadão desempregado: imagino que a frase lhe seja de pouca inspiração. Se todos os dias ele sai de casa à procura de emprego, se sempre bate com a cara na porta da fábrica, se teima em abrir a página de anúncios do jornal, obviamente se trata de alguém que "não desiste nunca"; saber que esta é uma característica do bom brasileiro não é nenhum alívio.

O lema encontra eco mais provável na mentalidade do pequeno empresário, que reclama dos fiscais e dos impostos, e ainda assim mantém o seu negócio, à falta de melhor alternativa. É também a voz do profissional liberal, pelos mesmos motivos; e acima de tudo é a voz dos profissionais de publicidade, que principalmente em períodos de retração econômica conhecem o valor das técnicas da insistência, da redundância, da repetição.

Desemprego? Retração econômica? Faço uso de termos infelizes, um tanto ultrapassados pelos fatos: notícias em torno do aquecimento da economia se acumulam há meses nos jornais. Acho que não é preciso ser muito pessimista, entretanto, para ter em mente a quantidade de vezes, nos últimos 20 anos, em que os sinais de retomada do desenvolvimento logo eram desmentidos por algum imprevisto internacional de grandes proporções.

O sobe-e-desce dos juros parece feito de encomenda para desorientar as expectativas gerais. "Agora vai!", pensamos todos nós, que não esquecemos os índices de crescimento econômico dos tempos do milagre – coisa acima de 10% ao ano. "Não foi desta vez", repete-se a cada ano que passa.

É assim que, longe de expressar um dinamismo heróico e construtivo, a idéia do "não desisto nunca" tem um componente de muito mais passividade do que faz supor à primeira vista. Do que é que eu não desisto nunca? De tocar minha vida, contra ventos e marés? Mas a alternativa seria o suicídio, a ruína, o naufrágio.

Ou será que é mais abstrato o apelo desse *slogan*? "Sou brasileiro, não desisto nunca de acreditar no país, e de acreditar no que dizem dele." A saber: que este é o país do futuro, que dias melhores virão, que a esperança é a última que morre... O brasileiro que não desiste nunca é aquele que continua apostando na Mega-Sena, por exemplo, apesar de reduzidíssimas as chances de vitória. Trata-se de um esperançoso, mas não propriamente de um lutador.

A vantagem do *slogan* está precisamente aí: faz da paciência e da submissão do brasileiro um prodígio de combatividade e inconformismo. Todos se reconhecem como maratonistas olímpicos sem que precisem sair do lugar.

A não ser em caso de emigração – o que não é fenômeno tão raro, aliás –, o brasileiro ainda não desistiu daqui. Transforma-se em mérito moral uma contingência geográfica. Do mesmo modo, no nacionalismo tradicional o Brasil sempre foi destinado a um grande futuro por força de suas florestas, rios, praias e cadeias de montanhas.

A atual voga nacionalista reproduz os mitos de sempre. Reveste-se, entretanto, de um verniz mais bajulatório, publicitário e "democrático", se comparada a iniciativas de outros tempos. "Sou brasileiro, não desisto nunca": o lema traduz para a primeira pessoa o famigerado e antigo mote da ditadura: "Brasil, ame-o ou deixe-o".

Os marqueteiros de hoje não impõem ao público um suposto e truculento "amor à pátria". Apostam no nosso narcisismo, a que chamam de auto-estima; mas o velho e o novo *slogan* têm o mesmo subtexto: desistir você não vai, deixar o país você não pode, de modo que é melhor você agüentar tudo quietinho. Sorria: você agüenta tão bem que terminará se orgulhando disso.

[27.10.2004]

ORLANDO SILVA

Pessoas de outros Estados reclamam bastante do sotaque paulistano. Quando nos imitam, em programas humorísticos ou telenovelas, em geral utilizam um jeito de falar que já não é tão comum hoje em dia – a pronúncia italianada, ao estilo de Nair Bello ou Isaurinha Garcia.

Se aquele sotaque lhes parecia irritante, não sabem o que os espera. Entre os adolescentes, novas e estranhas pronúncias paulistanas começam a surgir. Os adolescentes da periferia – basta ouvir um disco de *rap* – tendem agora a falar com um "r" bem caipira, ou talvez americano, que não era comum na capital. Já as patricinhas – basta ir a um *shopping center* – vão eliminando da fala os sons nasais. É o famoso caso do "oi gêinti", mas está ficando pior.

Neste sábado, no teatro do Sesc Vila Mariana, uma gravação informava o público sobre os "equipamentos de segurança do local". (Qualquer dia escrevo contra esses informes também. Mas uma coisa de cada vez.) É só um exemplo: em vez de "equipamentos de segurança", a moça parecia dizer "ecpamêtius de securâça", abreviando vogais e consoantes, numa espécie de pudor das ressonâncias vocais, como se cada sílaba se tornasse um *bit* de computador.

A palavra ou a frase deixa de se organizar segundo uma linha melódica marcada (o que era típico do italianado paulista, aliás) e passa a seguir uma lógica, não sei se cabe o termo, "digital": as sílabas se aceleram num pisca-pisca rumo à tônica, que então explode secamente, numa anti-ênfase, sem vibração, como se a voz não desejasse prolongar-se até o ouvido do interlocutor.

É bem o contrário do que faziam os velhos cantores do rádio (a peça em cartaz no Sesc Vila Mariana é *Orlando Silva – O Cantor das Multidões*). Havia a tendência a exagerar nos sons nasais e evitar ruído excessivo nas consoantes, de modo que uma palavra como "sublime" soava como "sub-lin-me", com o "b" amolecido e como se houvesse um til sobre o "i". Provavelmente, se a palavra constasse de seu vocabulário, a adolescente paulistana diria "suplìmi", endurecendo e entupindo o som.

Talvez seja por isso que Tuca Andrada – cujo empenho em ficar parecido com Orlando Silva não deixa de ser notável – termine arrastando um pouco além da conta os dós e lás e si-bemóis das muitas canções que estruturam o espetáculo. Em outros momentos, contudo, a fala do ator consegue atingir as inflexões muito próprias, muito doces, de Orlando Silva.

Existe um CD, editado pelo próprio Sesc, que reproduz a entrevista do cantor no programa *Ensaio*, da TV Cultura. A entrevista é de 1973: Orlando Silva estava com 58 anos. Seus tempos de ídolo haviam se encerrado em meados da década de 1940. No disco, entre uma e outra recordação desses tempos, ele ainda canta maravilhosamente várias músicas que todos conhecem.

O mais bonito é que, ao falar, Orlando Silva parece ter a mesma flexibilidade, a mesma ondulação, a mesma elegância esguia que possui quando canta. Em algumas de suas canções, ele joga com a extrema facilidade de passar do registro grave –

aquele vozeirão de cantor antigo que todos conhecem – para um tom suavíssimo, desanuviado, doce, quase impúbere; e depois volta para recolher, não se sabe de onde, notas ainda mais baixas, como se sua voz fosse um instrumento imaterial; os bordões e as primas, para lembrar as cordas do violão, pareciam uma coisa só na voz de Orlando Silva.

A entrevista começa com ele dizendo: "Eu nasci no Rio..." – e essas poucas sílabas são pronunciadas com uma musicalidade encantadora. Em vários momentos, em especial os que requerem certa modéstia, Orlando Silva faz com que a frase rume para o agudo, como se fosse uma pergunta. "Meu pai tocava violão", diz ele, "e muito bem" – sua voz se distende nessa hora, bem longe das empostações da velha guarda.

O cantor lembra episódios da sua infância. Ia para a escola, levando a sua "merendinha" e junto um "folhetinho" com as modinhas que ele cantava no recreio. Uma vizinha, dona Noêmia, tinha um pé de amora no quintal. Ele subia na árvore, ficava cantando e comendo amoras, enquanto a vizinhança, segundo conta, pedia-lhe essa ou aquela canção da moda.

É uma vida de subúrbio que, para nossos padrões, parece quase rural, com crianças de pé no chão e árvores no fundo de casa. É uma época, também, em que não havia propriamente adolescência. A passagem da meninice de calças curtas para a idade da calça comprida era, ao que consta, bastante rápida. O crítico Roland Barthes, analisando uma foto dele mesmo aos 15 anos, já de paletó e gravata, comenta que, naquele tempo (1930) os adolescentes "já eram homenzinhos".[48]

A voz de Orlando Silva, em sua maleabilidade do grave para o agudo, parecia manter intacta a meninice ao lado das formali-

48 *Roland Barthes Por Roland Barthes*. Tradução de Leyla Perrone Moysés. São Paulo: Cultrix, 1977; p 37.

dades da dicção adulta. A circunstância de ter sido um talento precoce, de ter atingido o auge do sucesso muito cedo, impôs mais tarde um preço muito elevado ao cantor. Mas talvez seja também a causa de uma naturalidade, de uma inocência, de uma pureza de voz que situam Orlando Silva muito acima das convenções do seu tempo.

Voltando aos sotaques: a rapidez socada da pronúncia paulistana não deixa de representar um mundo de pressa, de dureza, de oclusão. De timidez também; procura-se fugir das experiências e, ao mesmo tempo, passar por elas o mais rápida e intensamente possível. Por isso a fala se acelera e perde em sonoridade. Não podemos, é claro, viver em outra época, nem deixar de falar como falamos; mas pelo menos dá para ouvir quem fala (e canta) de um jeito melhor.

LOURENÇO MUTARELLI [3.11.2004]

Já faz algum tempo que os maços de cigarro vêm acompanhados de fotos mais ou menos assustadoras, advertindo sobre as conseqüências do tabagismo. Um doente com máscara de oxigênio, um homem desconsolado com sua mulher na cama, o *close* de um sorriso necrosado informam sobre os riscos de câncer no pulmão, de impotência sexual ou de não sei que males da gengiva.

Desconfio um pouco da eficácia dessas mensagens. As fotos não são das mais chocantes. Quem sabe até poderia haver uma escala de radicalidade: os maços de cigarro *light* teriam fotos mais suaves e, conforme a dosagem de alcatrão e nicotina, chegaríamos a cenas de verdadeiro horror.

Em todo caso, li que a idéia das fotos antitabagistas poderá ser adotada em outros países. Provavelmente o que conta não é o susto provocado pelas imagens no consumidor – que já comprou o maço de qualquer jeito –, mas a vergonha de continuar fumando com aquela foto à sua frente. Acredito que tenha menos medo do câncer do que de ser chamado de burro.

Há quem desenvolva estratégias para não ver as fotos: enfia uma nota fiscal entre a foto e o celofane, coloca o isqueiro por cima... Nada ilustra melhor a própria idéia do vício. O vício não nasce da ignorância, da desinformação, mas do seu contrário. É o desejo de conhecer o mal (e de esconder-se desse conhecimento) o que está de fato em pauta. Não foi por falta de advertência que Eva quis provar do fruto proibido.

Em *O Natimorto*, extraordinário livro de Lourenço Mutarelli que acaba de ser lançado,[49] o personagem principal (chamado apenas de "O Agente") constrói uma relação bizarra com as figuras que encontra nos maços. Usa-as para prever o futuro, associando-as às diversas cartas do tarô.

Eis um exemplo do seu método: "No maço, um homem sufocado afrouxa a gravata. 'Quem fuma não tem fôlego para nada.' O Enforcado, lâmina 12. Abandono. Reversão da mente e da maneira de viver." Cito sem reproduzir a disposição das frases ao longo da página, cadenciadas como se fossem versos. As associações feitas pelo personagem são cada vez mais remotas e não esclarecem muito sobre a evolução da narrativa.

A foto do casal na cama, avisando que o fumo causa impotência, é interpretada como a carta 18 do tarô, a Lua: "Dois cães uivam enquanto bebem lágrimas lunares. Sob eles, um lençol de água. Na água, uma criatura, dizem, o escorpião. A Lua é cortada, e não vemos a parte superior. No maço, dois seres humanos. [...] Na parte inferior da imagem, um lençol cobre seus órgãos genitais. Na parede azul, como o céu, vemos ao centro um detalhe da moldura de um quadro que não vemos. A Lua".

49 São Paulo: DBA, 2004.

Lourenço Mutarelli é autor premiado de histórias em quadrinhos. Essa sua experiência na prosa de ficção não é bem um romance: a narrativa se organiza em diálogos, intercalados por pequenos trechos em "verso", como os que acabo de citar. Os diálogos, entre "O Agente" e outra personagem, uma cantora chamada "A Voz", seguem um ritmo muito particular, pois as falas de um e de outro não se alternam regularmente, como numa entrevista pingue-pongue ou nas rubricas de uma peça de teatro. Demoramos para perceber que o texto de Mutarelli está na verdade mais próximo do roteiro de uma história em quadrinhos, cujos desenhos, entretanto, não serão revelados ao leitor. Temos só as falas, não as imagens: ao mesmo tempo, o livro gira em torno da interpretação (obscura, inquietante, inconclusiva) de figuras, de fotos e de arcanos.

Estamos próximos da poética surrealista, não no que tenha de mais folclórico e exterior – delírio, verborragia, freudianismo vulgar – mas pelo seu lado mais insolúvel, hipnótico e vampiresco.

Quem foi à exposição de arte dadá e surrealista no Instituto Tomie Ohtake pôde certamente experimentar, diante de obras como as de Man Ray ou de Max Ernst, uma sensação de angústia, de humor e de silêncio muito intensa, que parece transcender o que o surrealismo tinha de mais imediatamente provocador. É como se muitas obras daquela exposição tivessem energia própria; assemelham-se, de fato, a máquinas destinadas a gerar não se sabe bem o quê, e é esse "não-saber", essa insciência, que se implanta em nosso espírito, inquietante e corrosiva, como uma semente de morte.

Como um câncer, talvez, ou como um feto ameaçador e indecifrável, que todos temos dentro de nós mesmos. É esse o universo mental de *O Natimorto*, que se expressa, entretanto, numa forma despojada, econômica, sem nenhuma gesticulação feérica.

A história do livro segue uma psicologia clássica e um roteiro bastante claro: acompanhamos um caso de amor que começa e que termina, entre um caça-talentos e uma cantora. Pormenores estranhos se entreabrem, contudo, a cada página. A voz da cantora tem a peculiaridade de ser inaudível. Uma história estranha é contada e recontada, com variações cada vez mais cruéis: fala-se de um monstro que existe no fundo de um poço e que, ao ser encontrado, nada mais é do que a nossa face refletida na água.

"Tu és isto" (*Tat tvam asi*): a frase da sabedoria oriental é citada em *O Natimorto*. O livro de Mutarelli também funciona para nós como um espelho, ao mesmo tempo profundo, luminoso e impenetrável. Na tradição de Rimbaud e dos surrealistas – cujo interesse pelo ocultismo e pelo tarô é bastante conhecido –, a literatura se afirma aqui como um ato de vidência. Não se trata de ocultismo, entretanto, mas de revelação.

COM UM MILHÃO DE PTERIDÓFITAS

[1.12.2004]

Leio estranhas frases na revista *IstoÉ* desta semana. Por exemplo: "No dina vit do de Abinu d doni come kicna do no ba Basinu terã mlazsa". É o que escreveu um aluno de escola pública numa prova de ditado. A frase correta era: "No dia 22 de abril, comemoramos os 500 anos do Brasil, que é uma terra maravilhosa".

Esse foi, em maio de 2000, o teste aplicado pela revista em dezenas de estudantes de escolas municipais e estaduais na Grande São Paulo e numa cidade próxima a Belo Horizonte. Neste ano, o jornalista Gilberto Nascimento voltou à carga, com frase parecida, e obteve resultados igualmente desanimadores: "Modia 22 deabi coneroso o deco Bazi, cietera naraiza".

O menino que escreveu isso tem 12 anos de idade e está na quarta série. Como sabemos, esses alunos passam de ano automaticamente, dado o sistema da "progressão continuada". O efeito é que terminam perdidos dentro da sala de aula: tanto em 2000 como agora, o repórter registra que, submetidos ao teste, alguns alunos acabam chorando de vergonha.

Tento decifrar os garranchos de um aluno de oitava série em Guarulhos, reproduzidos na revista. Tratava-se de uma prova de estudos sociais, imagino, com perguntas bastante exigentes. "Qual a relação entre o trabalho informal e o déficit da Previdência?" Resposta do estudante: "Previdesipodia judaotrabalado". Não estamos mais, evidentemente, diante daquelas divertidas "pérolas" que se colecionam nas provas de candidatos ao vestibular e que volta e meia aparecem na imprensa ou na internet. Outra pergunta: "Explique por que o economista Jorge Mattoso afirma que a empregabilidade (escolaridade), em si, não cria emprego". Resposta: "Imbhegasinavida paraviker conobarfamc".

É quase o grito de desespero, o pedido de socorro de um animal aprisionado, com quem ridiculamente um cientista britânico, no estilo de Mr. Magoo, estivesse tentando entabular uma conversa. Espero que não haja desprezo nessa comparação. Penso menos na ignorância vivida por esses alunos do que no seu sofrimento. Ano após ano, por mais de uma década, estão obrigados a freqüentar a escola, entendendo cada vez menos o que se passa, detestando o que vêem, sentindo-se humilhados, excluídos e, claro, querendo vingar-se e fugir de tudo.

Claro que não estão acorrentados à carteira, mas do ponto de vista subjetivo sua situação não será muito diferente daquela de um presidiário. Que se entreguem ao vandalismo ou à droga, por exemplo, não é a mais extrema das reações possíveis.

Passo agora aos estudantes da nossa privilegiada classe média e também sinto pena. Sempre dou uma olhada, quando chega esta época do ano, nas questões que são pedidas no vestibular. Haverá coisa mais massacrante, mais injusta, mais contraproducente, mais emburrecedora do que esse sistema de seleção?

Pelo que sei, fica cada vez mais difícil entrar em cursos como os de filosofia, letras, ciências sociais... para não falar de jornalismo, teatro, artes plásticas. Posso estar sendo tendencioso ao tomar as dores dos candidatos a esse tipo de curso, com os quais tenho afinidade, mas por que um vestibulando de direito ou medicina seria forçado a conhecer tanto de geometria analítica ou de química orgânica?

No meu tempo, o vestibular já condensava uma série de exigências descabidas, mas a concorrência para os cursos de humanas não era tão alta. Hoje em dia, para quem quiser freqüentar um curso de cinema, pode ser decisivo saber a diferença entre uma pteridófita e uma briófita; e a carreira de um futuro advogado poderá depender de distinguir entre o polimetacrilato de metila e o politetrafluoroetileno. Estou citando duas questões do vestibular da Fuvest deste ano.

Nada contra o ensino de ciências e a necessidade de treinar-se o pensamento lógico: a grande maioria dos seres humanos, mesmo se vocacionados à crítica literária ou ao desenho de moda, pode responder bem a esses assuntos. Não fosse assim, livros de Carl Sagan, Marcelo Gleiser ou Stephen Jay Gould seriam um fracasso total. Por que não adotá-los no vestibular, em vez de obrigar o aluno a um treinamento exaustivo, estéril e frustrante na resolução de problemas em que não enxergam nenhum sentido?

Deve haver muitas respostas. Não excluo a do sadismo: há prazer em aborrecer aqueles que nos aborrecem, há sempre a vontade de reprimir a alegria de quem é mais jovem do que nós. "O que esses adolescentes estão pensando? Que a vida é ficar na balada, andando de *skate* etc.? Ah, aqui vai um probleminha daqueles, para que vejam o que é bom." Cito mais uma questão do vestibular, suprimindo a figura que a acompanha.

"Uma jovem está parada em A, diante de uma vitrine, cujo vidro, de 3 m de largura, age como uma superfície refletora plana vertical. Ela observa a vitrine e não repara que o amigo, que no instante t-0 está em B, se aproxima, com velocidade constante de 1 m/s, como indicado na figura, vista de cima. Se continuar observando a vitrine, a jovem poderá ver a imagem do amigo, refletida no vidro, após um intervalo de tempo, aproximadamente, de: a) 2s; b) 3s; c) 4s; d) 5s; e) 6s?"

Depois reclamamos dos adolescentes.

Provavelmente, a "jovem" não enxergará amigo nenhum depois de qualquer um desses "intervalos de tempo". Estará completamente doida de maconha, e o amigo, antes que ela se dê conta, já terá quebrado a vitrine com um taco de beisebol.

CASA RICA. UM BANJO. 628 CADEIRAS

[8.12.2004]

Há coisa de dois ou três anos, eu costumava passar perto dos estúdios de um canal de TV aberta, especializado em programas para as classes C e D. Às vezes eu topava com algum astro da emissora – um animador de auditório, uma apresentadora de programa feminino, esse ou aquele comentarista esportivo, sem contar as ocasionais modelos e chacretes procurando emprego.

Foi só mais tarde – num dia em que vi dois anõezinhos saindo do prédio da empresa – que atinei com um fato óbvio: muita coisa da televisão popular se origina diretamente do circo; quem sabe o que nos choca ver transmitido por satélite seja natural num picadeiro.

Pedro de Lara, Renato Aragão e Sérgio Mallandro, pelo que sei, vieram da carreira circense; Chacrinha tinha muito, é claro, de palhaço, e faço idéia que o figurino da Xuxa até que poderia ser o de uma trapezista, malabarista ou amazona.

Na avenida Francisco Matarazzo, perto de onde moro, há dois circos em funcionamento. Não poderiam ser mais opostos em concepção, público e estilo. Tinham-me recomendado o Circo Zanni, mais moderno e alternativo; entrei por engano no Circo Espacial, que não custava mais barato, mas era popular até dizer chega.

Os números clássicos – palhaços trocando cusparadas, mocinhas suspensas pelos cabelos, rosas decepadas num estalo de chicote – ocuparam pouco tempo do espetáculo. Logo se organizou, supervisionada por um palhaço, uma gincana do tipo "qual é a música", exatamente como nos programas de auditório. O *show* ainda teve, para minha surpresa, uma peroração à moda dos pastores da Record. Em resumo, o circo deixava de influenciar a televisão para ser, agora, influenciado por ela.

Na semana seguinte fui ao Circo Zanni, menor e mais sofisticado. Vi números clássicos também: o palhaço que pedalava na menor bicicleta do mundo, o beijo a pique do casal pendurado no trapézio, a moça de guarda-chuvinha branco medindo passo a passo a corda bamba. Tudo se tornara, entretanto, mais irônico e erudito; o número da dupla trapezista brincava com as convenções do tango argentino, a aramista usara antes um grande guarda-chuva preto de verdade, respingando água na platéia... de modo que uma ambigüidade entre suspense e riso, entre o literal e o alusivo, punha-se em jogo no espetáculo.

Claro, toda cultura erudita pressupõe uma platéia mais descrente, menos ávida de desafogo e de catarse. Vários artistas do circo Zanni pareciam vir da classe média alta – e isso se deve ao fato de que, hoje, há cursos de circo assim como de teatro, à disposição de quem quiser se matricular. Antigamente, era uma arte que se transmitia de pai para filho.

É provável que, com isso, duas modalidades diferentes de circo tendam a separar-se mais e mais, conforme as próprias divisões sociais dos artistas e do público: um circo mais "erudito", com uma linguagem vinculada ao teatro e à dança modernos, e um circo "popular", influenciado pela televisão e pela música sertaneja.

Tudo isso é especulação, claro; mas vale notar outra reviravolta de influências nesse processo. Se agora o teatro moderno inspira um tipo de circo, é verdade também que o circo passa a ocupar bastante os palcos de teatro – vide a companhia dos Parlapatões, ou as montagens de Cacá Rosset. Mais ainda: retribui-se com isso uma velha dívida. Penso em que medida, por exemplo, as peças de Nelson Rodrigues não se basearam nos dramalhões representados nos circos de antigamente.

O Circo Nerino, por exemplo. Acabe de sair um belíssimo livro, com quase 400 páginas de grande formato, contando a história desse circo que, de 1913 a 1964, excursionou por todo o Brasil.[50] A qualidade da documentação é impressionante. Roger Avanzi, o palhaço Picolino 2º, hoje com 82 anos, é filho de Nerino Avanzi (o Picolino 1º), fundador do circo. O livro traz fotos e recortes do seu arquivo, além do extenso e comovente depoimento que prestou a Verônica Tamaoki.

Comovente não é bem a palavra, porque logo pensamos numa atitude melancólica, em condescendências com o declínio, numa poesia do precário e do mambembe. Ao contrário, o que nos conta o livro é uma vida aventurosa, empreendedora, várias vezes trágica, mas sempre apaixonada.

Acompanhamos, ao mesmo tempo, a própria história do Brasil. O circo, que antes da guerra viajava de barco e de trem, vai aos poucos se convertendo ao transporte rodoviário: até um

50 Verônica Tamaoki e Roger Avanzi, *Circo Nerino*. São Paulo: Códex, 2004.

trator foi comprado para ajudar nas estradas mais difíceis. Outras dificuldades tinham de ser vencidas com diplomacia: conquistar o apoio dos padres era essencial nas cidades pequenas, ao mesmo tempo em que gestos de entendimento tinham também de ser feitos para a comunidade dos maçons.

Casamentos, sucessos, acidentes, mortes, rivalidades, gastos, investimentos, tudo está documentado, e tudo vale a pena ler. O inventário do circo, feito em 1964, é transcrito na íntegra, e tem a eloqüência angulosa de um poema modernista. Cito alguns itens apenas: "Cenários de pano (7 x 4,5m): Casa rica. Casa média. Casa pobre. Altar com anjos. Senzala. Guanabara. Casa de Sheik. Navio com a cabeça dos marinheiros aparecendo nas escotilhas". Outros itens: "Tabuletas de preços e avisos. Postes de luz. Cadeiras: 628 unidades. Um trombone. Um banjo".

O mais bonito, entretanto, são as fotos. Por vezes, vemos a lona do circo em vista aérea, ocupando vasto terreno numa cidade desértica; outras vezes é a companhia em traje de gala, em plena glória de artistas. Melhor que tudo, há as fotos do público, algumas pessoas espiando a câmera de soslaio; as outras, a maioria, reaparece nessas páginas com os olhos perdidos no espetáculo, perdidos no sonho, e também perdidos no tempo.

[3.5.2005]

O SHOW DE HORRORES DOS COLÉGIOS DE ELITE

Felizmente não tenho filhos em idade de prestar vestibular. Se tivesse, ficaria alarmado com o que li no caderno especial que a *Folha* publicou sobre os 16 "melhores" colégios de São Paulo.

Ponho aspas em "melhores", mas não é que os considere necessariamente ruins; é provável que sejam "bons" colégios em muitos aspectos. O problema está no critério de avaliação.

O caderno destacava os "campões de vestibular". Ou seja, os colégios que contam com maior número de alunos aprovados nos cursos mais difíceis da USP. Escusado dizer que, dos 16 colégios, só três eram públicos e gratuitos. Esse assunto eu deixo para o final do artigo.

O fato é que, a cada página que eu ia lendo, crescia a minha impressão de estar diante de um verdadeiro pesadelo educacional. Dou alguns exemplos.

Um dos colégios recordistas em aprovação na USP tem como característica "estimular a hiperconcorrência" entre os alunos. As classes são divididas segundo o desempenho dos estudantes. Um deles, vitorioso "treineiro" em vestibulares, diz; "se eu caio um décimo de ponto, já me olham esquisito".

Em outro colégio, os alunos fazem prova quatro vezes por semana. Seu diretor explica o método com meridiana clareza "todo mundo diz que só estuda em véspera de prova; pois aqui tem de estudar todo dia". Arrisco-me a perguntar se, com tantas provas, o horário dedicado às aulas não diminui...?

A observação tem certo espírito sofístico, mas em todo caso me parece verdade que, num ensino tão preocupado com o desempenho em provas objetivas, é natural que vá desaparecendo o espaço dedicado à discussão, ao pensamento independente. E cresce para os alunos a obrigação de regurgitar no papel o que lhes foi enfiado pelos ouvidos na véspera.

A monstruosidade do sistema se revela a cada reportagem do caderno.

Determinado estabelecimento de ensino tem salas com capacidade para até 600 alunos, com baias individuais, disponíveis até as 22 horas, para que os alunos se exercitem. Qualquer semelhança com a criação de gado confinado fica por conta da imaginação deste articulista.

Mas até que esse colégio tem um mérito; não desliga o aluno que repetiu de ano. Outras instituições de ensino *top* adotam essa política. Imagino que considerem mais importante manter os altos escores de sucesso do colégio do que dedicar atenção individual ao aluno que não se adapta à linha de montagem.

Sim, porque os próprios colégios estão entregues a um mecanismo concorrencial destrutivo e perverso. Basta ver seus gastos em publicidade, mostrando quantos jovens prodígios "emplacaram" na Politécnica ou na Medicina.

Uma escola, aliás, dá prêmio em dinheiro aos alunos que entrarem no ITA (Instituto Tecnológico da Aeronáutica). A seguir essa tendência, logo alguém vai ter a idéia de contratar vestibulandos profissionais, que melhorem as estatísticas de aprovação do colégio X ou Y.

Nunca fui bom em matemática, mas é óbvio que, se 10% dos aprovados numa faculdade estudaram no colégio Fulano de Tal, isso não depende apenas da qualidade desse colégio, mas do seu tamanho, do número de alunos que lá estudaram. Um contra-exemplo: o "melhor" colégio do país poderia ter apenas 40 alunos, e mesmo que todos esses alunos entrassem nos primeiros lugares das faculdades mais disputadas, a estatística diria que só 0,001% dos aprovados no vestibular vieram desse colégio.

Mas não importa. Com essa rotina de *stress*, de massificação, de treinamento frenético, de atenção opressiva a "resultados" no vestibular, logo haverá outras estatísticas a fazer. Se olharmos para a outra ponta do processo – não a dos "bem-sucedidos" mas a dos triturados pelo sistema – chegará o dia em que teremos de levantar qual o colégio com menor taxa de suicídios. Ou com menor número de casos de depressão. Ou de alcoolismo. Ou – nem preciso dizer – de consumo de drogas.

E como podemos estranhar que alguém se sinta inclinado a fumar maconha ou a beber, quando passa a maior parte do tempo sob a pressão absurda de resolver problemas de trigonometria e de física que não fazem sentido nem para os próprios professores?

Claro que o vestibular não é o único fator responsável por essa situação. E não são apenas as distorções geradas por esse sistema o que mais me choca no caderno sobre os colégios de elite. Se a questão fosse apenas o vestibular, ainda vai.

Espantou-me que outro colégio pretende abrir uma nova unidade, não sei em que região arborizada de São Paulo, com ensino bilíngue. Aqui chegamos à radicalização de todo o processo. Pois entrar na USP começa a ser pouco para as nossas superelites. Interessa que nossos jovens talentos se dirijam, o mais cedo possível, a Harvard ou Chicago, de onde voltarão com planos e planilhas para solucionar os problemas do Brasil.

Acho que todo país civilizado tem uma coisa chamada sistema público de ensino. E isso representa mais do que garantir minimamente a igualdade de oportunidades que está em falta no nosso país. A existência de escolas particulares, embora justificável, já é quase uma distorção em si mesma.

Quando um aluno rico está na mesma classe de um aluno remediado ou pobre, como acontece num país como a França ou na Itália, é um senso de cidadania que se estabelece. Não falo sequer de igualdade, mas de republicanismo. Sem contato com as instituições públicas, as classes médias e altas vivem, desde o início da vida escolar, uma realidade de *apartheid*. Um dia, o jovem acaba ouvindo falar de cidadania, república, direitos etc.: mas esses conceitos são apenas belas palavras, desvinculadas de sua prática de vida. Daí para Chicago é só um pulinho.

A ARTE DE PREENCHER CUPONS

[18.5.2005]

Um castigo comum nas escolas de antigamente consistia em ter de preencher várias páginas de caderno com a mesma frase. Podia ser auto-acusatória ("nunca mais jogo giz na cabeça da professora"), edificante ("o bom aluno ama a sua Pátria") ou mnemônica ("a Mesopotâmia fica entre o Tigre e o Eufrates").

Apelo à imaginação para dar esses exemplos. Nunca fiquei copiando 100 vezes a mesma frase. Até recentemente. Pois caí na asneira de fazer um cartão preferencial numa grande rede de supermercados, que passou a me infernizar com promoções.

É assim que não sei quantos reais em compras me dão direito a uns tantos papeizinhos, que devo preencher antes de "depositá-los", como dizem, na "urna" do sorteio.

"Qual o supermercado que dá a você milhões em prêmios?" Respondo corretamente, com letra caprichada. Modéstia à parte, não é uma pergunta difícil. Mas isso não basta. Como eles acreditam que eu posso ganhar – otimismo de que não compartilho –, é preciso que eu ponha no papel o meu nome. O meu endereço. O CEP. Na linha de baixo, o telefone. Ou melhor, os telefones. O de casa, o do escritório, o celular.

Imagino o pessoal do supermercado em pânico. "Nossa, ele ganhou! Contatem-no imediatamente!" O telefone cai na secretária. O desespero toma conta dos premiadores. "O vôo para Paris parte em duas horas! Como é que ele não veio retirar a passagem? O celular! O celular!"

Mas eu não pude atender ao telefone porque estava preenchendo mais formulários. Para me inscrever no programa de descontos progressivos da Farmácia Drogalev, pediram-me o CPF e o número do cartão de crédito, que tive dificuldade em fazer caber nos quadradinhos correspondentes. Posso ser bom em preenchimento de cupons, mas não é que eu seja um gênio nisso.

Desisto da farmácia. Volto aos papeizinhos do supermercado. São uns 30, talvez. Falta colocar o meu *e-mail* e o RG em todos. Faz sentido. Pode haver outro Marcelo que se apresente como ganhador de uma cafeteira ou de um vale-compras na seção de perfumaria, e o supermercado não há de querer complicações com a Justiça. Eles mal sabem do que sou capaz.

Respiro fundo, completo o último formulário, e volto ao início deste artigo. Entre a velha punição escolar e a atividade a que tenho direito agora, como possuidor do cartão preferencial do supermercado, a diferença é pequena. Está na faixa do 0,00001% de chances que eu tenho de ganhar um prêmio que não me interessa.

Mas essa diferença é tudo: uma longínqua esperança de ganho transforma a chatice do castigo num voluntário surto de grafomania.

Vem ao caso uma passagem do *Tom Sawyer*, de Mark Twain. Era um sábado de calor, e o menino estava encarregado de caiar uma interminável cerca de madeira. Passa um amigo de Tom, rindo dele, ou (não me lembro direito) dirigindo-lhe palavras de compaixão.

Nosso herói responde com astúcia: está se divertindo imensamente com a tarefa. Ninguém imagina como é interessante caiar uma cerca. Tamanha é a propaganda, que logo se forma uma fila de meninos, prontos a pagar para Tom em troca do privilégio de trabalhar também.

Em outro livro antigo – *A Linguagem no Pensamento e na Ação*, de S. I. Hayakawa –, narrava-se uma fábula parecida. Duas cidadezinhas paupérrimas eram escolhidas para um programa federal de desenvolvimento. Os habitantes da primeira cidade recebiam um montante em dinheiro a que se dera o nome de "mesada", "ajuda emergencial", ou coisa parecida. Na segunda cidade, os recursos foram apresentados como "investimento", "prêmio de estímulo à microempresa", "empréstimo", e por aí afora.

Não é difícil imaginar o desfecho da historinha, que simplifiquei bastante. A cidade que recebeu as verbas sob o nome de "investimento" soube prosperar e só teve fortalecida sua autoestima. A outra, objeto de humilhante esmola coletiva, mergulhou mais na miséria.

Aqui, como em *Tom Sawyer*, é fácil reconhecer a velha cultura do pragmatismo americano, que não por acaso inventou a publicidade, as relações públicas e... o "politicamente correto".

Em princípio, a idéia não é absurda. Palavras contam muito na prática. Uma bela mulher, aspirante à carreira de modelo, não terá sucesso se mantiver um nome de batismo como Hermengarda ou Durvalina.

O problema é termos agora de pedir desculpa para as Hermengardas e Durvalinas. Estarei reforçando o preconceito em torno das portadoras desse nome? Mas nossa modelo, que trocou de nome, está reforçando o preconceito também. Ela está certa ou errada? Correta ou incorreta? Talvez exista sempre um fundo de incorreção em toda correção política, uma vez que lutar contra um preconceito significa também reconhecê-lo.

Daí, creio, a conseqüência mais perversa do "politicamente correto". Seus possíveis benefícios ficam em segundo plano; o que se alimenta é a vontade de policiar, de censurar, de descobrir sempre novas incorreções – no tom de voz, no olhar, no gesto de quem fala... Cartilhas e manuais se transformam rapidamente em meios de perseguição e exclusão, mais do que em instrumentos de igualdade e de entendimento.

Quem quiser melhorar o quadro, que experimente mudar o nome da coisa. Em vez de "cartilha do politicamente correto", pode-se inventar outro título. Não tenho sugestões a dar. O governo poderia organizar um concurso, com farta distribuição de cupons e prêmios para o vencedor. É sempre uma maneira de manter as pessoas ocupadas, impedindo-as, como diziam as velhas professoras, de pensar em bobagem. Elas bem que entendiam de cartilha.

SARTRE E ARON

[15.6.2005]

No dia 21 de junho comemora-se o centenário de nascimento de Jean-Paul Sartre, e no meio do considerável volume de textos que vão aparecendo a propósito da data, o nome de outro intelectual, também nascido em 1905, persegue o de Sartre como uma sombra: trata-se de Raymond Aron, o sóbrio e discreto pensador político de quem o autor de *A Náusea* foi grande amigo na juventude.

As divergências doutrinárias (Sartre, sempre à esquerda de alguma coisa, e Aron, estabilizado no centro-direita) afastariam por várias décadas os dois "camaradinhas" – este o termo com que se tratavam mutuamente. A efeméride e, mais do que isso, o ambiente ideológico em que vivemos estimula, contudo, as comparações entre os dois, e Raymond Aron acaba emergindo como o personagem mais lúcido, mais confiável, de longe o menos equivocado da dupla.

Mesmo assim, uma frase famosa resume o estado da questão: "melhor errar com Sartre do que acertar com Aron". Sérgio Augusto, no *Estado de S. Paulo* de domingo passado [12/6/2005], foi eloqüente ao mostrar a grandeza de Sartre, e a relativa desimportância simbólica de Aron, na história do século 20. Isso me parece indiscutível.

Mas queria discutir um pouco a tal frase. Terá sido melhor errar ao lado de Sartre? Por quê? Sem dúvida, a lucidez de Aron era escassa em paixão e utopia. Não seria isso uma vantagem? Aquele politólogo moderado, mas inflexível em sua defesa da democracia ocidental, dos direitos humanos e do liberalismo econômico nunca se deixou enganar pelas auroras e esparrelas da União Soviética, da China, de Cuba ou da Iugoslávia, como tantos grandes nomes da esquerda européia. Para não falar no grande vexame de Michel Foucault, elogiando o regime do aiatolá Khomeini no Irã.

Aron de fato equivocou-se pouco, e a razão, acima de tudo, orientava seus engajamentos. Mas quando aquele analista desapaixonado terminava sempre defendendo o *status quo* – o capitalismo liberal contra os arroubos de maio de 68, por exemplo, nos quais Sartre mergulhou bravamente – torna-se talvez difícil distinguir entre o que é razão e o que, na prática, se tornava defesa de determinados interesses econômicos e políticos.

Já as intervenções de Sartre pareciam mais desinteressadas; o incendiário não teme sair chamuscado de suas ações, e nisso tem algo de mais admirável do que as figuras excessivamente prudentes. Num sentido propriamente existencial, a vida de Sartre foi mais bonita de ser vivida, mais representativa, com todas as suas reviravoltas, do que a de Aron; e este nunca teve a chama de seu *petit camarade*.

Tudo bem. Mas nada disso me convence muito. Pode-se preferir o erro por vários motivos, mas não há nada de intelectual nessa preferência. Em nome da emoção, da simpatia, do romantismo de uma personalidade, será o caso de abandonarmos os critérios propriamente intelectuais de julgamento? O papel do intelectual é ser um Lawrence da Arábia, um Robin Hood? Ou é o de esclarecer, iluminar, procurar a verdade?

Óbvio que o dilema não é tão simples assim. A oposição entre o intelectual heróico e o intelectual frio, entre o campeão dos grandes princípios e o cientista de gabinete, entre o criador de idéias e o crítico equilibrado, entre Sartre e Aron, não admite uma solução única.

O problema é que houve uma época – o século 18 – e um país – a França, já se sabe – em que o exercício da desmistificação e da lucidez era, ao mesmo tempo, um ato "romântico", heróico, emocionante e até mesmo bem-sucedido. Para os iluministas, a razão era algo a ser defendida com talentos de espadachim. Voltaire, Rousseau, Diderot, eram filósofos e dramaturgos, analistas políticos e literatos ao mesmo tempo, proeza que somente Sartre foi capaz de reeditar no século 20 – mas ao preço de muitos erros. No século 18, o exercício da razão e do talento artístico andavam juntos; espírito crítico e imaginação livre eram, de certa forma, a mesma coisa. No século 20, razão e utopia, risco e lucidez, criatividade artística e espírito analítico, já haviam se dissociado em grande parte.

Sintoma, para falar como Sartre, de uma crise do pensamento burguês? Para Aron, esse vocabulário talvez já tivesse algo de mítico, de impreciso, de messiânico, de suspeito. Mas não é preciso ser marxista – basta ler, por exemplo, *A Montanha Mágica* de Thomas Mann – para saber que, neste caso, o diagnóstico faz algum sentido.

Sartre justamente tentou se desvencilhar dessa limitação. Mas quanta ginástica! Cito, para encerrar, um trecho de seu livro *Em Defesa dos Intelectuais*,[51] que reúne três conferências feitas no Japão em 1965. Sartre dizia, corretamente, que a um intelectual não basta condenar o racismo com base em raciocínio abstratos, universais. "Pode-se acreditar sinceramente no discurso

51 Tradução de Sergio Gomes de Paula. São Paulo: Ática, 1994.

universal do anti-racismo e, nas longínquas profundezas ligadas à infância, continuar racista e, ao mesmo tempo, se comportar, sem saber, como racista na vida cotidiana." Logo em seguida, passamos de um raciocínio lúcido para a defesa do indefensável.

"Um dos grandes perigos que o intelectual deve evitar", prossegue Sartre, "é universalizar depressa demais. Já vi deles que, apressados em passar para o universal, condenavam, durante a guerra da Argélia, os atentados terroristas argelinos equiparando-os à repressão francesa. É o tipo mesmo da falsa universalidade burguesa. Seria preciso compreender, ao contrário, que a insurreição na Argélia, insurreição de pobres, sem armas, acossados por um regime policial, não podia deixar de escolher a resistência armada e a bomba." Prefiro acertar com Aron.

[5.10.2005]

GLÓRIA E DESATINOS DE CARLOS BRONCO DINOSSAURO

A época da *Família Trapo* eu acompanhei ainda criança, o que não torna muito confiáveis as minhas opiniões sobre Ronald Golias no seu auge. Mas depois, já na idade adulta, quando me acontecia de topar com ele nos barracos da TV aberta, não tinha jeito. Bem que eu tentava não rir, mas em questão de poucos segundos a graça pessoal de Golias superava qualquer restrição que eu pudesse fazer à grosseria do texto e à estupidez da situação em cena.

Foi assim neste último sábado, com o especial que o SBT transmitiu em homenagem póstuma ao comediante. Lá estava, reconfortante e inalterável, Carlos Alberto da Nóbrega, no papel clássico do cidadão normal, sensato, bem-posto na vida, que há décadas ele representa no mesmo programa.

Digo "papel" e "representa", mas está errado. Carlos Alberto da Nóbrega não parece ser mais do que ele próprio, nas atribuições constituídas de diretor do programa ou agente comercial dos humoristas; mantém-se no plano de uma realidade empresarial, plácida e concreta, enquanto se sucedem no famoso banco de praça os tipos mais aberrantes da psicologia circense: o marido irascível, o índio impávido e solene, o maricão descontrolado, a velhinha surda de guarda-chuva, que sei eu.

Uma irrealidade extrema animava todos aqueles personagens humorísticos, mas o caso de Golias era diferente. A força de seu talento cômico libertava-o de qualquer papel, de qualquer personagem, de qualquer roteiro preestabelecido. Caracterizado como um velhote de barba branca, estabelecido como um dono de botequim, ou aparecendo com o boné virado de criança, ele era sempre o mesmo, e nisso estava o mais infernalmente engraçado de suas apresentações.

No programa do SBT, reprisou-se uma visita de Hebe Camargo à Praça. Não havia *script* possível: Bronco atirou-se sobre ela com uma fúria humorística selvagem. "Que testa! Que testa!", dizia ele sem parar, como se enlouquecido de desejo sexual. Hebe Camargo não tinha o que responder, torcendo-se de riso.

Com Agnaldo Rayol, não foi diferente. Golias fixou-se no furinho do queixo do cantor. Veio um festival de gozações grosseiras, numa insistência maluca; a fala do comediante se cortava de pausas sem razão, como se lhe faltasse um pouco de assunto, e aí ressurgia em novas investidas, num jogo de gato e rato. Seria quase violento, não fosse ingênuo, instintivo, feliz.

É como se o poder de Golias fosse grande demais para incidir apenas sobre as situações ficcionais de uma comédia. Ele não contracenava com os personagens, mas com os atores reais; empenhava-se em fazer rir, não só o público, mas também seus colegas de palco; anarquizava a própria representação, como uma força natural, capaz de destruir qualquer coisa combinada nos bastidores. Faz sentido que se procurassem, então, celebridades do mundo real, como Hebe ou Pelé, para momentaneamente conviver com Bronco.

Na *Família Trapo*, o papel conferido a Golias era o do cunhado parasita e baguneiro. Seu antagonista, Otelo Zeloni, tratava de exercer as torturadas responsabilidades que se reservam ao dono de uma fábrica de grampos em estado pré-falimentar. Curiosa a escolha de Zeloni para esse papel: não só porque era calvo, mas também porque seu jeitão de empresário paulista, com sotaque italiano e dinamismo irrefreável, já fora testado no filme *São Paulo S.A.*, de Luís Sérgio Person.

Enquanto Zeloni se encarregava de levar nosso país para a frente, num industrialismo ainda familiar e rústico, Bronco o perseguia como a sombra do atraso tupiniquim. Tratava-se de encarnar o brasileiro em seus momentos de máxima incompetência e canastrice. Ao prometer que o cheque tinha fundos, ao fingir-se atento em conversas que não o interessavam, ao julgar-se perfeito no portunhol, ao promover gestos de conciliação movidos pela covardia mais explícita, ao provocar com insultos os adversários, desde que estivessem distantes o bastante para não ouvi-lo, Bronco era brasileiríssimo na sua absoluta falta de amor-próprio e na sua também absoluta confiança de que o mundo estava sempre a seu favor.

Nada mais diferente de Bronco do que Maxwell Smart — para lembrar Don Adams, outro ator cômico falecido na mesma semana. O espião catastrófico do seriado *Agente 86*, acreditava piamente na modernidade eletrônica e na própria competência. A graça de Smart estava no seu empenho anglo-saxão em cumprir missões que uma burrice pétrea tornava mais impossíveis do que nunca.

No auto-engano de Bronco, não havia lugar para a arrogância. Ele não aceitaria missão nenhuma, exceto, talvez, a de acabar com um mundo em que a idéia de "missão" pudesse ser cogitada.

"Carlos Bronco Dinossauro" tinha mesmo de ser o seu nome completo; não pelo que sugerisse de brutalidade destrutiva, mas sim pelo que trouxesse de anacrônico, de sem-lugar, de condenado à extinção, talvez.

Só que aquela função de Bronco, a de sabotar todos os modestos esforços desenvolvimentistas de Zeloni, terminava extravasando para o palco; em última análise, o talento de Golias tornaria inviável a própria encenação teatral, explodindo em puro improviso o que se armava como uma *sitcom* brasileira antes do tempo.

Realidade e farsa reduziam-se para ele a uma coisa só; enquanto isso o país, com os lances de tragicomédia e de grotesco que se conhecem, ia de fato se desenvolvendo. Não é à toa que Golias terminou na periferia da programação, sobrevivendo como uma loucura arcaica, um desatino infantil, uma obscenidade gloriosa e reprimida sob a ordem falsamente asséptica da modernidade.

[19.10.2005]

SONHOS AGITADOS DE UM HOMEM DE BEM

Os juristas que me perdoem, mas, às vezes, eles recorrem a argumentos tão abstratos e sublimes que o significado prático do que dizem se perde de vista. Acho que isso acontece no caso do referendo sobre a lei que proíbe o comércio de armas no Brasil.

Leio muitos adeptos do "não" invocando o sagrado direito do cidadão à autodefesa. Mas será que existe relação direta entre um princípio constitucional abstrato e o tema concreto da comercialização das armas e munições? Aparentemente, sim. Mas tento explorar um pouco os absurdos embutidos na tese.

A rigor, se eu tivesse de me defender para valer, um revólver e uma caixa de balas seriam insuficientes. O crime organizado dispõe de metralhadoras, granadas, armas exclusivas do Exército e tudo mais que o dinheiro pode comprar. Em nome do famoso princípio constitucional, armas de nenhum tipo deveriam ser proibidas. Nem as atômicas. Só assim eu poderia de fato me defender das investidas de bandidos, de terroristas islâmicos, de potências estrangeiras ou dos impulsos liberticidas do Estado contemporâneo; convenhamos que o governo brasileiro não me deixa tranqüilo diante de nenhum desses quatro cavaleiros do apocalipse.

Imagino também que exista alguma lei ou portaria impedindo-me de criar tigres e onças dentro de casa. Eu poderia alegar, entretanto, que se trata do meu direito à defesa também. Que tal produtos químicos, como o gás mostarda ou o *sarin*? São modos de fazer valer aquilo que está escrito na Constituição.

Só que, com isso, nenhum Estado existiria. E, ainda que eu pudesse me sentir protegido, seria difícil considerar mais segura uma sociedade em que eu desfrutasse de tanta liberdade para comprar tais aparatos de defesa individual.

Com esse exemplo extremo, quero dizer apenas que há uma diferença entre o princípio abstrato e a questão colocada no referendo. Não está escrito em nenhuma Constituição, nem na *Bíblia*, nem no genoma da espécie, que todo ser humano tem direito a se defender de inimigos com balas de revólver calibre 38. Ou com metralhadoras. Está escrito, sim, que todo ser humano tem direito a se defender.

E o significado disso incide sobre uma situação completamente diferente do que a imaginada pelos adeptos do "não". O direito à legítima defesa, entendo eu, ocorre em casos excepcionais. Serve para absolver, não para permitir.

Imagino a história clássica. Ouço ruídos no quintal. Saio da cama, visto o meu velho chambre grená, calço os chinelos de pelica e vou ver o que se passa. Um garoto de 18 anos aparece à minha frente com uma semi-automática na mão; outro surge do nada e me encosta um revólver na nuca. Estão drogados. Querem dólares, querem me seqüestrar, nem sabem direito o que vão fazer. No prédio em frente, alguém acende a luz e põe a cara para fora da janela. O pivete lança uma rajada de advertência. Mas, com isso, eles se distraíram. Tomo nas mãos o revólver que me encostaram na nuca e – sou bom nisso – liqüido os dois bandidos.

Muito bem, chamo a polícia e conto o que ocorreu. É numa situação desse tipo que, acho eu, o direito à legítima defesa pode ser invocado. Cometi um homicídio, ato bem mais grave do que comprar balas no mercado negro; mas sou, claro, absolvido. É isso o que a Constituição me garante: não ser condenado num caso em que cometi um crime para me defender.

Para manter a comercialização de armas, invoca-se um princípio que vale em casos extremos, em situações concretas e irreversíveis – isto é, quando o sangue já foi derramado –, como se fosse um preceito, um ideal, uma projeção quanto ao futuro, quase um programa de governo.

Se fosse assim, se todo direito consagrado na Constituição fosse encarado em abstrato, nenhuma lei, nenhuma regulamentação seria possível. Um usuário de ônibus poderia considerar que o trajeto utilizado limita o seu direito de ir e vir, um camelô sem papéis em ordem poderia defender o princípio do livre comércio, um plagiário poderia reclamar a liberdade de imprensa. Em nome do direito à propriedade privada, uma construtora poderia infringir a lei do zoneamento; em nome do direito à educação eu deixaria de pagar mensalidades escolares; e, para proteger-me dos assaltantes, eu poderia colecionar morteiros e lança-chamas dentro de casa.

Obviamente, não é assim que os direitos funcionam. De todo modo, não vou a extremos. Abdico do lança-chamas se me derem meu revólver.

Afinal, sou um homem de bem. Isto é, acho que sou. O termo anda tão generalizado hoje em dia que vai se constituindo numa espécie de categoria mítica.

Quem seria esse "homem de bem" ou "cidadão de bem", tanto faz? Imagino-o de suspensórios, bigode fino, brilhantina no cabelo, pigarro na garganta. A Bíblia está em cima da mesa para leituras edificantes. O revólver está na gaveta para qualquer eventualidade. O cinto, no armário, para a disciplina doméstica. O caderninho com o telefone da amante ele deixou no escritório. Princípios, princípios. Estamos diante de uma personagem de Nelson Rodrigues. No seu mundo tragicômico, todos dão tiros e defendem seus princípios.

Mas querem acabar com o homem de bem. Castrá-lo de seu revólver. Na associação clássica, era para o revólver ser um substituto do pênis. Mas não: falamos de um revólver hipotético, que quero ter o direito de comprar um dia, para matar agressores desconhecidos.

É um revólver mais imaginário do que real. É uma coisa que se guarda na gaveta do criado-mudo. É uma proteção. É uma espécie de garantia mágica de nossa sobrevivência. É uma coisa que não pode ficar na mão das crianças. Estranho, esse revólver: tem todas as características de uma camisinha.

O marido abre os olhos; teve sonhos agitados. Onde estão John Wayne, os índios, o Fernandinho Beira-Mar? A mulher pergunta se está tudo bem. Ele diz que sim: vira de lado, começa a roncar. Dorme o sono dos justos. Que assim seja.

[9.11.2005]

A SIMPATIA DO PODER

A foto já diz muito por si mesma, mas não resisto a acrescentar alguns comentários. Saiu segunda-feira, na primeira página da *Folha*. Há um carro incendiado, quase roxo, do lado esquerdo: bateu em cheio na vidraça da lanchonete. Pelo chão, o que se vê são os destroços, também roxos, de coisas que parecem ter caído do teto; vidros e ferragens se amontoam e contorcem, numa cena típica de atentado.

Só que, do lado direito da foto, tudo ainda parece intacto: junto a um balcão de madeira clara, bem limpinho, alguém continua sentado, de pernas cruzadas, calçando sapatos enormes e vermelhos, com um sorriso fixo no rosto. Trata-se de Ronald McDonald, o boneco, que continua a dar as boas-vindas aos visitantes da lanchonete destruída.

A imagem ilustra os tumultos na periferia de Paris, onde jovens desempregados vão empreendendo, há vários dias, uma espécie de "maio de 68 dos pobres". Trata-se de um movimento sem charme nenhum, sem palavras de ordem libertárias, sem porta-vozes intelectuais, sem filosofia, sem humor: pelo que se vê até agora, é quebra-quebra mesmo, com uma cobertura de fundamentalismo muçulmano para complicar as coisas.

À primeira vista, estamos diante de um exemplo clássico de ironia fotográfica: Ronald McDonald parece tolo e deslocado, diante da catástrofe à sua volta. Sua risada perde o sentido, sua atitude de bem-estar e hospitalidade se revela ingênua, artificial e ridícula. Incapaz de adaptar-se à nova circunstância, o boneco poderia servir como ilustração das teses de Bergson sobre o riso. Para o filósofo, tudo o que desperta hilaridade (o tropeço de alguém na rua, um sotaque extremado, a burrice de um personagem de anedota) nasce do contraste súbito entre a rigidez e a flexibilidade, entre o mecânico e o orgânico.

O mundo se agita, as paixões nascem e morrem, a conjuntura política é tempestuosa ao extremo, a vida dos muçulmanos numa periferia européia não se equivale a uma infância de consumo na Costa Oeste dos Estados Unidos, um hambúrguer com *milk-shake* não resolve os rancores de uma gangue de desempregados, mas Ronald McDonald tudo ignora: insiste na sua mensagem infantil e descabida.

Isso, numa primeira interpretação da foto. Mas sem dúvida o significado inverso é o mais pertinente. Ronald McDonald não é o pólo frágil, inocente e ridículo da situação: é ele quem ri do atentado, quem resiste, incólume, às investidas do carro incendiário, e despreza os que tentam destruí-lo.

Sem entrar no mérito, tantas vezes discutido, da lanchonete, fiquei pensando: na figura de Ronald McDonald está o retrato do poder. Hesito em usar letra maiúscula, como gostam de fazer os franceses, aliás, mas lá vai: é o retrato do Poder.

Em outros tempos, o Poder tinha um ar sinistro, carregado, cheio de solenidade e pompa. Basta pensar naqueles quadros de papas e cardeais renascentistas (o Leão 10 de Rafael, o Inocêncio

10 de Velázquez) para ver que aquela gente não fazia questão de ser simpática. Passou-se à grandeza, ao luxo, à irradiação formidável dos monarcas do século 18, e depois ao rigor depressivo e fúnebre dos estadistas vitorianos, dos homenzinhos de cartola na Terceira República francesa. Mais tarde, os ditadores se cobriram de uniformes e honrarias militares: cumpria que se mostrassem de fato ameaçadores, implacáveis, sanguinários.

Hoje, o poder constituído é simpático, sorridente, humano, e ostenta o maior jeito de bobão. Na visita de George W. Bush ao Brasil, não houve quem não tenha se encantado com a simplicidade espontânea e bem-humorada do presidente americano; mas seus antecessores eram assim também. Lula, por sua vez, ficou felicíssimo com o encontro diplomático, e no fim das contas todos os presidentes do mundo – como Ronald McDonald – não param nunca de rir.

Sabem que, a cada encontro de lideranças mundiais, os protestos de sempre serão organizados pelos grupos que sempre protestam; nada disso os abala. A ordem é mostrar-se invariavelmente feliz. Movido a publicidade, guloseimas e brinquedos eletrônicos, o sistema dominante funciona como um parque de diversões, que iguala na mesma mentalidade o cidadão comum e as pessoas mais poderosas do planeta. A única coisa que não se admite é o descontentamento.

E não se trata propriamente de reprimir os descontentes, os revoltosos, os excluídos: antes de mais nada, trata-se de ignorá-los. Eles são invisíveis, inexistentes. E nisso talvez se explique a violência sem palavras, o vandalismo puro e simples de muitos movimentos de protesto: mais do que reivindicar alguma mudança (o que provavelmente todos sabem ser inútil), o objetivo é apenas ser reconhecido: a periferia quer mostrar que existe – e, para afirmar-se, recorre à destruição.

Ronald McDonald recebe os revoltosos de braços abertos, sabendo que amanhã tudo volta ao normal, e que eles, os seus inimigos... ora, afinal, para onde foram? Não estão mais na lanchonete, desapareceram; nem há muitas garantias de que sejam reais. Muito provavelmente não passam de simulacros, pensa Ronald; "não são pessoas de verdade como eu". Os revoltosos de Paris vão sendo reconduzidos assim ao mesmo limbo ontológico em que se localizam, por exemplo, as provas do mensalão e certas contas na Suíça: ah, elas não existem. De concreto mesmo, só dois hambúrgueres, queijo derretido, alface, cebola e picles num pão com gergelim.

O FASCISMO AO ALCANCE DE TODOS

[23.11.2005]

Saiu uma boa notícia na "Ilustrada" de domingo: os programas de baixaria na TV aberta perderam audiência e anunciantes nos últimos tempos. O programa do Ratinho, que dava 26 pontos no Ibope quando estreou no SBT em 1998, hoje tem seis. Márcia Goldschmidt, da Bandeirantes, sai do ar no que vem.

Em compensação, o *trash* corre solto nas transmissões da TV Senado. Passou o tempo das sessões de gala, quando Roberto Jefferson surgia em cena com sua gravata lilás, um olho roxo e o microfone na mão, capaz de extrair do peito, como um daqueles maridos enganados nos sambas de Lupicínio Rodrigues, as denúncias mais graves, as mais canoras e sentidas queixas, as pérolas mais cintilantes de uma ironia timbrada de amargura.

Para continuar no clima de baile da saudade, tivemos também as participações de deputadas e senadoras que souberam secundar, não digo com grande classe, mas pelo menos com repiques de viola, ritmos de corta-jaca, aboios de Inezita Barroso e lamúrias de Isaurinha Garcia o inesquecível tenor do PTB.

Fomos depois parar nos depoimentos de Delúbio Soares: era o fino da fossa, o som de fim de noite, o *crooner* de voz pastosa vencendo a custo os rumores da boate ao fundo, um melancólico tilintar de copos (ou de caixa registradora?) entre notas esparsas de um piano decadente. O público escasseava.

Vieram então rodadas mais apelativas. Começou a temporada das acareações múltiplas, dos encontros de empresários, assessores e doleiros que prometiam reviver as grandes emoções do telecatch, como no final do programa *Reis do Ringue*, quando quatro lutadores e dois juízes se engalfinhavam na chamada "luta australiana", verdadeira balbúrdia de irregularidades e injustiças.

Assisti na semana passada ao depoimento de Sérgio Gomes da Silva na CPI dos Bingos. Apelidado de "Sombra", ele é acusado de mandar matar Celso Daniel. Para dizer o mínimo, suas declarações sobre o seqüestro do amigo foram inconvincentes.

Mesmo assim, o fato é que, na CPI, o escândalo foi outro. Por mais que Sérgio Gomes da Silva seja suspeito, não sei qual a vantagem eleitoral, judicial ou política de submetê-lo a inquirições sem lógica ou puramente achincalhantes, como as protagonizadas por alguns senadores naquela sessão.

Um dos mais humanos e simpáticos, o senador Geraldo Mesquita Jr. (PSOL-AC), começou estranhando a falta de emoção do depoente. Se era amigo de Celso Daniel, como é que sua voz não se embargava, como é que não se viam lágrimas em seus olhos... Suspeitíssimo, com certeza. Mais adiante, o senador contou que estava numa praia do Ceará, quando viu o filho pequeno entrar no mar; de repente, percebeu que o menino estava se afogando. "Não sou corajoso", disse Mesquita; "Não sei nadar". Mesmo assim, ele se atirou na água para salvar o filho.

Ora, perguntou ele, então como é que Sérgio Gomes da Silva, segurança profissional, mestre em artes marciais, nada fez para defender o amigo Celso Daniel ao ver sua vida em perigo? Mais suspeito, impossível.

Nenhuma declaração do acusado poderia valer num inquérito de tal subjetividade. Mas isso foi café pequeno diante da arguição do senador Magno Malta (PL-ES). Tento resumir. Lembremos que Gomes da Silva prestou depoimentos contraditórios em diferentes instâncias da investigação. Argumenta que estava nervoso, que não consegue se lembrar direito dos acontecimentos, que tudo foi muito rápido e confuso. O senador não se convence: como assim, nervoso? A cada depoimento o acusado deveria ficar mais calmo, deveria lembrar-se melhor do que aconteceu...

Ai do acusado se tentasse dizer que o nervosismo não foi na hora do depoimento, mas sim na hora do seqüestro. Veio em seguida uma verdadeira sessão de tortura verbal em torno do funcionamento do câmbio da Pajero – e nenhuma tentativa de explicar o famoso enguiço do carro seria possível em meio às interrupções, ataques e distorções de raciocínio a que se entregava o senador.

As coisas não tinham pé nem cabeça. Perguntava-se também se Gomes da Silva tinha ou não feito um depósito de tantos mil reais, no ano tal, na conta deste ou daquele cidadão. O acusado dizia não se lembrar. Precisava ter em mãos os extratos do banco. O pedido era recebido com sarcasmo pelos inquisidores.

Surgiu em cena uma alma justa, a do senador Eduardo Suplicy (PT-SP), que considerou razoável garantir a Gomes da Silva acesso aos documentos em que se baseava a acusação. Mas o pesadelo não se interrompeu. No seu estilo mais desesperador,

Suplicy perdeu-se em digressões quilométricas. Levou minutos explicando, por exemplo, que seu filho Supla também possui uma Pajero. Ia contar um episódio de pescaria que lhe fora narrado pelo presidente Lula quando, por força da entropia reinante, passou-se a palavra a outro senador.

O espetáculo não é exceção nas CPIs. Esqueci o nome do parlamentar que, pensando obter mais votos quanto mais humilhasse Delúbio Soares, chegou para o ex-tesoureiro do PT com uma pergunta nestes termos: "O senhor vai agora ter coragem de olhar nos olhos do seu papai, da sua mamãe, lá no interior de Goiás?".

No meio dos questionamentos a Marcos Valério, também foi explorado o fato de que ele perdeu um filho pequeno, vítima de câncer. Isso para não falar dos freqüentes "Cala a boca!", "Aqui quem pergunta sou eu" etc., que tantos parlamentares, da oposição e da situação, jogam na cara dos depoentes conforme o seu interesse. Acabam se transformando em tiras de última categoria ou em cópias dos piores apresentadores dos programas de crime na TV. Não é só corrupção, mentira e falta de caráter: também o fascismo está ao alcance de todos os partidos.

ÚLTIMAS NOTÍCIAS DO HOLOCAUSTO

[7.12.2005]

Como todo mundo, os guardas do campo de concentração de Auschwitz também precisavam de descanso de vez em quando. Como conseguir uns dias de folga? Um jeito mais ou menos fácil era o seguinte.

Os prisioneiros judeus estão marchando para o trabalho. O guarda se aproxima, arranca o boné da cabeça de um deles, e joga-o para longe. Depois, ordena ao prisioneiro que vá correndo pegar o boné. O prisioneiro obedece. O guarda atira: diz que o prisioneiro estava tentando fugir. Recebe, então, congratulações e férias por ter impedido a fuga.

O episódio não ocupa mais do que dois quadrinhos de *Maus*, a *graphic novel* em oito capítulos escrita e desenhada por Art

Spiegelmann de 1978 a 1991. Publicada no Brasil em duas partes, em 1986 e em 1995, *Maus* agora tem uma reedição, num único volume de quase 300 páginas.[52]

Pode parecer estranha a idéia de adaptar para histórias em quadrinhos um testemunho do Holocausto. Art Spiegelman conseguiu isso sem cair no sensacionalismo, na espetacularização virtuosística do horror que às vezes caracteriza, por influência do cinema, as obras em quadrinhos para adultos. Bem ao contrário: o estilo visual do livro manteve, ao longo dos muitos anos de sua elaboração, um admirável equilíbrio de austeridade e delicadeza, de eficiência medida e de pudor, a ponto de parecer monótono para quem o folheia desatento numa livraria.

É devagar, página por página, como quem lê um romance tradicional, que vamos tomando conhecimento da personalidade de Vladek Spiegelmann (pai do autor na vida real) e da história de sua sobrevivência no campo de extermínio. Obviamente, o impacto emocional desse tipo de narrativa atinge níveis extremos, e do ponto de vista estético o problema reside justamente em como graduar a violência da exposição, de modo a não violentar a sensibilidade do leitor na tentativa de emocioná-lo.

As soluções que Art Spiegelmann encontrou para isso foram simples e consistentes. A mais conhecida foi a de desenhar todos seus personagens com rostos de animais: os judeus têm cara de rato, os alemães são felinos de dentes aguçados, os poloneses ganham aparência de porcos, os americanos são cachorros. Claro que com isso, em primeiro lugar, as expressões faciais se reduzem a um repertório mínimo, e cenas ferozes podem ser apresentadas sem infidelidade, evitando ao mesmo tempo cair no macabro ou no hediondo.

52 1ª ed., São Paulo: Brasiliense. 2ª ed., São Paulo: Companhia das Letras, 2005.

Pode-se identificar, ademais, uma dupla ironia nesse recurso. Em primeiro lugar, aquele mundo – o do nazismo – não tinha de fato nada que merecesse a qualificação de humano, de modo que o "irrealismo" dos desenhos corresponderia em parte à irrealidade da própria situação. Por outro lado, há um grande "realismo" nos ratos, cachorros e gatos de Spiegelmann, se comparados aos de Walt Disney. Assim, o mundo feérico e maníaco de Mickey Mouse está nas entrelinhas de *Maus*, como numa espécie de contraponto ausente às verdades insuportáveis da narrativa.

Outro recurso estético utilizado por Spiegelmann é de tipo mais literário. O livro entremeia as memórias de Auschwitz com cenas do presente, colocando o protagonista da história em duas situações distintas. Vladek não é o tempo todo uma vítima de quem só devêssemos nos apiedar, mas é também o pai neurótico, chatíssimo, manipulador, afetivo e torturado do próprio quadrinista.

Torna-se assim uma figura notável, economizando fósforos e migalhas de cereal em plena abundância norte-americana. Revela-se racista e implicante, engenhoso e espontâneo; sua plena realização como personagem, a meu ver, se confirma quando vemos uma outra personagem, já no final do livro, dar uma definição totalmente surpreendente e contudo plausível a seu respeito: não há melhor teste do que esse, a meu ver, para avaliar-se o sucesso de uma determinada caracterização literária.

As cenas de horror, apesar de todo esse cuidado estético, são de tirar o sono. Não vou mencioná-las. Basta dizer que, à medida que a guerra vai terminando, tudo se torna ainda pior. Os nazistas tratam de acelerar o processo de extermínio dos judeus, sem fornos crematórios que dessem conta da tarefa. Determinam a construção de grandes poços, "covas grandes como piscinas", diz Vladek, onde são jogados os cadáveres. "Felizes dos que morriam na câmara de gás antes de ir para as covas", prossegue, e o texto reproduz o seu sotaque de imigrante:

"Outros tinham de pular nos covas quando ainda estavam vivos. Prisioneiros que trabalhavam lá jogava gasolina nos vivos e nos mortos. Pegavam gordura dos corpos que queimava e jogava de novo por cima para todo mundo queimar melhor."

Não é preciso – nem é possível – ir mais longe. Isso era o nazismo.

É preciso, entretanto, mencionar que na semana passada, no Rio de Janeiro, traficantes fecharam um ônibus com os passageiros dentro, cobertos de gasolina, e puseram fogo neles vivos.

Um crime assim não poderia deixar de ser punido pelas autoridades. De fato, elas agiram prontamente: no dia seguinte, outros traficantes fuzilaram os suspeitos do massacre.

[8.3.2006]

FANTASMAS NUM PIANO DE CAUDA

Há muitos grupos e subgrupos entre os fãs de música clássica, e a indústria fonográfica até que trata bem a comunidade – de todas, talvez a mais impressionável e mística – dos que admiram os grandes intérpretes do passado. Um violinista legendário, prolongando uma nota entre as pipocas e os estalidos da gravação antiquíssima; um maestro titânico, regendo contra um mar de chiados e tosses preservadas na baquelite; um quarteto de cordas ilustre nos anos 20, como uma assembléia de espectros flutuando numa sessão espírita...

Tenho um pouco esse fetiche. Mas foi lançada no mercado internacional uma caixa com três CDs que pode interessar mais do que simplesmente aos adeptos da pura arqueologia musical.

É a gravação, não dos concertos, mas de várias aulas públicas – *master classes*, como se diz – que o pianista Alfred Cortot (1877-1962) ministrou a seus alunos, já no fim da vida. Grandes obras do repertório pianístico – três baladas de Chopin, a *Partita* nº 1 de Bach, cinco sonatas de Beethoven – são apresentadas e discutidas.

Não ouvimos nenhuma peça na íntegra: os CDs não incluem a interpretação dos alunos de Cortot, mas apenas as preleções do mestre depois de cada número, num vaivém entre a exemplificação prática ao piano e os comentários de cunho teórico-literário que, com voz suave e segura, ele dispensa ao microfone.

Claro que em música a "mensagem" de uma obra é coisa muito arbitrária de determinar. Toda sorte de comparações narrativas, de imaginações românticas, pode ser invocada a propósito de determinada passagem musical, e Cortot não as evita: alguns acordes finais numa peça de Chopin devem ser, diz ele, como "as últimas pedras que alguém deixa cair sobre um túmulo".

Mas não se trata apenas de "literatura". São inúmeras as precisões, as nuances de tom e de estilo, que Cortot faz notar ao público, graças a um poder de expressão verbal que nem sempre os grandes músicos possuem. Em determinado *prestissimo* de Beethoven, esclarece o pianista, "é preciso haver voluntariedade, mas não rudeza..." No final da terceira sonata de Chopin, ele comenta para o aluno: "você toca com altivez, ostentando os estandartes e agitando as bandeiras, mas é preciso ser um pouco mais cavalheiresco..." Muitas vezes, entretanto, a pura exemplificação prática toma o primeiro plano: "Assim...", diz Cortot, "e não assim..."

Um universo se abre na mais leve mudança de sonoridade, um abismo irrompe à menor nuance. Pode parecer um pouco exagerado o que estou dizendo; corrijo com uma comparação mais corriqueira e técnica. Uma diferença absolutamente imperceptível de medida faz com que a chave entre ou não na fechadura.

Mas o interesse de *Alfred Cortot: The Master Classes*[53] não está apenas nessa arte de sutileza e de ajustes milagrosos. Temos a impressão de ouvir, não o que Cortot está tocando apenas, mas o que ele próprio está ouvindo quando toca; e assim, em poucos minutos de aula, cada obra musical parece sair transfigurada das mãos –mas sobretudo da mente – do pianista.

Pablo Casals dizia que se deve tocar Mozart como se fosse Chopin, e Chopin como se fosse Mozart. Cortot, que formou com Casals e com o violinista Jacques Thibaud um legendário grupo camerístico, vai mais longe. Em alguns momentos, um minueto de Bach soa como Debussy, e uma balada de Chopin como Prokofiev. Acordes pesados e lentos numa sonata de Mozart fazem efeito de puro Wagner (como regente, Cortot estreou o *Crepúsculo dos Deuses* em Paris, em 1902). E em Beethoven se descobrem, por vezes, as vacilações de Chopin ou os tumultos de Richard Strauss.

Não falo aqui das "notas erradas" – há uma quantidade astronômica delas, nestas demonstrações didáticas que não se pretendem números de concerto –, mas da interpretação propriamente dita, das forças secretas que Cortot revolve sob a superfície da partitura. Penso numa passagem da segunda parte do *Fausto*, onde o herói de Goethe não deseja outra coisa se não encontrar-se com Helena de Tróia. Mefistófeles não considera esse pedido de fácil consecução. Não tem acesso aos povos da época pagã, que vivem num inferno próprio. Mas há um jeito. "Fala, fala sem tardança", impacienta-se Fausto, como sempre, aliás.

"Contra a vontade", responde Mefistófeles, "te desvelo um mistério mais alto. Deusas imperam em solidão augusta, em torno delas nenhum lugar existe, nenhum tempo as cerca; falar

53 Gravadora Sony, 2005.

delas é esforço vão. Mães, é o que são!" Fausto se admira: "Mães!" "Tremes?" pergunta Mefisto. "As Mães! Mães! Como soam fantásticas essas palavras!" ("*Die Mütter! Mütter! – 's klingt so wunderlich!*") Fausto pergunta qual o caminho para chegar a elas. "*Kein Weg!*" Nenhum caminho, retruca o demônio. Pois, em lugares onde nunca se andou, não há como andar; e o caminho onde as preces não chegam, não há como pedir. "Estás preparado?"

Talvez a música tenha parte nesse mistério.

Bem que eu disse que o gosto pelas gravações históricas termina num certo misticismo. A sensação de que mundos inteiros vêm à tona por meio da música se intensifica com a sensação de que um grande artista do passado ressurgiu, vivo, dentro da casa da gente. Mas, sem deixar de ouvir o disco, podemos moderar um pouco essas fantasmagorias germânicas.

Cortot também insiste com freqüência na naturalidade, na facilidade com que determinada peça deve "chegar" até nós. Muitas vezes "já chegou", de fato, antes de percebermos. O tema do primeiro movimento da *Sonata* K. 331 de Mozart, muito tranqüilo e simples, abre a porta sem pedir licença, sem frufrus e rococós; é tão familiar quanto o rosto de alguém que sempre amamos. No mundo dos espíritos, como da arte, imagino que só funcionam as invocações que não precisam ser feitas; e o lugar inacessível, a que Fausto queria chegar, estava com ele o tempo todo.

NOIVADO BARROCO

[12.4.2006]

Apesar de grande consumidor de chocolates, este Coelho não é muito de escrever artigos sobre a Páscoa. A praxe jornalística desestimula textos sobre datas festivas: cheiram a falta de assunto. Esperei a Semana Santa, contudo, para falar de uma espécie de "revelação" que tive há tempos, quando estava ouvindo a *Paixão Segundo São Mateus*, de Bach.

Revelação é um termo forte, mesmo se utilizado, como aqui, no plano da estética; quanto a revelações religiosas, não espero isso nem de Bach, que dirá de mim mesmo. Em todo caso, vamos a ela.

A música começa devagar, numa grande acumulação de forças. Desde o início, não há dúvida de que estamos diante de algo grandioso e solene. Mas quando entra o coro, o efeito não é propriamente de dor, martírio e penitência, como seria de esperar numa música composta para a Sexta-Feira Santa. Se há tristeza, é uma tristeza alegre, e tudo parece mais um grande cortejo do que uma lamentação.

Leio o texto musicado por Bach, uma obra de Picander publicada em 1729, mesmo ano da composição. O coro diz:

"Vinde, minhas filhas, ajudai-me em meu lamento. Olhai!" Outras vozes respondem: "Quem?"

"O Noivo!" replica o primeiro grupo. O diálogo prossegue. "Olhai!" "Como é?" "Como um cordeiro." "Olhai!" A música se torna cada vez mais afirmativa. "O quê?" "Olhai a paciência." "Olhai!" "Para onde?" "Para nossa Culpa". "Olhai-O, que por amor e graça/ Carrega a madeira para a Cruz."

É nas entrelinhas, acho, que está o mais arrepiante desses versos. Podemos imaginar que as "filhas" a quem se dirige toda a exortação sejam as almas piedosas, que celebrarão sua aliança com Jesus. Já não é pouco, e a música de Bach assume, por momentos, o ar de uma marcha nupcial.

Mas ocorreu-me outra interpretação, mais terrível, e que talvez revele um pouco da essência da arte barroca. Cristo, o "noivo", está a caminho de um altar, o Gólgota, e prepara-se para um casamento indissolúvel: ele é o Noivo da Cruz.

O barroco assumiria aqui seu caráter mais patético, de um "mau gosto", como diriam os classicistas, quase nelsonrodriguiano em sua capacidade para a surpresa macabra, espetacular e jubilosa.

Acostumados à florida efusão das igrejas mineiras, para nós, brasileiros, o barroco é sinônimo de enfeite e de capricho. Algum Cristo flagelado, como o do artista conhecido como "o Cabra", que está numa sacristia em Salvador, pode chegar, é certo, a extremos sangrentos, aflitivos, toledanos de precisão e realismo.

O que prevalece, entretanto, é a idéia de um barroco festivo e pitoresco, como o que está associado à famosa festa do Triunfo Eucarístico, que teve lugar em Ouro Preto, no ano de 1733: uma grande procissão que saiu da capela do Rosário para a Matriz do Pilar. É Manuel Bandeira quem descreve, no seu *Guia de Ouro Preto*:[54]

54 Rio de Janeiro: Ediouro, 2000.

"O cortejo dá bem idéia do luxo incrível que contrastava com o quadro pobre da edificação: danças de Turcos, danças de Romeiros, os quatro Ventos vestidos à trágica, os sete Planetas, precedidos da Fama [...], tudo isso personificado, desfilou em cavalos de preço, no meio de uma multidão de figuras secundárias: ninfas, anjos, pajens, trombeteiros. Seria como um dos nossos préstitos carnavalescos atuais, no qual o pechisbeque fosse substituído pelos metais nobres e os vidrilhos por diamantes legítimos."

Mais deslumbramento do que trevas, portanto, e mais uma certa ingenuidade rústica, também presente nos "Passos" do Aleijadinho em Congonhas, do que a dilaceração convulsa entrevista por Eugênio d'Ors, quando definiu o barroco como o Velho Testamento do romantismo.[55]

Para ver despedaçamento e martírio em Ouro Preto, talvez tenhamos de pensar não em Jesus Cristo, mas em Tiradentes, e não no claro-escuro dos barrocos, e sim na luz crua de Pedro Américo, já no século 19, com seu "Tiradentes Esquartejado". A "cristianização" do inconfidente, como analisada no livro de Maria Alice Milliet, *Tiradentes: o Corpo do Herói*,[56] não deixa de ser irônica: ideais iluministas e republicanos se traduzem em iconografia de inspiração religiosa.

Mas "jeitinho" e reconciliação ideológica não são a mesma coisa que a teatral e agônica junção de contrários que, como se sabe, é típica do barroco. Quando um cordeiro é Cristo, e é ao mesmo tempo noivo, quando seu noivado é ao mesmo tempo tortura física e salvação espiritual, quando o coro nos conclama a "olhar" para entidades que só podemos "ouvir", e quando a música se encarrega de figurar tudo isso – lágrimas, suspiros e

55 *O Barroco*. Tradução de Luís Alves da Costa. Lisboa: Vega 1971; p 68.
56 São Paulo: Martins Fontes, 2001.

culpas ganham representação quase palpável na *Paixão Segundo São Mateus* –, estamos diante de extremos dolorosos de impossibilidade lógica, não de uma esfuziante fruição carnavalesca.

Um Deus feito homem, nascido de uma virgem, já é contraditório por excelência, e digo isso recorrendo mais a Pascal do que à minha falta de fé. Enquanto isso, triunfal e desesperada ao mesmo tempo, a música de Bach vai dando para o gasto em matéria de contradição.

CELULARES EXPLOSIVOS, IDÉIAS NEM TANTO

[10.5.2006]

Considero-me um razoável respondedor de *e-mails*, mas tenho cada vez mais preguiça com recados no telefone fixo, e sou uma nulidade no uso do celular. Mal conheço a senha para tirar as mensagens lá de dentro, e pelo que vejo meu aparelho é forte candidato a uma dessas explosões que têm acontecido ultimamente.

Sou dos que deixam o celular carregando o tempo todo, o que segundo a *Folha* é fator de risco para o usuário. Mas como fazer diferente? Basta eu ligar que já vem o aviso: carga baixa da bateria. Imagino, pelo menos, que de tão fraca a voltagem não haverá de ser violenta a explosão.

E, como todo mundo, não disponho em casa de um número suficiente de tomadas. Um serpentário de fios busca em poucos benjamins seu alimento. Isso, dizem os especialistas, também deixa o celular meio nervosinho.

Pinóquio não primava pela responsabilidade nos compromissos assumidos, mas seu Grilo Falante, de cartola e guarda-chuva, conhecia as virtudes da polidez e da adequação. Não tomava a palavra antes de um minúsculo pigarro de advertência.

Inseto mutante, o celular está para o grilo de Pinóquio um pouco como a guitarra elétrica para o antigo violão. Adota os tons mais estridentes, descabelados e imperativos, a que as pessoas obedecem numa coreografia alucinada.

A pose mais estudada da grã-fina se estilhaça em aflição e pânico enquanto ela remexe na bolsa à procura do aparelho; o taxista mais inerte e distraído pula ao menor toque, como se tivesse uma aranha dentro do carro. E nem se sabia que aquilo era carregado de dinamite.

Definitivamente, prefiro o *e-mail*, cerimonioso, sedentário e reflexivo. As menores inflexões de um texto traduzem movimentos de amuo ou simpatia, delicadeza ou apreensão. Respondo quando quiser; mas respondo sempre, ou quase sempre.

Por isso mesmo, não me conformo quando as pessoas ignoram os *e-mails* que envio. Já estão ali mesmo, na frente do computador... o que custa? Passei a usar uma "ferramenta", como dizem no Outlook, que julgo das mais antipáticas – "acusar recebimento de mensagem". Mas não adianta muito. Ofendido, o destinatário pode clicar que sim, e daí fechar-se em silêncio para sempre; ou que não, mandando-me uma soberaníssima e discreta "banana" eletrônica.

Mas não tenho moral para reclamar. Se não dou bola para os recados que me deixam no telefone explosivo, cumpre-me entender quem despreza meus *e-mails*. Talvez a humanidade se divida mesmo entre "outlookistas" e "celulantes", entre "móveis" e "fixos", adeptos do escrito ou do falado, do lento ou do imediato.

Com um elemento complicador, trazido pela tecnologia recente: com os *palm-tops* e coisas do gênero, é perfeitamente possível aos membros da família "móvel" ler os seus *e-mails* em trânsito, deixando-os para responder depois, isto é, nunca.

Não prossigo nesse campo, estrangeiro para mim. Queria na verdade falar de outro assunto, embora correlato. Tenho ouvido de professores, psicanalistas e intelectuais em geral uma queixa constante, que faz do desleixo com *e-mails* algo como a ponta de um iceberg.

É mais ou menos assim. Pedem para a pessoa um artigo, ou convidam-na para um debate; precisam com urgência de um parecer, de uma colaboração num livro. O professor responde, entrega o texto, cumpre com o que tinha de fazer.

E então, nada acontece. O livro não sai, o artigo é recebido sem comentário, a mesa-redonda até que se realiza, mas cada participante disse coisas totalmente alheias ao tema proposto, que aliás era dos mais vagos. Sem contar que ninguém ouviu o que o outro disse e o público fez perguntas que não tinham nada a ver.

Algum tempo depois, estará sendo organizada uma outra semana disso ou daquilo, uma outra jornada assim ou assado, um novo número da revista tal ou qual, *e-mails* serão trocados, papéis serão preenchidos, cadeiras serão ocupadas, e as mesas-redondas continuarão, girando, como tudo, no vazio.

Haveria assim um fenômeno de "falta de resposta" que vai além da simples etiqueta eletrônica. Imagino se não passa a existir, no mundo intelectual e acadêmico, a mesma febre dos "eventos" que toma conta da área empresarial e cultural mais ampla.

No filme *O Príncipe*, de Ugo Giorgetti, um personagem oportunista comemorava o fato de a cultura ter virado bom negócio no país: o segredo, dizia ele, era "promover eventos". Mesmo sem virar bom negócio, também na área da produção intelectual a mesma coisa parece acontecer.

Não importa o que foi dito no seminário, mas que o seminário tenha sido feito. Não importa que tal revista seja lida, mas que seu novo número saia no prazo previsto. Há livros que não são propriamente livros, mas "livros-evento", com autores no papel de convidados.

Basta ver, aliás, a Bienal do Livro para perguntar se o número dos visitantes que atrai não é maior que o de leitores que conquista; e mesmo a Flip, de que só ouço falar bem, responde a uma vocação gregária que me custa conciliar com a experiência individual da leitura.

O espetáculo – ou o cumprimento de alguma meta burocrática na universidade – substitui, em certa medida, o debate de idéias. Também, pudera: que idéias? Num círculo vicioso, as pessoas são instadas a contribuir com mais produtos, textos e falas do que o número de teses que teriam a propor; não dispõem de tempo para novas leituras, nem para rever o que já pensaram.

Será exagero meu? No Congresso Tal e Tal, um conferencista toma a palavra; ocupa o tempo, termina deixando em aberto questões que mal definiu. Na platéia, o silêncio é completo.

Não. Corrijo-me. Está tocando um celular.

SALVEMOS PLUTÃO

[16 e 23.8.2006]

Uma conferência internacional de astrônomos decide nos próximos dias, em Praga, se Plutão deve ser considerado um planeta, ou se merece um rebaixamento de *status*. Não entendo nada do assunto, mas encaro um rebaixamento de Plutão como uma perda pessoal. É como querer tirar de São Jorge o *status* de santo. Pior que isso.

De certo ponto de vista, Plutão é a maior riqueza do sistema solar. Todos poderiam se dar por satisfeitos com Saturno e Júpiter. Um é o maior de todos, o outro o mais interessante, com seus anéis. Daí ficamos sabendo – pelo menos é essa a ordem de nosso aprendizado na infância – que ainda existem Netuno e Urano. Já é um baita presente. Mas... esperem! Chega um convidado atrasado em nossa festa de aniversário, já quando se apagaram as velinhas, quando já quase todo mundo foi embora, e esse convidado aparece com um pequeno embrulho em papel pardo, minúsculo, obscuro, modesto. É Plutão. O menor presente, o quase esquecido, o mais desinteressante talvez, será também o mais valioso; o que prolongou, numa surpresa de curto alcance, a nossa festa, a nossa vida. Salvemos Plutão.

* * *

Como assim? O rebaixamento de Plutão é a pior notícia gerada por uma comunidade de sábios desde o dia nefasto em que João Paulo 2º resolveu banir a camisinha. Rigor de cientistas, rigor de eclesiásticos, ambos desumanos nos seus dogmas. Em nome de um critério científico antipático, deu-se um desastre para a imaginação dos terráqueos.

Quero meu dinheiro de volta. Ou, para ser mais exato: quero que me devolvam o que já dediquei de sonhos e certezas científicas à existência de Plutão. Já escrevi sobre o conforto de saber que um pequeno planeta gelado existia lá longe, estendendo para além do previsto e do razoável o nosso sistema solar. Os confins do sistema não ficavam apenas entregues ao domínio de marmanjões como Urano e Netuno.

Além disso, havia uma beleza muito grande em saber que o deus das Trevas, dos Infernos, dos Espaços Inferiores e Obscuros contava com um planeta só para ele. Nem que fosse um ponto gelado e ínfimo na noite: era, bem ou mal, um planeta, girando em torno do sol como Vênus, Marte e nós. Tinha os documentos aparentemente em ordem, embora sua conduta fosse suspeita e misteriosa. Talvez fosse malévolo, mas era modesto, estava em seu lugar, nunca pretendeu mais do que lhe deram.

Tiraram Plutão do sistema solar e jogam-no de repente para dentro de nossa alma: é lá, mas sem endereço nem ocupação definida, que ficará girando essa pequena esfera silenciosa e demoníaca, antes longínqua demais para perturbar alguém.

Centro diminuto da negatividade e do supérfluo, Plutão era o lugar sem brilho para onde se dirigiam nossos esquecimentos, nossas preocupações desimportantes, nossas crenças arbitrárias, como uma espécie de última água-furtada, dificilmente visitável, da nossa consciência. O deus do subterrâneo estava exilado para além dos principais planetas, e lá sobrevivia quieto, como uma criança de castigo, a quem dirigimos um sorriso interior de compaixão.

Baniram-no para sempre do sistema solar, sem piedade, sem psicologia. Esses cientistas são monstros dickensianos; temos agora de guardar Plutão dentro de nós mesmos, como a criança antiga que já fomos, onde ele viverá em desconforto e mágoa, astro frio e amaldiçoado, gravitando seu rancor.

Do blog Cultura e Crítica *(www.marcelocoelho.folha.blog.uol.com.br)*

[11.10.2006] CRIANÇAS NO ESPELHO DO CONSUMO

Corre no Congresso – melhor dizendo, está parado no Congresso – um projeto de lei proibindo os anúncios diretamente voltados para o público infantil. Se aprovado, traria obviamente um grande alívio para os pais, incapazes de contrapor seus purês de batata e filezinhos de peixe às emoções de um cheeseburger triplo com picles e pão de gergelim – para não falar da quantidade de nachitos, ceboletos, traquinos, chocobombas e kremitos que pululam nas prateleiras dos supermercados.

Até mesmo os sucos "naturais" de caixinha dispõem de modalidades voltadas para o paladar infantil; pelo que me dizem adultos confiáveis (abomino sucos de toda espécie), esses produtos chegam a ser pegajosos de tanto açúcar que contêm.

Uma reportagem na "Folhinha", algumas semanas atrás, mostrava os altos porcentuais de gordura saturada nos biscoitos preferidos do pequeno consumidor, e apresentava aos leitores um novo vilão alimentar, contra o qual a força de todos os Power Rangers recua amedrontada: o Capitão Sódio.

Esconde-se em qualquer salgadinho, submetendo adultos e crianças às garras letais do vício. De fato, seria este o fator químico responsável pela vontade insuperável de comer sempre "mais um" daqueles tostitos, daqueles bokochips à espreita no recesso seco do pacote.

Toda mãe, pai ou babá já vivenciou a célebre cena do "piti no supermercado", quando a criança de dois ou três anos rola de infelicidade, raiva e angústia diante das gôndolas abarrotadas de chocolates e chicletes.

Birras de criança são sempre incompreensíveis, mas nesse caso não deixam de expressar o dilaceramento secreto de todo consumidor, pequeno ou grande. Estamos numa situação em que a liberdade de escolha é certamente considerável, mas está acompanhada de uma virtual escravidão.

Podemos escolher entre inúmeros produtos, mas cada um deles tende a nos impor, graças aos prazeres particulares que oferece, o esboço de uma dependência química... Liberdade e compulsão constituem as duas faces da sociedade de consumo, contra a qual poucas pessoas dispõem de anticorpos. Só quem já é saudável prefere alimentos saudáveis.

A publicidade é o óleo da engrenagem, mas de certo modo os produtos falam por si mesmos, e são eles próprios publicidade de outra coisa; a pipoca vende o filme, e o filme vende a pipoca. O brinquedo replica o desenho animado, e o desenho animado põe brinquedos para funcionar. A criança se diverte, sem dúvida, mas a um dado momento se descabela e esperneia – e ainda nos espantamos com isso.

Em todo caso, já fui comprar meus presentes para o Dia da Criança. Digo "meus presentes", porque não sei quem é a parte mais frágil, psicologicamente, a entrar numa loja de brinquedos. A criança pode ser mobilizada pela publicidade, pelos programas de TV, pelos apresentadores e celebridades que conhecemos mal e mal. Os pais, contudo, rendem-se ao apelo concreto e palpável das surpresas, das perfeições, das astúcias dos objetos que encontram à sua frente.

"Como é que não tiveram essa idéia antes?", pergunta-se o adulto diante dos brinquedos agora disponíveis para seus filhos ou netos. Cada loja de brinquedos parece ter sido criada, agora, pela Fada dos Desejos, colocando à venda coisas por vezes até simples, mas que nunca – pensávamos – eram capazes de adquirir existência real.

O sapatinho de Cinderela, por exemplo: pode ser comprado hoje em dia. Para uma criança, é apenas um acessório da roupa da princesa, e não há muito o que fazer com ele. Para o adulto, é como se o espaço entre o mundo das histórias de sua infância e o mundo dos brinquedos reais se unificasse numa espécie de "presentificação" absoluta.

Fala-se muito do predomínio do "virtual", das imagens de computador, das experiências simuladas, invadindo a vida contemporânea. Há entretanto um complemento disso, que é uma espécie de hiper-realismo, de replicação, de duplicação, de clonagem perfeita das imagens virtuais no mundo concreto.

Os personagens do desenho animado *Carros*, por exemplo, tornaram-se brinquedos iguaizinhos ao original, e estão à venda em qualquer loja da cidade. Vi um dia desses uma boneca que fala, mama, faz xixi e chora.

Ah, mas isso existe há décadas... Não; você não viu a boneca que eu vi. Não sei que dispositivo eletrônico controla seus músculos faciais; a boca se projeta e recua, as bochechas se movem, os olhos se mexem. É menos uma boneca que um andróide de trancinhas.

Mais alguns anos, e ela se candidata a algum cargo eletivo. Será a vitória final da realidade sobre a imaginação.

[7.2.2007] CHORINHO

Andei, é preciso confessar, com uma preguiça grande de escrever neste *blog*. Agora descubro a razão. É que fiquei nos últimos dias – como já noticiado – escolhendo os textos para uma coletânea de artigos meus, e desde ontem faço a revisão de cada um. Narcisismo tem limites: esse meu tonzinho de voz termina cansando até a mim mesmo. Um jeito de chegar como quem não quer nada, puxando o fio do assunto, depois mudando de tema, outra meia-volta, um primeiro laço de fita, quando dá sorte uns fogos de artifício, uma pomba saindo da cartola, e depois o toque de crítica ideológico-política... como se o dedo em riste fosse também o dedo que se põe no barbante para dar o nó final do pacotinho. Os artigos podem mudar de tema e de estado de humor, mas como ficam parecidos quando lidos em seguida! Fica o aviso para quem vier a comprar o livro: um pouco de cada vez. É como disco de chorinho, satura quando se ouve demais.

Do blog Cultura e Crítica (*www.marcelocoelho.folha.blog.uol.com.br*)

ÍNDICE DE NOMES E OBRAS

Este livro foi composto nas fontes
Walbaum MT e Bell Gothic Black e impresso
em abril de 2007 pela Prol Gráfica, em CTP,
sobre papel chamois fine dunas 80 g/m².